SKRIKET

Av

Øystein A Torsrud

ISBN: 9798865926887

Andre titler

Prolog

Else Hagmo så etter nye utfordringer. Det stedet hun flyttet sammen med sin utkårede minnet henne for mye om han. Etter han omkom av en veibombe i Afghanistan under et oppdrag for Telemarksbataljonen følte hun en stor sorg. Hun mente at hun måtte etter tre år å komme videre i livet sammen med huskyen, Bonzo, og tilgang til et hundespann av huskyer hos en kennel som også drev som oppdretter.

Som reporter i en lokalavis ble hun involvert i en sak som utviklet seg til en omfattende kriminal-sak. Hun utfylte undersøkelsen til lensmannen i et lite regionskontor og hans assistent, Hans Olav Eriksen.

SKRIKET

Kapittel 1

Det var en mørk november kveld. Regnet pisket i ansiktet på Else Hagmo der hun drev hundene sine inn igjennom den mørke skogsbilveien der sitka granene sto majestetiske langs den smale og humpete veien. Det var i grunnen ikke mer enn en utvidet sti, den var overgrodd etter ikke å ha vært i bruk på ganske så mange år. Skogen var så tett at det var uråd å se lengre inn enn de første granleggene.

Det var hundene som reagerte først. Oppmerksom heten deres ble opptatt av noe inne i skogen. Else slo pisken i lufta over de for å få de til å konsentrere seg om veien isteden.

Nå hørte også hun lyden, et forferdelig skrik som gikk igjennom marg og bein. Hundene hadde stoppet opp og nesten veltet sleden. Else hadde sitt svare strev med å forsøke å holde sleden på rett kjøl der den var faretruende nær ved å bli dratt inn blant granleggene. Heldigvis ble den stoppet av de kraftige grankvistene som gikk helt ned til bakken.

De store sitka granene var resultatet av en storstilt satsing på å gjenskape vegetasjonen. De var en kanadisk sort som ble hentet i hundretusentall. Skolebarn ble beordret til å plante de på femti og sekstitallet. Nå hadde de tatt helt over og fortrengt all naturlig skog, det var nærmest blitt en landeplage. De ble plantet altfor tett slik at det var som en ugjennomtrengelig vegg av kraftige stammer.

Der hørte hun lyden igjen, et skrik, nesten som et hyl inne fra den tette skogen. Det var skremmende. Else hadde bare hodelykten sin, og den rakk ikke lenger inn enn de første gigantiske granene. Hundene, fem kraftige huskyer dro i selene og ville inn i skogen, det var tydelig at de følte og så noe annet enn hva Else kunne oppdage. De hadde tydeligvis fått los. Dersom hundene slet seg nå visste hun at de ville forsvinne in i skogen og hun ville ikke se de igjen, instinktet deres gjorde at de ville følge det de hadde fått los på.

Skriket var svakere nå, men like gjennom-trengende. Det måtte komme fra et menneske, ingen dyr kunne lage noe slikt. Hun synes å høre hundeglam men lyden var mye svakere som om den kom lenger innefra skogen. Det høres ut som et geværskudd, men det kunne like gjerne være et steinsprang fra den bratte ura lenger inne.

Hun koblet fra den kraftige lederhunden, Bonzo, og sørget for å binde de andre til en av de kraftige granleggene. Bonzo dro kraftig i båndet, Else satt seg fast flere ganger i de kraftige kvistene. Heldigvis greide hun å beholde hodelykten på, den var på nippet til å bli hengende igjen flere ganger. Nå hørte hun skriket igjen, der var en lyd som minnet om noen som var i livsfare. De kunne ikke være langt unna. Hundeglammet virket også nærmere nå, det hørtes tydeligere, også brak som fra noen som løp igjennom den tette skogen for å holde tritt med hundene.

Bonzo stoppet opp som om den været noe et stykke oppe i en av de store granene. Der kom det forferdelige skriket igjen, ganske hes lyd som om noen ikke hadde luft eller stemme igjen. Else så seg rundt, lyset flakket med hodet hennes. Der så hun noe i det flakkende lyset bak en stor gran. Det var et menneske som hadde kommet seg opp på noen av de kraftige grenene.

En dame, eller rettere en pike, som klamret seg fast. Else manøvrerte seg og Bonzo bort til stedet der de så en person. Hun strakte seg på tå for å ta tak i personen, men hun virket som om hun var i sjokk og ikke kunne eller ville slippe taket.

Else surret hundebåndet rundt en kraftig kvist og forsøkte å klatre. Nå fikk hun tak i en fot og gjorde tegn med å prøve å dra den ned. I lyset fra hodelykten så hun er forskremt og blodig ansikt med et redselsfullt uttrykk i ansiktet. Det stakkars mennesket prøvde å trekke foten til seg, hun kunne ikke se annet enn ett kraftig lys. Else måtte på en eller annen måte få dette menneske i

7

sikkerhet, og tenkte ikke på at hun lyste henne i ansikter. Hun tok av seg hodelykten og lyste på seg selv og Bonzo. Da følte hun at draget i foten stoppet og at kroppen rørte på seg. Else forsøkte med noen beroligende ord, om ikke noe annet så virket stemmen beroligende.

Hundeglammet og lyden av mennesker kom nærmere, Else forsto at det var et tidsspørsmål når de kom til syne. Hun vurderte å slippe Bonzo for å avlede de, men husket at hun hadde alltid med seg en pose med hundegodt i jakkelommen. Hun tok ut en neve av godtet og kastet det så langt hun kunne ned i en steinur.

Else fikk personen ned på bakken og nærmest løp de hundre meterne tilbake til hundesleden. Hun enset ikke de kraftige kvistene som hun ble ripet opp av i ansiktet, klærne som ble hengende fast flere ganger og hun merket at både jakken og buksen spjæret da hun dro seg løs.

Det virket som personen hadde kollapset og Else måtte ta henne i et båtmannsgrep på ryggen. Det gjorde det siste stykket besværlig, hun kjente det rykket i henne da personen ble hengende i noen kvister. Bonzo hjalp til å trekke Else i båndet, hun snublet en gang og var tett på å gi opp. Personen rykket til og så innover i skogen der lyden av hundene virket nærmere.

Med en kraftanstrengelse kom hun seg ut på veien og oppdaget at hundene hadde veltet sleden og forsøkt å trekke sleden etter seg inn i skogen. Med de siste kreftene sine koblet hun fra sleden, fikk rettet den opp og satt Bonzo til å trekk den ut på stien. De andre hundene hadde satt seg fast i noen kraftige kvister med hundebåndet sitt.

Else måtte sett seg ned etter at hun hadde plassert personen i hundesleden og pakke henne inn i et reinsdyrskinn. Hun hadde en svak puls, og det virket som hun var bevisst.

Hundene fikk hun løs med hjelp av Bonzo, gud hva hun elsket den hunden. Else skalv på hendene da hun bant hundene for sleden igjen. Nå måtte hun tilbake til bilen sin fortest mulig, før forfølgerne tok dem igjen.

Ekvipasjen ble snudd, det var ikke enkelt med de oppspilte hundene. Hun hadde nærvær nok til å tømme posen med hundegodt ut over den bratte skråningen før hun satte av gårde.

Det tok nesten en halv time før hun kom til parkeringsplassen der hun hadde bilen sin. Hundene fikk hun inn i burene sine på den innelukkede tilhengeren sammen med sleden. Hun så på pikemennesket, hun hadde et panisk uttrykke i øynene. Med en kraftanstrengelse fikk hun personen inn i baksetet og hoppet inn selv og startet på tilbaketuren. Hun visste at det ikke var mobildekning der hun var, det tok en drøy halvtime før hun var nede i bebyggelsen der hun trodde det var dekning på mobilen.

Hun slo 113 og håpet at det var dekning. Samtalen falt ut mens hun slo nummeret, det var merkelig synes hun. Nødnumrene burde fungere selv om det var dårlig dekning. Personen i baksetet så

9

livløs ut, Else var redd hun var i sjokk. Det var tydelig at hun måtte få kyndig hjelp av medisinsk personell så fort som mulig.

Hun vrengte inn bilen ved noe som lignet en kiosk, men det var kun automater der man kunne bruke kort for å åpne en skuff med sjokolade og brus. Det var bare å fortsette videre. Nå var hun redd for hundene sine, det humpet veldig på den smale og svingete veien videre nedover mot bebyggelsen.

Hun stoppet ved en møteplass og slo 113 igjen. Til alt hell kom hun igjennom. Det var en velsignelse å få kontakt, Else visste ikke at hun selv var så anspent av situasjonen, hun greide nesten ikke å fremføre budskapet sitt.

Operatøren gjorde sitt til å berolige henne og hadde ikke oppfattet budskapet hennes. Litt etter litt virket det som Else fikk roet seg slik at hun kunne fortelle at hun hadde en meget medtatt person i bilen og at hun var redd personen hadde gått i sjokk.

Operatøren mente at Else måtte sette seg inn i bilen og kjøre i møte med ambulansen som var varslet. Dersom hun hadde vann, måtte hun sørge for at personen hadde noe å drikke. Ambulansen var på et oppdrag på en annen kant av kommunen og ville gjøre det de kunne for å rekke fram til stedet Else ringte fra.

Hun stoppet for å se til passasjeren og det samme med hundene. Hun var tvunget til å sørge for vann til alle sammen. Hun tok hundene ut og ledet de bort til en bekk ved siden av veien. Der fikk de strekke på seg og drikke det de hadde behov for. De var heldigvis rolige til tross for hennes kjøring på den smale og humpete veien. Passasjeren var delvis våken og tok imot vannflasken som ble gitt henne. Nå studerte Else personen, det var et hunnkjønn av ubestemmelig alder. Hun virket skremt, hun hadde ganske sikker opplevet noe skremmende. Hun blødde fra sår i ansiktet, sikker fra andre steder på kroppen også men de opprevne klærne skjulte det.

Else satt bilen i gang og kjørte det hun turte i møte med ambulansen. Det var fremdeles bekmørkt gatelys fantes ikke, veikanten var vanskelig å se. Trærne sto tett inntil veien og gjorde sitt til at det virket enda mørkere og skremmende. Hun var redd at den eller de som jaget personen igjennom skogen ville komme etter henne før ambulansen kom. Det var å håpe at de hadde med seg en politi eller lensmann som kunne ta seg av de som jaget etter personen.

Else skalv og hadde vanskeligheter med å konsentrere seg om kjøringen. Hun måtte for guds skyld holde seg på veien, det var ingen hjelp å få dersom hun kjørte ut i periferien. Hun ringte 113 og etterlyste ambulansen, det ble opplyst at det ville ta tre kvarter. Politiet var varslet og de hadde sendt en patrulje for å komme henne i møte. Else ble bedt å kjøre det hun kunne for å komme de i møte.

Når hun så seg tilbake synes hun at hun kunne se lysene fra en bil langt i det fjerne bak henne. Nå kjente hun at hun ble redd, tenk om det var noen som hadde jaget personen igjennom skogen. Hun hev seg inn i bilen igjen og skalv ikke noe mindre da hun kjørte videre. Bare den hersens ambulansen eller politibilen kunne dukke opp.

I en hump fikk hun sleng på tilhengeren. Den vred bilen ut av veien og hun stoppet i noen busker og kratt med høyre siden av bilen. Den eneste skaden var at høyre lykten ble satt ut av drift. Helvete, bannet hun for seg selv, om ikke det var mørkt og vanskelig å se ble det ikke bedre av at høyre lykten sloknet.

Hun fikk heldigvis bilen på veien og kunne kjøre videre. Mobilen hennes fikk inn en samtale, det var ambulansen som var ti minutter unna. Gudskjelov tenkte hun, hun var utrolig sliten og redd. Passasjeren var helt stille, bare hun ikke hadde besvimt igjen eller det som verre var. Hun stoppet ekvipasjen sin ved en møteplass og satt seg i baksete og holdt hodet hennes i fanget. Nød blinken var på, hun ville ikke at ambulansen skulle kjøre forbi bilen hennes.

Passasjeren fikk vann, det var fremdeles litt vann igjen på flasken, mye hadde rent ut da hun skulle drikke selv. Med den humpete kjøringen var det ikke lett å gjøre noe annet enn å holde seg fast. Nå oppdaget hun en stor mørk flekk under jakken hennes. Det var blod på setet og på gulvet. Gode gud, var hun skadet? Else åpnet jakken og så at det var blod. Hun var likblek, blodtapet var sikkert årsaken. Førstehjelpskrinet lå i bagasje rommet. Da måtte hun ut av bilen for å hente det.

Hun telte på knappene om hun skulle hente det, ambulansen kunne ikke være så langt unna. Bare de ikke hadde kjørt av veien i mørket, hun kunne ikke se noe blålys enda. Hun fant hodelykten og ville hente skrinet. Det kunne stå om livet. Det var nok ikke uten grunn hun hadde hørt det forferdelige skriket innefra skogen, og hun kom på at hun synes hun hadde hørt et skudd også.

Nå fikk hun panikk, de billysene hun hadde sett langt bak seg var plutselig kommet nærmere. Der skrenset en bil i svingen før den lange rette strekningen. Lysene for fra side til side, akkurat nå ønsket hun at bilen kjørte av veien. Den holdt seg på veien med skjente fra side til side på den smale veien. Else hadde ikke fått opp bagasjeluken enda, men hoppet til side da det så ut for bilen skulle sladde inn i hengeren hennes.

Hun må ha vært borte en stund, hun kom til seg selv liggende et stykke nede i skråningen. Bilen hadde ikke greid å rette opp sladden og traff stedet der hun akkurat hadde stått ved bakluken. Hennes bil var skjøvet utfor veien, hengeren var løsnet og veltet, hundene hadde blitt skremt og hadde rømt. Alt var et eneste kaos. Bilen som hadde sladdet inn i hennes bil havnet i en stor bue utfor veien. På grunn av den høye farten hadde den havnet et godt stykke nede i lia.

Heldigvis var ambulansen der når hun kom til seg selv og fikk kommet seg opp på veien. Der så hun også at politibilens blålys ikke var så langt unna. Hodelykten til Else virket fortsatt, ellers var det stupmørkt. Hun pekte på bilen sin og forklarte at det var en skadet dame i baksetet, det var ikke sikkert at hun fremdeles var der eller om hun hadde blitt kastet ut.

Hun var fortumlet, hun hadde blitt kastet ut av veien av sin egen tilhenger når den veltet i sammenstøtet. Det er mulig at hun hadde vært borte en stund, hun husket ikke annet enn at hun våknet av at Bonzo slikket henne i ansiktet.

Ambulansepersonellet hadde fått åpnet bakdøren på bilen hennes og gitt førstehjelp til passasjeren før de hadde lagt henne på en båre og tatt henne inn i ambulansen. Hun hadde fått smertestillende og en bandasje som hadde stoppet blødningen, i hvert fall foreløpig. Else fikk tilsyn, det burde være tilstrekkelig i første rekke. Ambulansen snudde og kjørte tilbake med blålys, sirenene var ikke nødvendig, det fantes hverken bebyggelse eller andre kjøretøy ute så sent.

Politiet noterte hennes personalia, de kjente henne godt fra bygda der hun var reporter i lokalavisa. Etter å ha fortalt historien om damen de fant inne i skogen, mente de at hun fikk komme innom kontoret for en grundigere forklaring i morgen. Før de gikk etter den andre bilen hjalp de Else med å få hennes bil opp på veien igjen.

De ga henne tillatelse til å ta med tilhengeren, selv om hengerfestet var skadet. Hun lovte å kjøre sakte hele veien side lysene på hengeren ikke virket. Politiet forsto at hun måtte ha med hundene tilbake til kennelen.

Med Bonzo sin hjelp fikk hun lokket de andre hundene tilbake, det gikk med to poser hundegodt før de var inne i buret igjen. Nå fikk hun en reaksjon og begynte å strigråte. Politiet trøstet henne og ga henne en flaske med vann. En av de tilbød seg å kjøre bilen hennes tilbake, men hun mente de hadde nok å gjøre med den andre bilen som årsaket kollisjonen.

Politiet hadde rekvirert en bergingsbil som ikke var så langt unna, de regnet med at den ville være der om et kvarters tid. Den ene politien hadde sjekket opp bilen, men dørene var ikke til å åpne hverken fra utsiden eller innsiden. Det fikk vente til bergingsmannskapet kom.

De vinket Else ut på veien igjen, hun hadde hengt hodelykten sin på tilhengeren så det var mulig å få øye på den i mørket. Lykten blinket med det røde lyset, det var et kraftig led lys og var lett å se. Det var det beste hun kunne finne på der og da.

Et par kilometer lenger nede møtte hun bergings bilen, det var ikke enkelt å passere, den valgte å rygge et stykke til det var en møteplass. Sjåføren mente at hun ikke kunne rygge med tilhengeren i den standen den var i. Hun stoppet og forklarte sjåføren hva som hadde hendt og at det var noen i bilen som hadde forsvunnet ut av veien. Hun ba han være forsiktig, de kunne være bevæpnet. Sjåføren ble tankefull men ble beroliget da politiet var tilstede. For han kunne passasjerene sitte i bilen hele veien ned til garasjen og bli tatt hånd av medisinsk personell og politiet der. Det ville ikke ta mer enn en times tid etter at bilen var oppe på veien. Det ville ta evigheter før ambulansen var tilbake og han hadde flere utforkjøringer å ta seg av i natt.

Han vinket Else avgårde og forstod at hun måtte tilbake med hundene sine. Heldigvis hadde hundene forholdt seg rolige på hjemturen, de hadde fått luftet seg, først da de fikk drikke i bekken, og etterpå når hengeren veltet og de stakk til skogs.

Turen oppe på skogsbilveien hadde gått i et høyt tempo i halvannen time. De nye hjulene på sleden fikk den til å trille ganske fort, Else hadde riktig fått stå på bremsen ellers trodde hun at de hadde sprengt seg helt. Det fikk være nok lufting på en stund, mente hun. Både bilen og hengeren måtte på verksted, det fikk hun ta seg av i morgen. Hengeren tilhørte kennelen og hun regnet med at den ville være ute av drift en stund.

Klokka var nærmere to før hun kom seg i seng. Hun sjekket mailen sin før hun sovnet, det var en melding fra politiet som ba henne komme ved ti tiden for å forklare seg om hendelsene oppe i skogen.

Hun ble liggende å vri seg uten å få sove. Hva om hundene ikke hadde reagert, ville hun ha hørt det hjerteskjærende skriket inne fra skogen? Hva om hun ikke hadde oppdaget personen som hadde gjemt seg fra forfølgere oppe i den tette sitka granen? Hva om hun ikke hadde Bonzo til å finne personen inne i den tykke og mørke skogen? Hva om hun ikke hadde kastet hundegodtet ned i ura?

16

Var det er skudd hun hørte, eller var det et steinsprang? Var påkjørselen en bevisst handling eller var det et uhell?

Else var ikke sikker på at hun hadde sovet i det hele tatt, hun følte seg i hvert fall langt fra utvilt. Hun kontaktet redaktøren sin og meldte at hun ble litt senere i dag, hun hadde avtale hos lensmannen og at det kunne være begynnelsen på en story. Redaktøren visste at Else Hagmo var svært enerådende og hadde ikke noen grunn til å forlange at hun skulle møte klokken åtte, i hvert fall ikke om hun var på sporet av en story.

Hun følte seg langt fra opplagt, det hjalp litt med en kopp te og et knekkebrød. Hun tok med seg mobilen og lap toppen. Hun angret på at hun ikke hadde tenkt på å ta foto, det var i grunnen så mørkt at hun ikke hadde fått noe ut av det i alle tilfelle.

Etter å ha kontaktet kennelen og forsikrings selskapet sitt tok hun turen bort til lensmannen. Kontoret hadde ikke skiftet navnet fra Lensmann til Politi, det var en unødvendig kostnad. Alle visste hvor lensmannskontoret var, det var godt innarbeidet i lokalsamfunnet. Selv om det kom et nytt skilt med politi, ville det ikke forandre noe. Så, hvorfor kaste bort penger på et nytt navneskilt.

- Kom inn Else, lenge siden nå, sier lensmannen, Jonas Engen.

- Takk, nå er jeg spent på hva du har for noe til meg.

Hun hang av seg jakken og tok med seg en kopp te inn på det møterommet som Jonas anviste. Der satt en av politibetjentene som var på stedet i går kveld. Det ble bare de tre, Else spurte om ikke de kunne få noen til å ta notater, ellers ville hun gjøre det selv. Jonas mente det var greit at hun gjorde det, bare han fikk en kopi til sin egen rapport.

Else måtte fortelle hva hun gjorde så langt ute i skogen så sent. Hun la mobilen på opptak før hun sa at hundene hadde ikke blitt luftet skikkelig på over en uke. Etter at hun hadde lastet på hengeren og fått hundene i buret var det nesten mørkt. Sommertiden var akkurat avsluttet. Hun hadde lykt på sleden, eller rettere sagt, vognen, nå som hun hadde montert hjul på den.

De hadde vel kommet et godt stykke innover, det gikk fortere med sleden enn hva hun hadde forutsett. Det var bekmørkt, og hun hadde bare en kraftig hodelykt.

Det var Bonzo, leder hunden hennes, som reagerte først. Hunden stoppet neste opp og ga fra seg noen knurrelyder. De andre hundene begynte å bjeffe og måtte roes ned. Det var tydelig at de var vare av noe inne i skogen. Det hørtes er forferdelig skrik, nesten som et hyl inne fra skogen. Hundene ble veldig urolige. Et nytt skrik hørtes og hundene ville dra sleden ut av veien og inn i skogen.

- Jeg løste Bonzo fra hundespannet og tok den med meg inn i skogen mot der lyden kom fra. Et nytt skrik, denne gangen ikke så høyt, det virket som stemmen brast. Bonzo dro noe aldeles forferdelig og jeg ble oppskrapet av de tykke grankvistene som gikk helt ned til bakken. Jeg synes jeg hørte hundeglam lenger inne i skogen, så et skudd, eller kanskje det var steinsprang i ura.

- Kan du tidfeste da du stoppet sleden?

- Det måtte ha vært mellom åtte og halv ni, jeg noterte faktisk ikke tiden. Jeg hadde mitt svare strev å holde Bonzo igjen, han er veldig sterk.

- Hvordan fant du personen som hadde skreket så veldig at det kunne høres ute på veien?

- Det var hundene som reagerte først, de ble veldig urolige og dro sleden mot skogkanten. Det var da jeg hørte det forferdelige skriket, som om noen ble torturert. Det var helt hinsides. Det gikk kaldt igjennom meg.

- Kan du vise oss stedet der du stoppet sleden og gikk inn i skogen?

- Det kan jeg, men jeg kan ikke ta med hundene, tilhengeren og bilen min må på verksted.

- Om du er klar om en time tid, vi må hive oss rundt før det blir mørkt.

Else måtte skynde seg bortom bilverkstedet for å levere bilen til taksering. Hun var klar med turklær og en liten ryggsekk da lensmannen og en politibetjent hentet henne utenfor boligen hennes en times tid senere.

På turen oppover fikk hun informasjon om bilen som hadde skubbet henne utfor veien. De to i bilen

19

måtte ha bergingsmannskapet til å brekke opp dørene. Det var to karer som blødde fra hodet og hadde skader i brystet og nakken. De hadde ikke setebeltene på, det viste seg at de var ødelagt. Bilen hadde falske skilt, de tilhørte bilen til en skolelærer i en by nære svenskegrensen.

Mennene ble tatt hånd om av medisinsk personell så fort de kom ned til tettstedet. Da hadde ambulansen kommet, forøvrig den samme som den unge damen ble hentet av. Bilen deres ble fraktet til bilverkstedet, og ventet på at bilsakkyndige og politiet fra byen skulle gå igjennom den. Han hadde ikke ressurser til å gjøre det selv, kontoret var satt opp med han selv og en politibetjent og en sekretær som ble delt med kommuneadministrasjonen.

Etter å ha fått førstehjelp på legekontoret ble mennene fraktet til byen 30 kilometer unna og hentet av politiet der. Der ville de bli tatt hånd om av folk fra sykehuset og ambulansetjenesten.

Noe avhør eller identifikasjon ble ikke utført, det var midt på natten når de ankom lensmanns kontoret.

Lensmannen spurte Else om hun kunne ta med Bonzo, de var ikke satt opp med en politihund på lensmannskontoret. Dersom de skulle gå inn i den tette skogen av de store sitka grantrærne var det ikke lett å navigere uten en hund. Bilen, en eldre V70 hadde plass til et hundebur.

Else fikk de til å svinge innom kennelen for å hente Bonzo og et bur. Politibetjenten hjalp til å

20

feste buret mens Else fikk Bonzo inn i buret ved hjelp av hundegodt.

Endelig, tenkte Jonas, det var en times tid opp til stedet og skumringen begynte ved firetiden. Han håpet å være tilbake før klokka ble fem.

SKRIKET

Kapittel 2

Han gjorde et kort stopp der bilene hadde vært borti hverandre. Den andre bilen måtte ha kjørt i en helvetes fart, fant han ut. Den hadde pløyd en fure i buskaset før den hadde stoppet i en stor gran. Den var nærmest som kondemnabel å regne. Det var merkelig at det ikke var noen omkomne, uten setebelter og et voldsomt stopp i granen. Det var så kraftig at toppen av den hang på halv tolv. Det var godt at det var et stykke fra veien, ellers kunne den stenge veibanen om den falt ned.

- Nei, vi må videre, dersom det er behov for det, kan vi stoppe her på tilbakeveien.

Else hadde tatt bilder med kameraet til lokal avisen, hun tenkte å skrive en artikkel slik at leserne kunne få vite hva som hadde skjedd.

Hun ledet de til det stedet der hun hadde stoppet sleden og løsnet Bonzo. Jonas stoppet bilen og Else tok ut Bonzo. Det virket som hunden kjente seg igjen og ville gå inn i skogen der den hadde vært dagen før. Snuten var nesten i bakken og den dro i båndet. Det var så vidt de greide å holde følge med den. Jonas kunne se at det hadde gått noen der nylig, kvister var brukket og det var fotspor i det våte underlaget.

Plutselig stoppet Bonzo opp ved en stor gran. Else kjente stedet igjen, det var der hun oppdaget en person et par meter oppe i treet. Jonas var forskrekket. Det hadde ikke vært mulig å finne dette stedet uten at de hadde hørt det forferdelige skriket. Det hadde vært et stummende mørke, og en utrolig tett granskog på en øde strekning der det overhodet ikke var noen ferdsel. Personen kunne prise seg lykkelig for at Else var ut med hundespannet sitt i går kveld.

Jonas tenkte sitt, hvor lenge hadde denne personen sittet oppe i dette treet, det var utrolig at hun i det hele tatt hadde greid å klatre opp. Greinene var tette og gikk nesten helt ned til bakken. Hvordan hadde Else greid å få ned personen? Attpåtil båret henne på ryggen ut til hundesleden. En utrolig prestasjon. Nærmest en bragd.

Jonas ville se etter spor, og ville at Bonzo skulle gå videre inn i skogen for å finne ut hvorfra personen hadde kommet. Selv om det fremdeles var lyst, var skogen så tett at det i seg selv gjorde det mørkt. Det virket som om Bonzo hadde et spor å gå etter. Else holdt hardt i båndet, hun var ikke sikker på at de fant tilbake dersom den slet seg løs fra båndet.

Sporene var tydelige, brukne kvister og enkelte tekstiler som hang igjen i noen grener. Jonas tok de forsiktig ned og puttet i bevisposer. Merking fikk han gjøre senere. Det virket som om Bonzo hadde teft av noe, han snuste rundt. Else mente at de forfølgende hundene hadde markert et slags revir. Plutselig bykset Bonzo til og begynte å gave med potene. Jonas la merke til at det var gjort et forsøk på å skjule noe under noen stener og kvister.

Bonzo hadde funnet noe, det var et hundekadaver, Else mente det var en Pitbull. Hunderasen var forbudt i Norge, men kriminelle miljøer hadde de som angrepshunder. Denne hadde nylig blitt skutt igjennom hodet. Det var muligens det skuddet Else hadde hørt.

Jonas visste hverken ut eller inn. Det var merkelig at en bil hadde kjørt nedover veien i stor fart. Veien var smal og svingete og det var ikke mulig å passere hverandre om det var trafikk imot. Men hvor i helvete hadde bilen kommet fra? Den hadde i hvert fall ikke kommet igjennom skogen.

Det var ikke mer han kunne gjøre. De gikk tilbake til bilen. Else mente at de kunne kjøre litt lenger innover veien for å se om det var en sti ellet et sted det kunne ha stått en bil. Johan så på klokken, og mente de kunne holde på en halvtimes tid til.

Noen kilometer lenger inne så de merker etter hjulspor, det var en bil som hadde sladdet ut ifra noe som lignet en sti. Jonas stoppet bilen og gikk ut. Han mente at det hadde passert en bil der for ikke så lenge siden. Der var grove furer i stien, som om bilen var bredere enn selve stien. Den måtte ha passert en bekk, det var hjulspor på bredden på begge sider. Jonas vasset over bekken og fortsatte innover.

- Helvete, denne tømmerkoia har vært i bruk. Se her, bilsporene stopper rett utenfor.

Jonas glemte tid og sted. Han ville at Bonzo skulle søke. Else ble med rundt koia, det var kastet noe søppel og matrester. Ekskrementer fra hunder og rester etter mat lå slengt. Jonas prøvde på døra, en kraftig sak av kløyvde tømmerstokker. Det måtte neste en dynamittgubbe til for å sprenge den. Det viste seg at det hang en smijerns nøkkel oppunder takskjegget. Politimannen strakte seg på tå og rakk den så vidt. Han fikk vippet den av kroken slik at den falt ned. Jonas prøvde om det gikk an å låse opp døra med den.

Han turte ikke å ta så hardt i, han var redd at den skulle brekke inne i låsen. Forsiktig fikk han lirket nøkkelen rundt, og han fikk opp låsen. Døra var veldig treg, og fryktelig tung. Han håpet at hengslene holdt. Det var ikke godt å se om den hadde vært åpnet i det siste. Else hadde ikke sett noen annen mulighet å komme inn i koia da hun undersøkte rundt hytta. Hun hadde riktignok ikke sett etter noe annet enn nede på bakken.

Døren lot seg åpne, inne var det bekmørkt, uten vinduer eller lys var det ikke godt å se hva det var der inne. Else lot Bonzo gå inne først, selv hadde hun hodelykten i sekken sin. Det var et stort rom og to små rom uten dør. Hun tenkte at det sikkert var tømmerhoggere som hadde brukt koia. Det var et ildsted med et stål rør opp igjennom taket. Det var tydelig at det hadde brent der for ikke så lenge siden.

Bonzo dro i båndet og ville inn på det ene rommet. Det var rått tilhogde køyesenger og noe skrukket sengetøy. Enten var det noen der eller så hadde det vært noen der nylig. Bonzo snuste og rev i et teppe. Der lå det en forskremt ungpike som så livredd ut. Hun var stiv av skrekk og prøvde å gjemme seg under teppene.

- Helvete, kom det fra Jonas. Det er et menneske i den nedre køyesengen.

Han ba Else å prøve å få kontakt og få henne ut av køye. Det var bedre at det var en kvinne, han trodde det ville være lettere for henne å få roet ned jenta og få henne ut i det store rommet.

Inne på det andre rommet var det noen vesker og klær som lå i den nedre køyen. Noen sko og litt toalettsaker i noe som kunne minne om en toalettmappe. Jonas tok med alt sammen ut i det store rommet. Damen måtte ha på seg mer klær og sko for å gå tilbake til bilen.

Den unge damen skalv, hun trodde vel at hun skulle mishandles. Hun hadde blåmerker og skrammer på kroppen. Else gjorde hva hun kunne for å roe henne ned. Det hadde vært brutalt å bli vekket av en stor og kraftig hund helt oppe i ansiktet.

26

Jonas rakte henne vesken med klærne og gestikulerte at hun måtte ta på seg mer og finne sko. Det nyttet ikke med stiletthæler i dette terrenget. Motstrebende gjorde hun som han gestikulerte. Det var tilstrekkelig med sko og en hettegenser. Else la merke til at hun skalv og var hvit i ansiktet.

Lensmannen sørget for at koia ble låst, for å være sikker på at det ikke kom noen uvedkommende og rotet i det som kunne være bevis, tok han med seg nøkkelen.

Nå ville Jonas gå tilbake til bilen, Bonzo først, så fulgte Else med den unge damen og politi konstabelen til sist. Det var blitt mørkt, heldigvis hadde Else den kraftige hodelykten på. Else synes hun også hørte at noen klær ble spjæret. Det var nesten ikke til å unngå i den tette skogen. Hun kunne ikke forstå et det hadde vært en bil helt inne ved koia.

Politibetjenten tok seg av den unge damen slik at hun ikke falt og skadet seg. De var ingen mobildekning men i bilen var det en politiradio som hadde dekning. Vel inne i bilen kalte Jonas opp politiet i byen for å forklare at de hadde funnet en ung dame innelåst i en koie inne i skogen. Hun måtte til lege, han var redd hun var skadet og hadde traumer. Koia var avlåst og han hadde nøkkelen her hos seg. Det var nødvendig å saumfare koia for mulige spor.

Han mente det var høyst sannsynlig at de to karene som var arrestert var på en eller annen måte innblandet i det som hadde skjedd med de to unge damen. Nå var det mørkt og han ville ta damen og det de hadde beslaglagt med seg ned til lensmanns kontoret. Han fikk heller organisere en ambulanse for å få damen til sykehus for en undersøkelse. Hun virket apatisk og hadde ikke noe tale, det kan være av frykt eller sjokk.

Politibetjenten turte ikke kjøre så fort, veien var uoversiktlig og smal. De store grantrærne sto tett ved veien og gjorde det ikke noe lettere for sjåføren. Etter en drøy time parkerte de bilen utenfor lensmannskontoret. Da hadde Else satt Bonzo i kennelen på veien ned.

Kontoret var låst og lyset slokket, det var kun bemannet på dagtid, og det var snakk om å holde åpent bare to dager i uken. Politistasjonen i byen var ikke lenger unna enn at det vesle bygde samfunnet kunne betjenes av en patruljebil etter behov. Effektivisering var det kalt, Jonas hadde vært lensmann i førti år, og ingen hadde spurt hverken han eller de som bodde i nedslagsområde til lensmannskontoret om planene.

Jonas kontaktet sykehuset og ville at de sendte en ambulanse etter damen, hun virket som en mellom ting mellom transe og traume. Det var ikke mulig å få ut et ord av henne.

Else Hagmo gikk hjem til seg selv, hun trodde ikke at hun fikk sove med det første, det var for mye tanker i hodet hennes.

Hun hadde truffet sin utkårede på en reportasje reise fra en hovedstadsavis der det var soldater fra

28

Telemarkbataljonen stasjonert. Det var norske elitesoldater.

De flyttet sammen på hans hjemsted og hun fikk ansettelse som reporter i lokalavisen. De så fram til å gifte seg, han skulle bare ta en tur til. Det ble fatalt, han ble drept av en veibombe. Hun prøvde så godt hun kunne å fortsette på hans hjemsted, men det var for mange minner og hun søkte derfor trøst i hundene.

Nå hadde hun flyttet langt unna, sammen med lederhund sin, Bonzo. Hun prøvde å la livet gå videre, og etter to år begynte hun å komme over tapet av sin utkårede. Et tilbud om å bli reporter i en regionalavis ble akseptert og hun bosatte seg i nærheten av en kennel og et enormt naturområde.

Hun arbeidet ofte hjemmefra, og nå satt hun seg til rette for å lage den første artikkelen om det hun hadde ramlet borti under treningsturen med hundene. Det ble to A4 sider, med diverse foto ble det ihvertfall en side til. Hun ville ta det med lensmannen, men hun måtte passe seg så ikke hun ble beskyldt å blande seg i en politietterforskning. Abonnentene hennes hadde behov for å vite hva som hadde skjedd.

Else våknet brått av mobilen, det var redaktøren som hadde snappet opp nyheter fra politiet. Nå ville han at Else skulle komme med artikkelen sin, han visste at tabloid avisene og TV nyheter var ute etter hva som var på gang.

Hun hadde ingen bil, verkstedet opplyste at hun kunne komme og hente en lånebil. Det var avtalt med forsikringsselskapet at hun hadde krav på en leiebil så lenge hennes bil var på verksted.

Hun måtte simpelten innom lensmannskontoret med artikkelen før den overivrige redaktøren fikk kloa i den. Han var kjent for forsider med krigstyper, det mente han var nødvendig for å konkurrere med tabloid avisene.

Jonas synes artikkelen var god, ganske nøytral og dekkende for hva de hadde av informasjon. Mennene og bilen var kun nevnt i et lite avsnitt. Den første damen mer utfyllende, særlig om det forferdelige skriket og strabasene med å få henne ut av skogen. Koia og funnet av den andre damen samt strabasene for å få henne ut til bilen var også ganske detaljert. Jonas mente at dette ikke ville sette etterforskningen i fare. Derimot kunne noen oppsittere bidra med informasjon om de tenkte etter om det var oppdaget noen merkelige oppførsler.

Redaktøren var i fyr og flamme, han sørget for at bildene var i et format som kunne komplettere artikkelen. Han hadde greid å få åtte avissider i tabloidformat ut av det. Som vanlig var bildene det som tok mest plass i tillegg til reklamen. Han ville ha storyen på hovedoppslaget på førstesiden. Det var enda tid å justere, avisen skulle ikke i trykken før ved to tiden i natt.

Else stakk bortom politihuset, mest for å forberede de på at det kom en artikkel i morgendagens avis. Hun følte at hun hadde plikt til det siden hun var en vesentlig bidragsyter til funnet av de to unge damene. Politiet var innforstått med at det kom på trykk og ble beroliget da hun fortalte at hun hadde tatt det med lensmannen først.

Foreløpig hadde de ikke fått utrettet så mye, alle fire var på sykehuset, damene var transportert til et sykehus i Førde. Det var ikke så heldig at de var på det samme sykehuset. For sikkerhets skyld hadde politiet forlangt at sykehuset skulle stasjonere vektere utenfor rommene der mennene var innlagt. De var redde for at de skulle finne på noe.

Else vurderte om hun skulle ta turen til Førde, en biltur på to og en halv time, det var kanskje bedre å vente til i morgen, nå var klokka allerede fire og det var nesten mørkt.

Hun ringte sykehuset og fikk bekreftet at pasientene var i de beste hender. Det var vakter i korridoren, og de hadde fått opplyste av politiet at det ikke var fare for at noe skulle tilstøte de.

Else mente det var veldig naivt, hun hadde erfart hva forbryter syndikat var i stand til å gjøre og følte seg langt fra sikker. Hun besluttet å ta turen nå i kveld og legge seg inn på et hotell. Da hadde hun hele morgendagen til rådighet.

Før hun dro kontaktet hun Jonas og ville vite om han hadde funnet noen ID papirer i vesken de tok med seg.

- Det har jeg helt glemt å sjekke, vesken står inne på kontoret mitt. Kanskje jeg skal sette den i det låsbare skapet der vi oppbevarer bevisene våre.

31

- Det virker veldig skjødesløst, jeg stikker bortom før jeg reiser til Førde der de to damene er innlagt på sykehuset.

- Jeg skal være der når du kommer, det tar vel ikke mer enn tre kvarter kan jeg tenke.

Det var fullt lys på i lensmannskontoret da Else stoppet leiebilen på utsiden. Hun synes det var merkelig. Politibetjenten var der i sivile klær, han hadde blitt budsendt.

Inne så hun ambulanse personell, ambulansen sto parkert på siden av bygget. Lensmannen hadde antagelig overrasket innbruddstyver inne på lensmannskontoret. Lensmannen lå på gulvet mens det ble forsøkt gjenoppliving med en hjertestarter. Det var en blodig kniv på gulvet. Inne på kontoret så det ikke ut, et forferdelig rot, vesken så hun ikke noe til. Hun visste at nøkkelen til koia hadde blitt lagt i den samme vesken.

Politibetjenten bannet stygt, han viste at bevilgningene til overvåkning inne og ute var avslått av politimesteren. Grunnen var et det var bortkastede penger siden det var et tidsspørsmål når kontoret skulle legges ned.

Else tenkte at dette var stoff for den neste artikkelen. Hun fikk se til å skrive den på hotellet i Førde i kveld og i morgen. Nå var det enda viktigere å se til de unge damene, hun så dette i sammenheng med hva som hadde skjedd oppe i skogen.

Hun ringte redaktøren for å fortelle hva som møtte henne på lensmannskontoret og at hun reiste til Førde i kveld. Han mente hun måtte ta seg i vare, dette kunne utvikle seg, når de engang ikke kviet seg for å nesten ta livet av gamlelensmannen.

Så kontaktet hun politiet og ville at de skulle ha politivakt på sykehuset i Førde. De ble forskrekket da hun fortalte hva som møtte henne inne på lensmannskontoret. De visste tydeligvis ikke hva de kunne vært utsatt for.

Else kom til Førde rett etter midnatt, det hadde vært enkelte stopp grunnet veiarbeid og midlertidige trafikklys. Hun fant hotellet hun hadde booket før hun satt seg inn i bilen. Det var stille nå i November, det var ikke noen festivaler eller turister å snakke om.

Etter å ha koblet opp lap toppen begynte hun på sin neste artikkel. Den dreide seg i hovedsak om hva som skjedde på lensmannskontoret. Hun synes ikke hun kunne ta med fotoet innefra kontoret, det ville ikke ta seg ut. Heller et foto av det medisinske personellet uten å vise Jonas. Hun var ikke sikker på om han ville stå det over. Det ville i så fall være en tragedie.

Else hadde ikke sovet godt de siste to nettene, nå håpet hun at hun skulle få roet seg ned. Det var ikke nødvendig å besøke sykehuset før etter legevisitten, den kunne vare til nærmere lunsj. I natt slo hun av mobilen, med den på lå hun på anke da hun synes å høre lyder fra den. Det var nok bare innbilning. Hun funderte på å sende artikkelen til redaktøren i natt, da ville han ha hele dagen på å bearbeide den for neste utgave av avisen.

Hun følte seg bedre når hun våknet ved ni tiden. Det var godt at hun hadde slått av mobilen, det var kommet inn meldinger og beskjed om tapt anrop. På mailen var det også kommet inn meldinger i løpet av natten, eller kanskje det var i morges før hun sto opp. Lensmannen hadde blitt fraktet i helikopter til Haukeland sykehus i Bergen. Det sto om livet.

Nå ble hun redd, det var ikke engstelse lenger. Hun regnet med at hun selv kunne være et mål, hun visste jo så mye og hadde oppdaget og videreformidlet det hele til lensmannen og redaktøren. Artikkelen var allerede i trykken og avisene var på vi ut til abonnentene og løssalg.

Hun fikk en innskytelse å ringe brannvesenet. Hun tenkte at de som gjorde innbruddet på lensmanns kontoret antagelig reiste opp til koia for å slette spor. Før hun kom så langt ringte de fra sykehuset og medelte at de to damene var våkne og de ville tillate et besøk. Else kunne i det minste ta et foto av de for å formidle i den neste avisartikkelen. Hennes håp var at noen hadde sett damene eller også bilen med mennene ved en eller annen anledning.

Else hastet til sykehuset, Hun ble forskrekket over at det ikke var noen form for sikring eller vakthold verken i mottagelsen eller utenfor rommene der de to unge damene var. Det ble snakket bort med at sykehusdirektøren ikke synes det var nødvending med ekstra sikkerhet, det var jo adgangskontroll og video overvåkning. Et sikkerhetsfirma i Bergen hadde installert overvåkningen og hadde direkte bilder til sin sentral.

Det var direktørens ansvar og hun, en reporter, hadde ikke nok tyngde til å forlange noe annet. Det ville imidlertid bli behørig kommentert i avisen hennes.

Damene lå sammen på et firemannsrom, det var også andre pasienter der. Hun visste ikke riktig hvilken avdeling det var, men som regel var det flere pasienter en senger så det kunne være kreft eller fødende.

Hun hadde med seg en blomst og litt sjokolade til hver av dem. De så forskremte ut, visste ikke helt hvem som kom på besøk. Det var tydelig at de hadde vært utsatt for traumatiske hendelser. Else smilte til de og viste de gårsdagens avis og gestikulerte med at det var henne selv som sto som opphavet til artikkelen. Hun ga de visittkortet sitt og gjorde tegn til at hun kom som en venn.

De kikket på hverandre som om de ikke viste riktig hva de skulle tro. Begge hadde et stativ med væskebeholdere ved sengen. Det var koblet til en kanyle i armen. Hun tok et foto med mobilen sin, det kunne bli gjenstand for å identifisere de. Det var tydelig at de ikke behersket det norske språket, Elses tysk var langt fra perfekt og det virket som om damene kjente igjen noe av det hun prøvde seg på å si.

Hun hadde ikke regnet med å få til noen samtale, det var politiets oppgave. Det eneste hun håpet på å oppnå var en form for fortrolighet. De virket så unge og sårbare, Else kunne ikke forstå hvordan de hadde havnet her, de skulle være hjemme og gått på skole, ikke oppholdt seg i denne koia langt inne i skogen på Vestlandet.

Hun ønsket de god bedring og trykket hendene deres som en avskjed. Det virket som de forsto faktene hennes og gjorde forsøk på et smil.

Pleieren kom inn og ville at damene skulle få ro, de var traumatiserte begge to. Hun fortalte at prøvene akkurat var analysert, de var hos legen for vurdering. De hadde ikke lov til å vise resultatene til media, de kunne til nød sende de til politiet. Da Else spurte om det var foretatt en DNA analyse nikket legen bekreftende. Det ble nevnt at hun var hes, enten av anstrengelse eller av en infeksjon. Når Else fortalte om de forferdelige skrikene som hadde fått hundene hennes til å stoppe opp og gjorde forsøk på å søke etter lyden forsto legen sammenhengen. Det kunne være årsaket av de anstrengelsene hun hadde vært utsatt for i forbindelse med det hun hadde opplevet.

Vel, vel, hun hadde kommet så langt hun kunne. Damene var i de beste hender her på sykehuset, og politiet ville etterhvert opprette en sak. De var mer opptatt av angrepet på lensmannen, de unge damene kom i andre eller tredje rekke. Politiet hadde ikke ressurser til en storstilt og bred etterforskning.

Det ble opp til Else sine reportasjer og artikler å holde politiet i ånde for å dykke ned i historien. Hun bestemte seg for å reise tilbake til redaksjonen med det hun hadde. Det kunne ikke forekomme i Norge at politiet valgte ikke å etterforske en sak som denne med å skylde på manglende ressurser. Det mente hun var altfor lettvint. Akkurat dette ville hun ta opp med sin redaktør, media var kjent for å være den fjerde statsmakt som skulle korrigere og påpeke feil og mangler i maktapparatet.

Else synes også at det var handlingslammelse fra sentrale myndigheter at politiet ble tilkjent så små ressurser, og på den andre side ble ansvarliggjort for å feile i til dels kompliserte etterforskninger i ettertid. Kan oppsitterne bare stilltiende godta dette? Hun visste at i ettertid ble de lokale politikamrene uthengt for mangel på god etter-forskning av de samme instanser som hadde strupt de slik at de ikke var i stand til å utføre det befolkningen hadde krav på.

Det var stoff til mange kritiske artikler dersom redaktøren ville tillate det. Hun var klar over at eierne av avisa, en eldre dame som hadde arvet avisen etter sin bestefar, mente det var bedre å holde seg inne med myndighetene enn å komme med ramsalt kritikk.

Nå regnet hun med at med de store skadene til lensmannen gjorde sitt til at politimesteren så sitt snitt til å legge ned lensmannskontoret. Det ville ha et tragisk utfall for denne saken.

Politibetjenten, Hans Olav Eriksen, var hennes håp. Hun ville igjennom sine artikler arbeide for at han ble konstituert lensmann mens Jonas Engen var inkapabel. Det var det minste hun kunne gjøre før politimesteren gjorde alvor av å stenge ned.

Etter å ha konferert med redaktøren ville hun stikke bort på lensmannskontoret for en samtale med Hans Olav.

Redaktøren var begeistret for den artikkelen hun sendte i løpet av natten. Han mente at den var ganske så nøytral og ville ikke være til hinder dersom det ble en etterforskning. Selv var han tvilende til at det ble satt i gang noe. De fleste resursene til politiet var vakter i forbindelse med demonstrasjoner mot de gigantiske kraftlinjene som skulle settes i gang.

Else ble bedt å konsentrere seg om denne saken, slik at leserne fikk en forståelse av hva som foregikk. Da kunne de selv komme med kommentarer dersom politiet ignorerte saken. Hun ville oppmuntre leserne til å komme med kommentarer og hadde ikke til hensikt å utelate noen.

Else fortsatte med en artikkel etter besøket sitt i Førde. Hun ville nevne kritikk av at ikke lensmannen fikk innvilget midler til video-overvåkning. Den hadde vært på sin plass for å identifisere den eller de som hadde utført ugjerningen.

Hans Olav satt opptatt på lensmannskontoret, han var virkelig lei seg for hva som hadde skjedd. Han hadde ikke hørt fra sykehuset om hvordan det sto til med lensmannen. Nå visste han ikke riktig hva han skulle gjøre, det var tragisk om dette ikke skulle kunne la seg løse.

Han ble forskrekket over hva Else hadde i tankene. Han hadde faktisk ikke tenkt i de baner at politimesteren kunne bruke dette påskuddet til å legge ned lensmannskontoret.

Dersom Else begynte å skrive om behandlingen politiet fikk av sine overordnede trodde han at det ville by på problem for han selv. De ville snart finne ut hvor kildematerialet kom fra og da var hans videre karriere historie. Hun mente at om de to sammen kunne finne ut noe mer og avgjørende i saken, så ville vinden snu om nedleggelsen av kontoret.

- Du må først be om å få en midlertidig politi aspirant eller to til å hjelpe deg i starten. Selv vil jeg stille opp hele veien inntil saken blir løst. Da er det stor sannsynlighet for at det blir lagt merke til, ihvertfall igjennom artiklene mine. Jeg lover å gjøre mitt til å holde saken varm.

- Det var da snilt av deg. Som du forstår er det ikke helt enkelt å ta over for Jonas, han var jo lensmannskontoret i egen person. La oss ta litt kaffe og snakke om et mulig samarbeid. Bare la meg ta meg av politiarbeidet først, så kan det diskuteres hva som bør komme i artiklene. Vi trenger leserne til å komme med tips, og da er det viktig å styre informasjonen slik at det kan la seg gjøre.

Else hentet to kopper kaffe på Cirkel K stasjonen over gaten. Hun tok med noe å bite i også.

Da hun kom tilbake med kaffen hadde Hans Olav allerede kontaktet politimesteren og sannelig min hatt hadde han greid å overtale han til å sende opp to politiaspirater. Politimesteren hadde fått påtrykk for å ta inn flere nyutdannede aspiranter. Nå fikk han kreditt av sine overordnede med å ha vært så positiv.

- De vil komme neste mandag, jeg trenger litt tid til å organisere plass til dem.

- Det er jo en førsteklasses start på den nye tilværelsen din, du viser at du tar tak i ting og er god til å organisere, og ikke minst overbevisende. Det er noe som vil bli lagt merke til. Bare hold deg inne med politimesteren og sendt gode rapporter om fremdriften. Ikke vær redd for at han skal ta rosen og æren for det du kommer opp med, det gjør at han blir enda mer avhengig av deg.

- Kontoret har jo fremdeles tilgang til en deltids sekretærtjeneste fra kommunen, og nå trenger jeg litt hjelp fra den kanten.

- Det er førsteklasses, kan du be henne finne ut hvem eieren til området der koia er, og om det er noen som har leid den. Det vil være på sin plass å oppsøke eieren. Det er sannsynlig at han har en ekstranøkkel ellet har kjennskap til hvordan det kan la seg gjøre å komme inn uten nøkkel.

Sekretæren kom etter en halvtime, hun hadde tilgang til eiendomsregistrene på sin lap top.

Kommunale avgifter og eiendomsskatt ble sendt ut via dette registeret og det var helt legitimt å benytte seg av denne informasjonen.

Hans Olav måtte passe seg så han ikke ble ledet av Else Hagmo, de hadde ikke helt sammenfallende interesser. Han ønsket å befeste sin stilling ved lensmannskontoret mens Else ønsket å få navnet sitt kjent i hovedstadsavisene der hun hadde starte sin karriere.

Sekretæren, en ung relativt nyutdannet dame fra distriktet var glad for å veksle mellom kommunen og lensmannskontoret. Det var større variasjon i oppgavene her enn rutinearbeidet i kommunen.

Hun forsto hvorfor hun var kontaktet. Sammen satt de i gang å gå igjennom eiendomsregistrene. Det var en prøvelse, særlig med gamle grenser, det var langt fra alt som var digitalisert. Det var relativt greit å finne bruksnummeret men hvor grensene gikk, var ikke like enkelt. Det samme med eierne, det registeret var ikke oppdatert etter at den opprinnelige eieren var død.

Else mente at om de fant bruksnummeret til koia og hvor den opprinnelige eieren sin adresse var, kunne de ta en rekognoseringstur for å finne ut hvem som bodde der nå.

Hans Olav mente det var litt sent på dagen nå, men om de startet før ni i morgen kunne alle tre være med. Påskuddet kunne være at de måtte oppdaterte registeret med den rette eieren.

Sekretæren, Inger Johanne Kristiansen, synes det hørtes troverdig ut. Ikke minst en avveksling fra å være en junior i kommunehuset.

Inger Johanne laget utskrifter av det eksisterende eiendomsregisteret. Det var grunnen til at de skulle finne eieren, eller de som bodde der adressen var. De fikk hver sin kopi i en plastmappe. Det ville hun ta med seg i morgen. Hans Olav ville kjøre den gamle V70'en og spurte om Else kunne ta med Bonzo.

De var klare i god tid før klokka var ni. Hans Olav hadde battledressen, Inger Johanne hadde på seg turklær og gode sko, det samme hadde Else. De stoppet ved kennelen og hentet Bonzo og hundeburet. Inger Johanne hadde googlet veien, det var en kronglete vei som svingte av den veien der Else hadde kjørt med hundespannet sitt.

Hans Olav stoppet ved stien som gikk inn til koia. Han ville se etter hjulspor. Han var ikke fremmed for at den eller de som hadde brutt seg inn på lensmannskontoret hadde en eller annen tilknytning til dette stedet. Det var ikke i planen å gå inn til koia, det kunne de i så fall gjøre på hjemveien, ikke hadde de nøkkel heller.

Inger Johanne tok fram kartet, og regnet ut at det var noen kilometer lengre inn langs den samme veien. Det var bare å se etter en litt stor sti, og de lurte på om dette var rette stedet. Den var nesten overgrodd. Hans Olav ville sjekke om det var spor etter et kjøretøy. Han ville ha med Bonzo for å snuse, Else tok den i bånd og fulgt etter. Det kunne

se ut som noen hjulspor, jorden var kastet opp og
det var veldig sølete.

SKRIKET

Kapittel 3

Det var bedre å parkere bilen et sted langs veien og spasere inn. I følge kartet kunne det være et stykke.

Inger Johanne viste vei, hun hadde studert kartet før de dro. Nå så de etter noen spor som kunne indikere at de var på rett vei. Det var ingen skilt eller noen postkasse, hun mente at de kanskje hadde en postboks på postkontoret i bygda.

Etter en stund virket det som om det var en glenne i skogen, og spor etter en gammel eng. Den virket overgrodd nå. Veien var sølete, Hans Olav takket sin skaper for at de ikke hadde kjørt inn denne veien.

Inger Johanne synes det var skummelt, dette var noe helt annet enn å sitte på kontoret til kommunen. Nå undret de på om dette i det hele tatt var veien til den gamle gården. Det var hjulspor, så veien hadde nok blitt benyttet i den senere tiden.

Ned en bakke mot et vann så de noen falleferdige hus. Else hadde med kameraet til avisen og hadde knipset bilder på veien inn. Det var et framhus og noen skur, litt små til å være fjøs. Det så ubebodd ut. Else gikk nærmere med Bonzo, det viket som om den hadde fått teften av noe. De stoppet foran huset og banket på døra.

- Er det noen her, vi kommer fra kommunen for å sjekke opp eierforholdet til eiendommen.

Det tok tid, så merket Bonzo det var aktivitet inne. Inger Johanne ropte igjen. Døren åpnet seg og en skjeggete mannsperson stakk hodet ut. Hans Olav presenterte seg og sa han var anmodet av kommunen å finne ut hvem eieren av eiendommen var. De holdt på å oppdatere de kommunale registrene.

Mannen kom ut på trappen, han var en pensjonert universitetsprofessor som benyttet stedet til å skrive bøker. Han fortalte at han mer eller mindre hadde meldt seg ut av samfunnet i perioder. Huset hadde han fått tillatelse å benytte av en gammel dame som sa hun hadde hevd på stedet. Det var mange år siden det hadde vært permanent bosetning der. De ble bedt inn og han tilbød de en kopp kaffe. Lyset fikk han fra et lite Honda generatorsett som gikk på diesel, det sto i et av skurene.

Det så kummerlig ut men han hadde gjort forsøk på å gjøre det levelig. Det var andre eller tredje

45

gangen han hadde benyttet stedt. Han var der i lange perioder, nå hadde han snart vært der i tre måneder.

- Hvordan kommer du deg fram og tilbake? Veien inn ser ikke særlig farbar ut. Går du ut til hovedveien den samme veien vi kom?

- Jeg bruker den opprinnelige veien, den kommer inn fra den andre siden, der er den gamle veien fremdeles farbar. Den veien der dere kom er ikke særlig farbar uten firehjulsdrift eller med motorsykkel, den er ikke i bruk annet enn i spesielle tilfeller.

- Bor du her alene?

- I perioder har jeg med min handikappede sønn, han ligger litt her og litt i en av de tre tømmerkoiene, det hører tre koier til eiendommen. De ble benyttet av tømmerhoggere i riktig gamle dager. Nå er det ikke drift i skogen, den er helt overgrodd og nesten ugjennomtrengelig på grunn av sitkagranene. Treplantingen på femti og sekstitallet satte stiklingene altfor tett og nå er det en ugjennomtrengelig vegg av store grantrær.

Sønnen min har en motorsykkel han kan bruke her inne i skogen, han har ikke førerkort og holder seg bare her i nærheten. Han er hjerneskadet ved fødselen og kan i liten grad gjøre rede for seg.

- Vet du om noen av de andre koiene har vært i bruk i senere tid?

Mannen ble rar, han ville at de skulle gå, han hadde ikke mer å si. Hans Olav spurte igjen og sa at om han ikke fortalte hva han visste måtte han være med til lensmannskontoret og forklare seg der.

- Grunnen til at jeg spør er fordi vi har vært i en av koiene i går kveld. Den var låst, men nøkkelen hang ute under takskjegget og jeg gikk inn. Det så ut som om noen hadde bodd der. Inne fant vi et forskremt damemenneske som vi tok vare på. Hun kunne ikke gjøre rede for seg. Det er derfor jeg spør om du hadde noe kjennskap til hvem som brukte koia.

- Gå, dere er ikke velkomne her. Jeg vil ikke ha dere rekende rundt her. Det påskuddet med eierregistrering tillater ikke at dere snoker rundt på eiendommen. Jeg har sagt at jeg ikke vet hvem eieren er.

Det var da en merkelig oppførsel, tenkte Hans Olav. Han ble mistenksom. Riktignok viste han at enkelte mennesker ble litt merkelig i hodet etter å ha bodd isolert langt inne i skogen over tid.

Dette opptrinnet var langt fra vanlig, han hadde faktisk ventet seg noe annet fra en eksentrisk akademiker. Det gjorde han mistenksom. Det var tydelig at professoren hadde kjennskap til at koia var blitt benyttet.

Hans Olav reiste seg og spurte om han kunne se seg om inne i huset. Mannen ble flakkende i blikket og ville ikke at han skulle undersøke inne, det var kun han selv som var der og det var ingen

47

grunn for Hans Olav å se seg om. Han ble faktisk forsøkt hindret i å se seg rundt.

- Jeg håper du har rett, selvsagt ønsker jeg å ta meg en titt etter å ha kommet hele den lange veien hit. Det tolker jeg som om du har noe som du ikke vil at jeg skal se. Dersom du har noe å skjule og vil hindre meg, må jeg sette på deg håndjern og anholde deg for å hindre politiet i sitt arbeid.

Han tok fram håndjernet og gjorde seg klar. Hans Olav vurderte hva han skulle gjøre, nå skulle han ønske at gamle lensmannen hadde vært her.

Mannen ble nesten rabiat, det var tydelig at han ikke ville at politiet skulle begynne å snuse rundt. Else tok Bonzo nærmere og fikk den til å sette potene på skulderen til mannen og holdt han nede i stolen. Det gjorde susen.

Hans Olav kikker rundt, det var et rom med en uoppredd seng, en bøtte til natt toalettet, et lite kjøkken med en vannpumpe. En hybelkomfyr som ble drevet av generatoren. Videre var det to dører til. Hans Olav ville at Inger Johanne skulle være med når han åpnet dørene. Det var bekmørkt inne og han tente lommelykten, en kraftig Mag lykt. Om ikke det lå noen i sengen var det ikke så lenge siden noen hadde ligget der. Det lå strødd med klær, det luktet dame. Det var tydelig at det hadde vært andre besøkende enn professoren der i den senere tiden.

Han åpnet forsiktig den andre døren og lyste inn. Han skimtet et par forskremte øyne som prøvde å skjule seg under et teppe. Vinduet var taper igjen

48

med noen papp plater. Noe han rev vekk slik at det kom dagslys inn.

- Helvete, utbrøt han, hva faen er dette her?

I sengen under et teppe lå det en ung dame. Når han lyste på henne, oppdaget han at hun hadde gaffa tape over munnen. Da han rev av henne teppet så han at hun var tapet på hender og føtter. Var det kanskje derfor det tok tid før mannen åpnet døren da han banket på?

- Hva i helvete er det som foregår her inne i skogen, ropte han ut.

Han snudde seg mot professoren og så han stirret rett på han med et gevær i hånden. Else lå på siden på gulvet og Bonzo klynket ved siden av. Hun hadde blitt uskadeliggjort, hunden også.

Hans Olav tok opp peppersprayen og sprayet mannen før han hadde noen muligheter til å bruke geværet. Det virket ikke som om han ikke enset peppersprayen, han fortsatte fremover med hevet geværet.

Else hadde våknet til liv og så hva som hendte, hun grep det nærmeste hun kunne få tak i og kastet kaffekjelen med den varme kaffen mot mannen. Han reagerte med å snu seg med geværet mot Else. I det samme kastet Hans Olav seg over han og holdt han nede i et kraftig nakkegrep. Mannen var sterk og hadde uante krefter.

Bonzo hadde kommet seg og bet seg fast i foten til mannen. Hans Olav fikk lirket ut håndjernet og

49

satt det på hendene hans bak på ryggen. Han hadde et til og festet det til en stålstang som holdt trappen på plass. Geværet ble tatt vare på. Det hadde et skudd i løpet, og det var heldigvis ikke noe i magasinet. Det ble tømt for skudd og sikret. Hans Olav kjente at hjertet hamret, det kunne sikkert føles utenpå. Noe sikt hadde han ikke vært utsatt for tidligere. Igjen savnet han gamlelensmannen, han greide å takle de fleste situasjonene.

Inger Johanne hadde fjernet tapen på den unge damen, hun skalv over hele kroppen og var kriddhvit i ansiktet. Hun ble trøstet som best hun kunne. Damen hikstet og begynte å strigråte. Det var tydelig å se at dette oppholdet hadde tatt på henne. Det virket som om hun var i transe.

Else blødde fra et sår i hodet, hun hadde blitt slått med en hammer og hadde vært borte en stund. Bonzo hadde sluppet taket i benet til mannen, men sto nå rett foran han og knurret så fort han merket en bevegelse.

Hans Olav viste resolutt handling, men nå var han i villrede med hva han skulle gjøre videre. Han hadde hatt nærvær til å ta med seg politiradioen og en satellitt telefon. Han visste på forhånd at det var dårlig mobildekning her inne i skogen.

Han kontaktet politikammeret der politimesteren hadde kontoret sitt. Resepsjonisten satt han over til sjefen sjøl og han fikk fortalt hva han sto overfor. Nå hadde han behov for hjelp til å transportere de to ekstra personene tilbake til lensmannskontoret. Han forklarte veien og ga han GPS koordinatene.

Det var muligens en person til, en handikappet sønn av mannen. Men han var ikke sikker på hvor han holdt hus, det kunne være i en av de tre koiene for alt han visste. Politimesteren lovet å sende to biler, den ene den veien Hans Olav hadde tatt og den andre den veien mannen sa han benyttet seg av. De ble bedt å ha med kommunikasjonsutstyr, det var ikke dekning for mobiltelefon her inne i skogen.

Det var lite fornuft å få ut av professoren, han nektet å snakke om hvorfor den unge damen lå tapet fast inne på et av rommene, og om de klærne og vesken som var på det andre rommet. Hans Olav regnet med at det ville de nok få det ut av han når de kom ned til politistasjonen.

På den andre siden var det ikke mulig å få til en samtale med den unge damen heller. Hun visket bare og virket nærmest hysterisk. Inger Johanne gjorde sitt til for at damen skulle roe seg ned. Hulkingen og hikstingen hadde ikke gitt seg, men hun virket roligere.

Else kunne ikke se noe til skrivesaker eller en pc der mannen kunne benytte til det påståtte forfatterskapet. Hvar det bare en avlednings manøver? Var han i det hele tatt en pensjonert universitetsprofessor? Eller var det muligens en tidligere straffedømt sedelighetsforbryter som hadde rømt til skogs?

51

Hans Olav hadde lagt merke til en takluke i gangen utenfor de to rommene. For han virket det som om den var satt inn i senere tid. Treverket var ferskt, i motsetning til mye av det andre innvendige treverket. Han retter lykten sin mot luken for å finne en snor eller noe som han kunne åpne den med.

Professoren ble veldig urolig og rykket i håndjernene. Det oppfattet Hans Olav som mistenkelig og det forsterket hans ønske om å åpne luken.

Det spraket i politiradioen hans, to patruljebiler var allerede kommet til stedet der lensmannskontoret var og regnet med at de ville være oppe om tre kvarters tid. De ville ha en situasjons rapport. Hans Olav fortalte at de hadde omhendetatt mannen og damen, men de så ikke noe spor etter den hjerneskadde sønnen. I følge faren var det mulig at han oppholdt seg i en av tømmerkoiene.

Han vurderte om han skulle åpne luken nå eller la det bero til en av patruljene var til stede. Det kunne vel ikke gjøre noen skade om han fikk til å åpne luken, mente han.

Den ene handlingen tok den andre og han sto på en stol og rakk opp til luken. Han synes å se at den hadde vært i bruk for ikke så lenge siden. Først prøvde han å skyve den opp og til siden, men den rikket seg ikke. Et forsøk på å dra den ned gikk bedre. Det var hengsler i den ene kortsiden, de var skjult nedenfra.

Takluken ble forsøkt åpnet. trukket ned, det var masse støv og skit som kom ned. Først når den var helt nede var det mulig å kikke opp i lyset fra lommelykten. Det han så var en stige som så ut for å kunne trekkes ned. Han var usikker hvor langt han skulle gå før assistansen kom. Han hadde i grunnen mer enn nok med mannen og den unge damen.

I grunnen burde det å være unødvendig å klatre opp. Han hadde ikke hjemmel for noen ransakelse. Det kunne slå imot han. Selv det å undersøke huset som han hadde gjort uten ransakelses ordre burde han holdt seg fra. Da hadde han ikke funnet den unge damen og hun kunne ha vært i livsfare dersom tapen ikke hadde blitt fjernet.

Det spraket i høyttaleren hans, politipatruljen var rett i nærheten, de hadde holdt på å bli truffet av en uregistrert motorsykkel på veien inn til det gamle huset. Sykkelen hadde veltet ut på siden av veien. Føreren så skadet ut og kunne ikke redegjøre for seg. Hans Olav trodde kanskje det var den handikappede sønnen som faren hadde snakket om. Det var en ambulanse på vei, mest for den unge damen som så ut som en zombie. Det beste ville være å overlate henne til medisinsk personell. Da kunne de kanskje ta med seg sønnen samtidig.

Den andre patruljen hadde prøvd seg på den andre veien der Hans Olav og teamet sitt hadde benyttet til fots, og han gikk de i møte ute på trappen. Professoren virket roligere nå, kanskje det var fordi Hans Olav hadde gitt opp å komme seg opp på loftet i denne omgangen.

Det ene håndjernet ble tatt av, det tok seg ikke ut at han var lenket fast til en jernstang nå som han selv var rett i nærheten. Dersom han ville stikke av var et nok av folk som kunne hindre han i det.

Det var ikke gjort noe flere forsøk på å få professoren i tale om hvorfor den unge damen var tapet fast på det lukkede rommet, og hvorfor han hadde kommet imot han med et ladd gevær når Hans Olav ville se seg om i huset. Det var i det hele tatt en merkelig oppførsel. Han var livredd for at han skulle bli skutt der og da. Det var kanskje normal oppførsel i en einstøings liv når han følte seg truet.

Hans Olav følte en uhyggestemning av det hele, en dame som hadde klatret opp i et tre for å unnslippe forfølgende hunder, en skutt hund som var forsøkt skjult, et damemenneske innelåst i en koie i skogen, et annet damemenneske bastet og bundet i et falleferdig hus men en eksentrisk professor med handikappet sønn.

Han skulle ønske at lensmannen var her, han hadde et åpent sinn og taklet alle slags utfordringer. Han selv hadde ikke de samme egenskapene, det var ikke mer enn fire år siden han ble uteksaminert med en Bachelor fra politihøyskolen.

Professoren ble satt i baksetet på den ene politibilen. Sønnen var ikke verre skadet enn at han kunne bli satt i den andre etter at ambulanse

54

folkene hadde sett til han. Begge, både far og sønn, ble tatt med til politihuset for videre samtaler.

Den unge damen ble lagt på en båre etter å ha fått noe beroligende. Hun ville bli tatt med til sykehuset for en sjekk.

Hans Olav hadde ikke funnet ut om det var en ekstranøkkel til koia. Ei heller hadde han funnet ut noe om innbruddet på lensmannskontoret eller knivstikkingen av lensmannen. Egentlig følte han seg hjelpeløs og utilstrekkelig i dette hans første oppdraget han var alene om.

Ikke hadde han kommet nærmere om eierforholdet til eiendommen eller hvem som hadde leid ut koia til de som hadde låst inne den ene damen heller. Det var mulig at han ville komme nærmere sannheten dersom han var i stand til å samtale med damene.

Før politiet tok med seg mannen ville Hans Olav låse av huset og fikk mannen til å veilede han i hvor nøkkelen var og hvor han skulle gjemme nøkkelen etterpå.

Det var allerede begynt å skumre da de gikk tilbake til der bilen var parkert. Inger Johanne følte uhyggen, det var ikke dette hun hadde forventet med å bli med Hans Olav.

Bonzo hoppet in i buret bak i V70'en. Else hadde vært forutseende nok til å ha tatt med et teppe med de kjente luktene, det gjorde hunden rolig og la seg ned i buret. Selv hadde hun fått impulser til en ny artikkel men var ikke sikker på om det lot seg gjøre å skrive noe om dette besøket. For hennes del var det ikke kommet fram noe som kunne formidles i avisen, det fikk vente til resultatene av samtaler og avhør. Hun følte at om hun nevnte noe om den unge damen kunne det bli oppfattet som å henge ut professoren. Det hadde hun ikke hold for nå i dag.

For hennes del var det bedre å kontakte politiet om den bilen som skubbet hennes av veien og de to mennene. Det var i hvert fall konkrete hendelser, enten å beskrive det som en trafikk ulykke eller en skjødesløs jakt etter en rømt dame.

Det tok et par timer til hun var hjemme, de måtte stoppe på kennelen for å levere Bonzo. Det hadde vært en takst på tilhengeren, den var kondemnabel. Regningen ville de sende til Else, hun hadde ikke tatt den med i sin henvendelse til forsikringen. Hun var imidlertid ikke i tvil om at beløpet skulle kompenseres. Kennelen hadde allerede bestilt en ny henger og hun ble fortalt at de de måtte ha pengene umiddelbart. Else lovet å ta seg av det i løpet av morgendagen. Aberet var at det ikke var en leieavtale som regulerte forsikringen slik det var ved leie av biler.

Det tok tid for henne å komme til ro og få sove. Det var så mange tanker hun hadde i hodet etter det som hadde skjedd de siste dagene. Hun var glad at Bonzo hadde fått seg en lang og god tur i skogen, med det i tankene sovnet hun.

Redaktøren regnet med at hun hadde masse stoff etter å ha vært på reportasjeoppdrag i hele går. Leserne var veldig opptatt av saken og det hadde kommet inn tips og kommentarer. Han forsto at det var kjenslig det som hun hadde erfart i går, og at hun ville forsikre seg om at det hun tok med i artikkelen ikke ville være til hinder for etterforskningen.

Hun lovte redaktøren å holde saken varm med noe som hadde med letingen etter eieren av eiendommen. Hun ville undersøke om koia der de oppdaget den unge damen var utleid. Til det hadde hun behov for tips, hun var sikker på at det var noen som hadde kjennskap til eiendommen.

Hans Olav ble innkalt av politimesteren. Han trodde først at han ville få en reprimande for å ha arbeidet på egenhånd og måtte be om hjelp. Isteden ble gitt ledelsen for å etterforske denne saken og ville få tilgang til ressurser fra hans kontor.

Han ble rost for sitt initiativ og sine lederegenskaper etter at lensmannen var blitt inkapabel. I tillegg ble han anmodet om å fortsette som konstituert lensmann med adresse på lensmanns kontoret. To unge politiaspiranter ville bli overført. Han ville også bli tilført en patruljebil med firehjuls drift. Det ble funnet nødvendig for å følge opp saken på stedet der funnene ble gjort.

Hans Olav følte at han hadde fått en anerkjennelse av politimesteren. Han var ikke så lite stolt av at han nå var lensmann så lenge gamle lensmannen var ute av drift. Han håpet jo at saken skulle la seg løse før lensmannskontoret skulle legges ned. Han følte at han kjempet mot klokken, noe som la et utilbørlig press på han.

Hans Olav måtte tilbake for å gjøre klar lensmannskontoret til sine nye medarbeidere. Til det håpet han på hjelp fra kommunesekretæren. Noe rekvirerte han fra politiet faste leverandør og noe kunne han skaffe selv. Inger Johanne var en uvurderlig hjelp med å lage en liste. Han poengterte at det måtte være på plass i løpet av de neste to dagene, da regnet han med at de nye medarbeiderne var på plass.

Else holdt seg borte, hun ville ikke belaste han med sine egne planer og gjøremål. Hun var nå veldig forsiktig med å røpe noe som kunne kompromittere Hans Olav i oppstarten som lensmann. Derimot tok hun med seg kaffe og rundstykker for å gratulere han med fremgangen. Det satte han umåtelig stor pris på. Han mente at Else kunne lage en artikkel om han som nyutnevnt lensmann og det han hadde blitt tilført av ressurser. Hun mente at hun måtte ha med foto av han sammen med de to aspirantene og den nye bilen. Det ville skape ro i rykteflommen om at kontoret skulle legges ned.

De to aspirantene hadde varslet at de ville besøke Hans Olav allerede i ettermiddag for å se seg om på kontoret og ikke mist hilse på han og Inger Johanne. Else mente at hun kunne komme tilbake når de var på plass slik at hun kunne få tatt bildene til artikkelen sin. I mellomtiden ville hun sjekke tilstanden til lensmannen. Hun var ikke i stand til å reise til Haukeland sykehus før hun var sikker på at lensmannen kunne ta imot besøk.

Artikkelen var ferdig skrevet, hun manglet bare personalia til aspiratene og fotoene. Hans Olav så igjennom artikkelen og la til noen kommentarer. Aspirantene kom i en tilsvarende bil som skulle stasjoneres på lensmannskontoret. Det var tilstrekkelig motiv for fotoene.

De to damene som skulle overføres til Hans Olav var Grete Andersen, og Cecilie Bendiksen. De var ikke så rent lite stolte av å bli presentert i avisen, det var veldig uventet. Else fortalte at det var en nødvendighet å berolige leserne med at det ikke var aktuelt å legge ned lensmannskontoret, ihvertfall ikke i løpet av den pågående etterforskningen.

Hans Olav tok de igjennom saken og viste hva han hadde av rapporter, og hva han i første rekke hadde behov for hjelp til. Neste gang de kom ville han ta de med til åstedet slik at de kunne gjøre seg kjent med omgivelsene. De mente det hørtes spennende ut og hadde fått beskjed om å mobilisere neste mandag. Da skulle også bilen være klar.

De hjalp til med møbleringen sammen med Inger Johanne, de var omtrent på samme alder, og det virket som om de fant tonen.

Redaktøren var fornøyd med artikkelen til Else, det var på sin plass å rose politiet for at de ville holde liv i lensmannskontoret.

Else fortalte at hun ville lage en historie om lensmannen og håpet å få en status og et foto av han i sykesengen. Hun hadde ringt, men det var midt i en undersøkelse og ble bedt å ringe tilbake litt senere.

Hans Olav ville at damene skulle konsentrere seg om de to mennene og finne ut hvem som skulle stå for avhørene og den videre undersøkelsen av dem. Bilen sto her på verkstedet og han ventet på bare på at bilsakkyndige kunne undersøke den tekniske siden og han ville selv ta seg av de politimessige undersøkelsene.

Han tok med seg sine nye medarbeidere for å sjekke ut bilen. De fikk utlevert hver sin kjeledress, sko og hansker. De teknisk sakkyndige hadde ringt og ville være der i løpet av en halv time. Det passet bra, mente Hans Olav.

Bilen var oppskrapet på den siden som hadde truffet Else sin bil, hele fronten var trykket inn der den hadde stoppet i granleggen. Inne var det blodspor, air baggene var ikke utløst og det var usikkert om de hadde setebeltene festet. I baksetet var det en bag og noen plastposer. På gulvet under førersetet fant de en pistol, og under det andre forsetet fant de en lap top, en mobil telefon og en dokumentmappe. Cecilie tok bilder med sin mobil, han var ikke utstyrt med noe kamera. Fra hanskerommet tok han ut det som var der i håp om å finne registrerings papirene og noe annet av informasjon som kunne kaste lys på hvem eieren av bilen var eller også hvor bilen stammet fra. I bagasjerommet fant de noe verktøy men det det lot han ligge foreløpig

Han ba Grete finne en plastpose for å samle det de hadde funnet. Tilbake på lensmannskontoret ville de registrere og gå igjennom det de fant i bilen. Dette var nytt og ikke minst lærerikt for aspirantene, De hadde ikke rukket å komme så langt i sin aspirantperiode. På politistasjonen var de midt i en introduksjons periode.

Det første den tekniske sakkyndig gjorde var å sjekke registreringsnumrene. Det virket som de var stjålet fra en annen bil. De ville sjekke chassis nummeret for kanskje den veien å finne den rette identiteten.

De ville holde på en stund utover ettermiddagen og ville sende sin tilstandsrapport med kopi til Hans Olav.

Tilbake på lensmannskontoret satt Cecilie på kaffen, hun mente at det måtte lages et bedre egnet sted til kaffetrakteren. Hans Olav mente på sin side at det ikke hadde vært hans prioritet, han brukte å hente take away kaffe borte på kafeen. Det hadde vært gamle lensmannen som hadde stått for kaffen på kontoret. Trakteren hadde brukt å stå på hele dagen og var i utgangspunktet veldig sterk, og den ble ikke bedre av å stå på hele dagen.

Grete begynte å sortere det de hadde tatt med seg fra beslagene i bilen. Det første hun gjorde var å registrere funnene. Dernest kunne de begynne å eksaminere det. Cecilie derimot begynte på listen og la til bildene som dokumenterte hvor i bilen det

ble funnet. Han var sjeleglad for at de var så ivrige
og effektive.

SKRIKET

Kapittel 4

Hans Olav følte for første gang siden han ble stasjonert på lensmannskontoret at han var engasjert med virkelig politiarbeid. Han priset politisjefen for at han hadde overført de to aspirantene til lensmannskontoret.

Det ble raskt kveld. Allerede ved firetiden på ettermiddagen seg mørket på, og damene mente nok var nok og måtte tilbake med bilen. Alt de hadde tatt med fra bilen ble låst ned i det brannsikre arkivskapet sammen med det de hadde med fra det falleferdige huset før de ga seg. Det hadde ikke tidligere vært behov for et eget rom eller skap til oppbevaring av bevismateriell. Han ville ikke at det som skjedde med vesken skulle bli gjentatt. De hadde ikke sett spor av den eller de som sto for innbruddet og mordforsøket på lensmannen.

Etter hvert var det blitt mange fasetter i denne saken. Hans Olav begynte å summere opp de forskjellige delprosjektene i hver sin mappe. Det gjorde at han ble sittende lenge utover kvelden. Han tenkte at han like gjerne kunne være på kontoret som å sitte uvirksom i leiligheten sin og glane på TV.

For tiden bodde han alene, kjæresten hadde blitt lei å sitte hjemme og vente på han til sene kvelden og hadde reist til Bergen, en større by der det var mer liv og røre. Der hadde hun begynt på en Bachelor utdanning på universitetet. Det var tvilsom til om hun i det hele tatt kom til å flytte tilbake til småstedet sammen med Hans Olav igjen så lenge han var stasjonert på dette lensmanns kontoret.

De teknisk sakkyndige hadde sendt sin rapport. Konklusjonen deres var klar, de ville sørge for at bilen ble kondemnert. Det var ikke bare de siste skadene fra utforkjøringen, men teknisk sett fant de at den var trafikkfarlig. Skiltene var stjålet fra en norsk registrert bil og montert på deres bil, en handling som politiet hadde sett flere ganger tidligere særlig der det var snakk om forbrytelser. De trodde bilen hadde sitt opphav i Polen, men det var de veldig usikre på. Det spilte for øvrig liten rolle så lenge den var kondemnabel.

Hans Olav hadde helt glemt å se igjennom det han fant i hanskerommet. Det var kanskje på tide å finne ut om det var registreringsbevis eller vognkort blant sakene.

Det fikk vente til i morgen, han følte at det hadde skjedd så mye de siste to dagene og klokka var halv ti på kvelden. Om han var rask kunne han ta med seg en burger eller to på vei hjem.

Dagen i dag så ut til å bli travel. Saken han var opptatt med tok det meste av energien hans. Han hadde sovet urolig, tankene hans hadde ikke gått til ro før i de små timene. Hans Olav tenkte at han like godt kunne gå bort på kontoret og kjøpe med seg en bagett og en kopp kaffe på veien.

Avisen hadde hans foto på forsiden og med krigstyper sto det 'Lensmannskontoret er reddet'. Det var ikke hans ord, men tenkte at redaktøren trang noe som øket opplagstallet. Det la et utilbørlig press på han, hvordan skulle han med sine fire års erfaringer fra politiet møte de forventningene som vilte på hans skuldre.

Det var en henvendelse fra politistasjonen, de ville organisere et avhør av professoren ved ti tiden og ville at Hans Olav skulle stå for avhøret. De ville ha en advokat tilstede. Professoren var anklaget for trusler med et skytevåpen mot en politi-tjenestemann og overfall av en reporter. Gode gud, tenkte han, nå gjelder det ikke å drite seg ut. Han følte som om han beveget seg på en knivsegg. Var dette noe de gjorde for at han skulle dumme seg ut slik at lensmannskontoret kunne bli stengt under påskudd av at bemanningen var ute av stand til å operere det, eller var det en 'sink or swim' strategi fra politimesteren.

Okke som, han hadde sommerfugler i magen og hev seg over forslagene til hva han ønsket svar på av professoren. Det var bare å ta oksen ved hornene og virke overbevisende. Han følte seg veldig alene, og undret seg på hva gamle lensmannen ville ha gjort. Kanskje han skulle gjøre et forsøk på å kontakte han på sykehuset i Bergen.

Som sagt så gjort, han ringte mobilen hans for å ønske god bedring.

- Hei, det er Jonas Engen, hva gjelder det?

- Jo, nå skal du høre. Denne saken er større enn først antatt og jeg har fått den i fanget som etterforsker. Nå er jeg bedt om å stå for avhøret med denne professoren vi kom over i det falleferdige huset i skogen.

- Ja vel, jeg har fulgt med på politiradioen, det virker som om det kan utvikle seg. Jeg kan nok ikke være til stor hjelp, det er tre knivstikk som har gjort stor skade. Legen er ikke optimistisk til at jeg skal komme i arbeid på lang tid, kanskje jeg må pakke snippesken, jeg står for å bli pensjonist allerede til våren dersom jeg ikke blir bedt om å stå litt til.

- Jeg savner deg, dette er en sjokkstart for meg. Kan du gi meg råd om hva jeg skal spørre om i avhøret? Jeg har komponert en liste allerede med ønske om at du skal gi meg noen gode råd.

- Bare vær rolig og behersket og la professoren få uttale seg, still han noen treffende kontroll spørsmål underveis. Få han til å føle at han er den som har kommandoen, det er gjerne da de snubler og kommer med motstridende meldinger. Ikke la han lede avhøret. Det er viktig, få han usikker på deg og dine spørsmål, han har ikke forberedt seg som du. Han tror at du er en nybegynner som det er lett å manipulere.

- Takk for rådet, det er uvurderlig. Nå må jeg stikke, det er bare tiden og veien til jeg skal være tilstede på politistasjonen.

- Lykke til.

Hans Olav samlet sammen det han ville ha med, listen med beslaget tok han men i fall de kunne bli aktuelt å konfrontere professoren med.

Han rakk så vidt å hilse på politimesteren før han måtte inn i til avhøret. Cecilie Bendiksen satt der klar med notatblokken. Hans Olav følte at hjertet gjorde et hopp. Det tok ikke lange tiden før advokaten og professoren dukket opp.

- La oss ikke kaste bort tiden. Kan du oppgi dine personalia som navn, alder og registrert bosted.

Professoren kikket misbilligende på han, som om han ville provosere Hans Olav til å bli usikker. Han tenkte vel at denne guttungen skulle være en lett match. Han oste av selvsikkerhet, han som var vant til å trollbinde studenter i sine forelesninger.

- Det er innhentet informasjoner fra det universitetet du har oppgitt som din tidligere arbeidsgiver. Der har de ikke noe informasjon om

67

at du har hatt en slik posisjon som du gir inntrykk av. Har du skiftet navn i den senere tid?

- Ingen kommentarer.

- Nei vel, da er det å anta at du er en løgner og bedrager. Hva er ditt fødenavn? Jeg gir deg en siste mulighet før jeg viser hva navn jeg har innhentet.

- Oskar Abrahamsen 69 år, bosatt på Løten.

- Hva kommer det av at din sønn heter Erik Johannesen, navnet står på hans fødselsattest, født i Nord Reisa. Hans far er registrert som Edvin Johannesen, og hans mor som Benedikte Johansen.

- Du farer med løgn.

- Kan du vise legitimasjon som kan dokumentere ditt navn?

- Ingen kommentarer

- Vel, vel, da kan jeg vise et nyere passbilde av Edvin Johannesen, det ligner unektelig på deg. Alder 74 år. Det er til og med et fingeravtrykk i passet. Ved å undersøke videre er det ingen professor med det navnet som har vært ansatt på det universitetet du har oppgitt. Ei heller en med navn Oskar Andersen. Ta deg sammen mann.

- Ingen kommentarer

- Det viker som om du har rømt fra sivilisasjonen da det er ute en etterlysning på Edvin Johansen.

- Jeg anmoder om en pause, sier advokaten, jeg trenger en samtale med min klient.

Han Olav fant dette som en bekreftelse på at den identiteten han hevdet var falsk. Han godkjente en halvtimes pause.

Else var der og ville ha et intervju, noe han avslo. Det fikk være nok med spekulasjoner, akkurat nå trang han ro for å møte en vanskelig situasjon. Han måtte samle tankene og være forberedt på en meget vanskelig del av avhøret. Han hadde ikke engang fått identiteten til den påståtte professoren.

Halvtimen var omme og de gikk inn til avhøret igjen.

- Nå, kan du dokumentere din identitet? Førerkort, pass, bankkort, hva som helst. Dersom du ikke hoster opp noe, vil jeg benytte den identiteten jeg mener er den korrekte.

- Mitt navn er Oskar Abrahamsen. Det du hevder er ikke riktig.

- Den identiteten er ikke dokumentert, jeg gir deg en siste mulighet med å dokumentere din identitet.

Advokaten intervenerte og sa at det var utilbørlig å komme med en slik påstand. Han fikk Grethe Andersen til å ringe mobilnummeret til Edvin Johannesen. Mobilen var beslaglagt i og med at han ble kastet på glattcelle. De hadde riktignok ikke pin koden men kunne gjøre et forsøk allikevel. Hans Olav synes det begynte å bli komplisert måte å sjekke identiteten på. Det fikk

69

heller vente til de hadde hørt hva advokaten hadde av informasjon.

- Da går vi videre, du rettet et ladd gevær mot meg, hva var bakgrunnen for at du gjord noe slikt?

- Jeg sa at du ikke skulle bevege deg inn i huset, det hadde ikke noe med eiendomsregisteret å gjøre. Ikke hadde du en ransakelses bevis heller. Du hadde ingen grunn ei heller tillatelse til å gjøre det.

- Damen ja, hvorfor var den stakkars damen i huset? Du sa at du bodd der alene. Dessuten var hun bundet på hender og føtter.

- Damen banket på og sa hun var deprimert og ba om hjelp til å beskytte seg fra seg selv. Hun sa hun var redd hun skulle ta livet av seg i depresjon, og vi fant ut at hun kunne bindes for ikke å gjøre alvor av det.

Hans Olav følte at dette ikke gikk hans vei, han måtte tenke seg om hvordan han gikk videre. Det virket som om mannen og advokaten hadde overtaket. Han unnskylte seg og gikk ut et øyeblikk. Grete hadde greid å åpne mobilen. Den siste samtalen var den samtalen hun selv hadde ringt. Det føltes som et gjennombrudd. Han tok med mobilen når han gikk tilbake til avhøret.

Der spurte han om mannen kjente igjen mobilen, den hadde han selv levert fra seg ved registreringen, og det var med en kvittering på beslaget.

- Den telefonen har jeg aldri sett før, hva er det du prøver på? Jeg hadde ikke med noen slik telefon når jeg ble buret inn. Det er uhørte beskyldninger.

- Nå skal vi se, jeg skal få koblet opp overvåknings kameraet i mottagelsen og spole tilbake til da du ble registrert. Det fikk han vakten til å gjøre, i mellomtiden ble det servert kaffe og noe å drikke.

De viste tydelig at den samme mobiltelefonen ble levert inn, og koden ble oppgitt. Hans Olav synes ikke det var noe tvil om at mannen hadde oppgitt falsk identitet.

Det åpnet for undersøkelsen på det som ble betraktet som hans rette navn, Edvin Johannesen. Det viste seg at historien om hans ansettelse som universitets professor ikke stemte. Det var heller ikke noen Oskar Andreassen som var registrert som det samme.

Det virket som om mannen, hva han nå kalte seg, sank sammen. Advokaten ba om en pause, klienten hans var utilpass og var ute av seg. De fikk en times tid, og de avtalte å fortsette etter lunsj.

Det var det gjennombruddet Hans Olav hadde ventet på. Det rokket ved selvtilliten til mannen. Var det så enkelt, tenkte Hans Olav, mannen måtte være naiv for å tro han kunne dominere avhøret med sin hoverende tone.

Det han ønsket å få svar på var relatert til den unge damen. Hvordan og hvorfor hadde hun havnet der. Hvem hadde bodd i den ene koia der det oppholdte

71

seg en annen ung dame. Hva visste han om tyveriet og overfallet på lensmannen. Hva var sannheten med den påståtte handikappede sønnen.

Det han ikke visste var at politimesteren hadde vært innom rommet med enveisspeilet for å danne seg et bilde av Hans Olav og hans lederegenskaper i et vanskelig avhør. Da han forsto at identiteten til mannen var falsk og at den rette identiteten hadde kommet fram med Hans Olav sin entusiasme og analytiske evner, ble politimesteren imponert.

Det var tiden for å fortsette avhøret. Nå hadde Hans Olav fått en boost i sin selvtillit. Det viste seg at det var helt riktig skritt han tok, mannen het virkelig Edvin Johannesen.

- La oss sette i gang. Nå som din identitet er etablert vil jeg at du her og nå bekrefter din identitet før vi går videre.

Mannen var i villrede, denne jyplingen av en politimann hadde truffet et sårt punkt. Han visste ikke riktig hvordan han skulle komme ut av dette og fremdeles ha et overtak i avhøret.

- Det er riktig som du antyder.

For Hans Olav var det en tilstrekkelig bekreftelse. Han følte nå at han hadde fått et overtak i avhøret.

- Kan du gi en plausibel forklaring på hvem den unge damen er og hvorfor hun var tapet over munnen og på hender og føtter i en seng i det huset du hevder du har fått tillatelse til å bruke.

- Jeg har en muntlig tillatelse til å bruke huset som mitt mot at jeg utfører nødvendig vedlikehold.

- Mine informasjoner er at det er ikke innhentet noe tillatelse fra eieren av eiendommen. Det betyr at du har tatt dette huset i ulovlig besittelse, eller kan vi kalle det okkupasjon. Kan du innhente et skriv på at det du sier er rett?

- Eieren er dessverre død, jeg kan ikke opplyse annet enn at den muntlige avtalen står ved lag.

- Ja ha, vil du at jeg skal ringe opp eieren? Eieren er registrert i eiendomsregisteret til kommunen. Kan du svare på mine spørsmål om den unge damen. Hvor er hun fra og hvorfor var hun i din seng?

- Det kan jeg ikke svare på, det er for min egen sikkerhet.

Han Olav henvendte seg til advokaten hans.

- Klienten din, Edvin Johannessen, vil bli tiltalt for kidnapping og seksuell omgang med mindreårige. Damen ble undersøkt på sykehuset, hun var ikke fylt seksten år og det ble funnet rester av sæd i henne. De er til DNA analyse nå. Han ligger meget dårlig an.

- Dette kan ikke bevises, det er bare indisier, kom det fra advokaten.

- Nå går vi videre, Hvem bodde i den koia der det befant seg en ung dame innelåst. Var det din sønn? Han er innlagt på sykehuset for observasjon etter at han kolliderte med en uniformert politibil.

- Ingen kommentarer

- Nei vel, da kan jeg meddele at han ikke er hjerneskadet fra fødselen. Han var påvirket av narkotika da han kolliderte. Analysene er klare. Hva i helvete er det du prøver å innbille politiet. Vær glad at jeg ikke leser fra strafferegisteret ditt. Dersom du forklarer deg vil jeg la det ligge for nå.

Mannen så ut til å besvime, han var blek og skalv. Advokaten mente at han burde legges inn på sykehuset og få tilsyn av medisinsk personell.

- Ikke før han har forklart seg, det er opp til han selv. Han skal få noe å drikke og jeg skal sende bud etter en lege for å se til han. Men han må forklare seg.

Det ble en kort pause, Cecilie gikk ut for å hente inn en lege og å hente noe å drikke til mannen. Mannen måtte på et nødvendig ærend og vakten fulgte han ut.

Hans Olav ville strekke bena og organisere kaffe. Han var ganske skjelven selv, det tok på. Avhøret ville nok holde på en times tid før han ville gi seg.

Legen som undersøkte mannen mente at han måtte få hvile, ellers var det en mulighet for at avhøret måtte underkjennes siden mannen ikke var mentalt til stede.

Basert på det legen sa, ble det besluttet å gi seg nå og ta det opp igjen i morgen klokka ti.

Hans Olav samlet sitt nye team, Det var fredag i dag og de hadde ikke formelt blitt overført enda.

Det han ville var å dra de store linjene i hva han anså var en farbar vei videre. Først måtte de komme igjennom dette avhøret med Edvin Johannesen i morgen.

Basert på hva som kom fram der, ville han bruke helgen til å planlegge for neste uke. Det kunne de ta på lensmannskontoret på mandagen. Han tenkte på sønnen, var han handikappet som faren hevdet, hvem omga han seg med, og hvor bodde han mens faren oppholdt seg i huset.

Deretter ville han reise til Førde for en samtale med de tre damene for å komme til bunns i hvorfor de var langt inne i skogen og hvordan de endte opp der. Så var det de to som ble sittende fast i bilen da de traff granleggen. Det gjensto sto noen vanskelige undersøkelser med analyse av mobiltelefonene og innholdet i datamaskinen. Det ville han at rekruttene skulle finne ut av, de var datakyndige og kunne få assistanse av politiets IT avdeling i Bergen.

Han rakk å lese igjennom notatene de hadde tatt og fikk kopier slik at de kunne ta det på mandagen. De var bedt om å stille ved avhøret i morgen til tross for at det var en fridag på lørdagen, han regnet ikke med at det ville ta mer enn et par timer. Cecilie sa seg villige til å stille klokka ti. De hadde ikke sett at de skulle bli så involvert i slikt politi arbeid så tidlig etter politihøyskolen. Grethe hadde avtalt med foreldrene å besøke de i helgen, ellers ville hun også ha hjulpet til.

Selv ville han bruke lørdagen til å organisere kontoret. Cecilie sa at hun godt kunne være med å innrede lensmannskontoret etter avhøret i morgen

Det ble sene kvelden før Hans Olav ga seg. Han tenkte igjennom strategien for morgendagen, og han ville ikke feile allerede i oppstarten av det første avhøret han hadde fått ansvaret for.

Han var ute i god tid og han hadde samlet sammen alle notatene og hadde tatt de med seg dersom det skulle bli nødvendig å gå tilbake til gårsdagen avhør. Cecilie Bendixen kom rett etter, hun fortalte at hun hadde vært på byen med venner til sene kvelden i går og hadde nesten forsovet seg.

Advokaten var allerede tilstede, han hadde rukket et møte med sin klient tidligere på morgenen. Edvin Johansen ble ført inn av en fengselsvakt, håndjernet ble tatt av, det var ikke så alvorlig forbrytelse han var anklaget for.

- La oss sette i gang og ikke ødelegge hele helgen for oss. De siste spørsmålene mine i går ble ikke besvart. Kan du nå fortelle meg hvordan og hvorfor den unge damen befant seg i soverommet i det huset du hevder å ha fått tilgang til av en for oss ukjent dame. Kanskje vi skal begynne med denne damen. Hvem er hun og i hvilken forbindelse mener hun å ha hevd på eiendommen?

- Ingen kommentarer.

- Da skal jeg informere om at jeg har vært i kontakt med eieren av eiendommen som er registrert i eiendomsregisteret. I følge vedkommende var det aldri noe disputt om hvem som hadde tilgang. Informasjonen om at noen hevdet å ha hevd, var ukjent for eieren. Kan du forklare deg om hvem og hvordan du har fått tilgang på eiendommen?

Mannen kikket spørrende på advokaten, det var tydelig at han ikke var forberedt på et slikt spørsmål. Det virket som han i tankene diktet opp en plausibel forklaring, dette var han slett ikke forberedt på.

- Nå, jeg venter på et svar.

Advokaten ville ha en pause og samtale med klienten sin, han virket også uforberedt på spørsmålet. Hans Olav ville ikke at de her og nå skulle dikte opp en forklaring og ville ikke tillate et møte mellom dem.

- Den gamle damen som ga meg tillatelse er innlagt på en rekreasjons klinikk etter å ha fått hjerneslag. Hun har mistet førligheten og evnen til tale.

- Eventyr, jeg spurte om navn og hvorfor hun hevdet å ha hevd på stedet. Snakk sant eller så vil du bli gjenstand for en løgndetektor test.

- Jeg beklager, det var en bekjent av meg som sa at dette var et trygt sted, ingen ville finne meg der. Han selv hadde benyttet stedet da det begynte å brenne under føttene hans.

- Er mer av det du kommer med oppspinn? Universitets professor og forfatter med en handikappet sønn. Eller er det dine pedofile tendenser som ikke vil gi slipp på deg? Politiet har tilgang til strafferegisteret ditt der du har blitt anklaget for å prøve deg på mindreårige og vært involvert i trafficking av mindreårige fra det tidligere Øst Europa. Påskuddet var å formidle adopsjon fra barnevern institusjoner.

Mannen ble nesten hysterisk. Han var hvit i ansiktet og advokaten trodde han skulle kollapse. Han ba om en pause. Hans Olav sa at det ikke kom på tale, han fikk selv forklare seg om sine disposisjoner.

Hvordan kunne denne ungdommen av en politimann komme med slike uhyrlige påstander. Det ville han ikke finne seg i.

- Vel, om ikke du svarer vil jeg først kontakte han du hevder er din sønn, han er ventet inn her om en times tid. Deretter går jeg etter de du opererte sammen med i saken der du ble dømt til fengsel i tre år for sedelighetsforbrytelser.

- Nå vil jeg at avhøret stoppes, du som politimann kan ikke beskylde meg, en pensjonert universitets professor for slike uhyrlige påstander.

- Jeg har notater fra det medisinske teamet som tok inn alle de tre damene. De måtte ta personalia og en grunn til at de skulle på hospital. Det er bare innbyggere fra EU som kan bli behandlet på sykehus uten øyeblikkelig hjelp. Dette var ikke klasset som øyeblikkelig hjelp og det hviler en stor kostnad på deg for sykehusoppholdene.

- Dette er fantasi, jeg har ikke noe med de tre damene å gjøre. De er her av fri vilje og jeg gjorde mitt til å skaffe de tak over hodet da de flyktet fra sine bakmenn.

- Det var da merkelig at damen som oppholdt seg hos deg var bastet og bundet. Hvar det noe du gjorde da du hørte at vi kom på døra?

- Ingen kommentarer

- Du blir sittende på glattcelle til du kommer opp med noen svar. Advokaten har mitt mobilnummer, og du kan kontakte vakten dersom det er noe du har på hjertet. Vi er ferdige for denne gangen. Nå skal jeg vie min tid til de unge damene og han du hevder er din sønn.

Hans Olav kontaktet vakten for å si at han var ferdig for i dag. Cecilie ville vite om de skulle tilbake til lensmannskontoret eller reise til Førde for å snakke med damene.

Det han hadde mest lyst til nå var en kopp kaffe. Hans Olav følte seg kjørt. Det var mentalt krevende å hold et avhør med en person som hadde rettet et ladd gevær mot seg. Han skulle ønske at gamle lensmannen kunne være der og bistå med sine råd.

Han følte at han var på etterskudd allerede, helg eller ikke helg. Han måtte få til å snakke med sønnen før han ble utskrevet. Kjøring med uregistrert kjøretøy var en forseelse og straffen var gjerne en bot. Cecilie forsto han godt, han var ikke stort eldre enn henne, men med fire års tjeneste etter aspirantperioden virket han veldig erfaren synes Cecilie.

De reiste opp på sykehuset på veien tilbake til lensmannskontoret. Sønnen var akkurat ferdig med lunsjen sin og kunne ta imot besøk. Rommet var et firemannsrom men det var bare en annen pasient der. Det var det sedvanlige stativet med intravenøst væske i en kanyle i armen.

Pleieren gjorde oppmerksom på at pasienten var handikappet og at talen var veldig begrenset. Det var en voksen kar på 52 år. Han var bandasjert etter møtet med politibilen, det var ikke alvorlig og han ville bli overført til et sykehjem etter helgen.

Hans Olav spurte etter hans identifikasjons papirer. Pleieren hjalp til, lommeboken hans lå i skuffen på sidebordet. Han reagerte kraftig da pleieren tok den ut og ga til Hans Olav. Cecilie tok bilde med sin mobiltelefon av et identitetskort, og lot pleieren legge lommeboken tilbake i skuffen. Det gjorde at mannen roet seg.

Da Cecilie viste han foto av damene så hun en reaksjon. Det var tydelig at han kjente til damene. Hans Olav mente at han måtte ha med en som var kjent med handikappede personer og heller komme tilbake når en slik person var til stede, enten her eller på sykehjemmet. Han selv var ikke i stand til å bryte igjennom for å få en samtale. Dersom mannen ikke var mentalt tilbakestående var han en meget god skuespiller. Han måtte lese seg opp på hvordan det var mulig å avsløre om han var tilbakestående eller ikke, og i fall han var det, hvordan er det mulig å kommunisere med han. Det hele var en utfordring som ikke sto i hans makt alene.

Da var et bedre å komme seg tilbake for å sette i stand kontoret til de to nye medarbeiderne. De stoppet på veien for en matbit, i grunnen begynte det å bli sent. Kanskje det var best å kjøre Cecilie hjem, det var tross alt lørdag i dag, og dette de skulle gjøre kunne likegodt gjøres på mandag.

Hun lovte å redigere notatene sin og sende de på mail så fort hun var ferdig. Dette til tross for at de ikke hadde oppnådd noe som helst i avhøret.

Hans Olav hadde sittet på kontoret og gått igjennom mail og sett på notatene. Det hadde kommet inn en rekke kommentarer til Else sin artikkel om lensmannskontoret. Langt de fleste gratulerte med at lensmannskontoret skulle bestå. Det skapte en trygghet.

Han måtte ta en prat med Else Hagmo om det hadde kommet inn noen tips om noen av bilene og fremmede personer. Han hadde ikke kommet noen vei med overfallet på gamlelensmannen heller, han følte seg stresset. Det var flere delprosjekter og tiden hans hadde ikke strukket til.

Var det slikt å være lensmann på et lite kontor? Det var enten for lite eller for mye aktiviteter. Han bestemte seg for å ta denne praten med Else allerede nå i kveld. Håpet var at det var kommet inn tips. Kunne det være slik at de som overfalt

Jonas fremdeles var i området og kanskje oppholdt seg i Koia?

Hva med de unge damene på sykehuset i Førde, hva ville skje med dem etter de ble utskrevet fra sykehuset. Så vidt han viste var de ikke synlig skadet annet enn mentalt. Da ville de ikke være der mange dagene. Han hadde jo ikke tenkt at de trolig ville bli utvist fra landet, han regnet det for sikkert at de ikke var borgere av dette landet.

- Hallo, er det Else Hagmo? Det er Hans Olav Eriksen som ringer. Kan vi ta en prat?

- Hei, det var da overraskende, jeg hadde faktisk håpet at du ville ta kontakt.

- Nå vil jeg gjerne ta del i tipsene dersom det har kommet inn noen. Det er nødvendig for å komme i gang med undersøkelsene mine. Jeg har ikke fått åpnet avisa på flere dager. Det har vært temmelig mye kjør med avhøret av den påståtte professoren og hans sønn.

 - Selvfølgelig, jeg kan stikke bortom med det jeg har.

Hans Olav stakk over gaten for å bestille en pizza, han merket at han var skrubbsulten, og regnet med at Else også ville smake litt og bestilte en stor en.

Det viste seg at Ele hadde mottatt flere tips og hadde på egenhånd kontaktet tipserne for å få en dypere forståelse. Hun hadde tenkt å levere det hele til politiet da hun regnet med at det var av interesse. Hun forsto nå at det var Hans Olav og lensmannskontoret, som i ihvertfall i oppstarten, hadde ansvaret.

Hun kom samtidig med pizzaen han hadde bestilt. Det var kjærkomment, hun hadde vært på en lang tur med Bonzo og ikke rukket å stelle i stand noe mat til seg selv.

Det meste var på lap toppen, i kommentarfeltet og på mailadressen som var satt opp, tillegg hadde hun noen meldinger på mobilen sin.

Hun sendte alt på jobbmailen og mobilen til Hans Olav. Uff, tenkte han, han måtte sette i gang de nye team deltagerne med å organisere og å lagre denne informasjonen. I kveld fikk han bare se til å få så mye bakgrunnsinformasjon han kunne fra Else.

Bilen som hadde truffet Else sin bil inne i skogen var observert, På bensinstasjonen var det overvåkningskamera som antagelig hadde fanget opp noen av bevegelsene. Om han var heldig hadde de også sikkert betalt med kredittkort. Det hadde de sikkert gjort i bankautomaten inne på pizza restauranten også.

Det var observert fremmede unge damer inne på kolonialen og i en klesbutikk. Det var overvåking begge steder, og mulig spor etter kredittkort, dersom de ikke hadde betalt med kontanter.

Det var observert en fremmed bil utenfor lensmanns kontoret samme kvelden som lensmannen ble knivstukket. En hadde nærvær til å ta et bilde med sin mobil. Observasjoner viste at

83

det var to menn som brøt seg inn rett før gamlelensmannen kom til stedet. Bilen hadde forsvunnet i stor fart nordover.

Hans Olav takket Else for at hun delte informasjonen med han. Det kunne være avgjørende for at han kunne begynne med etterforskningen. Klokka ble to på natten før de ga seg med dataoverføringene og å utdype det Else hadde fått med å etterprøve tipsene.

Før de ga seg spurte Else om hun kunne være med han til Førde for å se til de tre damene. Dersom hun kunne ta et foto og få navnene, og etterlyse tips i avisen. De ble enige om å møtes ved ni tiden i morgen og kjøre med V70'en.

Turen tok sine to og en halv time, det var godt de startet tidlig. Det var riktignok ikke visitt tid, men da Hans Olav viste politiskiltet tillot legen at han kunne besøke dem. De lå på det samme rommet, den fjerde sengen var ikke i bruk. Sykehuset brukte å skrive ut pasienter før helgene, men de tre damene visste de ikke riktig hva de skulle gjøre med. De hadde tenkt på et krisesenter, men hadde ikke vært i kontakt med noen.

Damene satt oppreist i sengene sine, Else fikk lov til å ta bilder av dem. Den ene damen dro kjensel på Else, det var hun som hadde blitt reddet fra det store grantreet ikke så langt fra grusveien. Damen som Hans Olav fant i huset synes å kjenne han igjen, men hun var så traumatisk og redd for at hun skulle bli hentet av noen andre. Den siste damen var fra den låste koia, hun husket ingen av dem, det var så mørkt og hun ble straks tatt hånd om av ambulanse personellet. Nå visste de ikke hva som ville skje med dem.

De viste sine ID kort, de var ikke norske, det samme med kreditt kortene deres. For alt Hans Olav visste kunne det være stålne kort, det samme med ID bevisene, sikkert falske, trodde han. Else fikk lov til å ta foto av alt sammen med mobilen sin.

To av damene var fra Moldova og en fra en av de russiske republikkene. De selv konverserte på russisk, men hverken Hans Olav eller Else forsto et ord av hva de sa. Hvordan de kom hit til Norge og endte opp langt inne i skogen kunne de ikke redegjøre for. De virket redde, som om de var engstelige for at de som hadde tatt de, skulle komme tilbake.

Hans Olav kontaktet et krisesenter og forklarte at de tre damene måtte finne et trygt sted til politiet hadde fått avhøre de i forbindelse med en etterforskning. Det kunne bli et provisorisk rom for hver av dem så kunne de se på en mer permanent løsning på mandag.

Pleieren mente at det var en god løsning, hun kontaktet legen for å gjøre ferdig dokumentene fra innleggelsen. Det ville ta en times tid.

Hans Olav ringte til politistasjonen, presenterte seg og spurte om han kunne komme bort en tur. I korte trekk fortalte han hva det dreide seg om.

Else ble med bort, hun viste pressekortet sitt fra avisen og sa at hun gjorde en vennetjeneste å bli med på turen til Førde. Hans Olav fortalte om saken han var gitt ansvaret for etter at lensmannen var overfalt og sendt til Haukeland sykehus.

Han forklarte at han hadde funnet plass på et krisesenter til de tre unge damene og ville komme tilbake med en russisk tolk for å avhøre dem. Politiet hadde en minibuss de kunne bistå med for å transportere damene til krisesenteret. Da ville de kunne holde et oppsyn med dem også, dersom noen fant ut hvor de oppholdt seg. Hans Olav trodde ikke de i var registrert i Norge siden de kom fra land utenfor Schengen. Det var sannsynlig at de hadde et ulovlig opphold her. Det fikk han ta seg av senere. Nå gjaldt det å beskytte de.

Før de var tilbake til sykehuset var politiet der med sin minibuss. Else prøvde med Google oversettelse til russisk slik at damene fikk forståelse av hvor de skulle for å få et sikkert sted å oppholde seg i de nærmeste dagene. De ble engstelige da de så politibilen og de uniformerte politiene utenfor. Der de kom fra kunne de ikke stole på politiet, de var gjerne korrupte og i ledtog med mafiaen.

De roet seg da de ble ønsket velkommen inn av personalet på krisesenteret. Else ble med de inn, Hans Olav og de to uniformerte politiene ble igjen på utsiden.

Da kunne Hans Olav tikke av et nytt punkt på agendaene sin. På mandag måtte han finne ut om han kunne få hjelp til å kommunisere med sønnen. Han visste heller ikke om han greide seg alene uten sin far oppe i skogen. Det var i grunnen ikke hans problem, det mente han at helsevesenet burde ta seg av.

Else hadde fått forklart for personalet hvorfor de tre damene var ønsket plassert der noen dager. Det var hovedsakelig for at politiet skulle finne ut hvem de var og hvorfor de befant seg langt inne i skogen.

Hans Olav ville vente på sine to politiaspiranter til å finne ut mere om det han hadde på blokka si i morgen. Nå ville han finne seg noe å spise sammen med Else før de begynte på hjemveien. Det var flere gode spisesteder her, der han var stasjonert var det hovedsakelig pizza og kebab, foruten hamburgere og bagetter på Shell stasjonen.

SKRIKET

Kapittel 5

På hjemveien prøvde han å få kontakt med gamlelensmannen i Bergen. Det ble fortalt fra sykehuset at han ikke hadde våknet etter narkosen. Han hadde vært igjennom en stor og komplisert operasjon i natt. Egentlig var det en reoperasjon, han hadde begynt å blø kraftig og blodtrykket falt faretruende. Alarmen gikk og han ble i all hast kjørt inn på operasjonssalen, det sto om livet. Han kunne ikke vekkes nå, men de mente han kunne kontaktes tidligst i morgen ettermiddag.

Nå følte Hans Olav seg veldig alene, hvordan i helvete skulle han komme igjennom det han hadde begynt på. Han hadde ingen å støtte seg på, annet enn de mange og lange samtalene de hadde hatt på lensmannskontoret når det var stille. Ikke kunne han kaste inn håndkledet, da ville politimesteren benytte anledningen til å legge ned kontoret.

Den bilen han var lovet var sikkert den som skulle overta for lensmannskontoret. Kanskje det var kalkulert med at han skulle feile. Uff, det var depressive tanker, nå fikk han vel ikke sove, bare tenke på at han ikke måtte feile.

Kokka var nærmere ti da damene dukket opp. De kom om et friskt vindpust inn på kontoret fulle av energi. Det sto ikke på å få deres egen stil på kontoret. Hans Olav tenkte at han nå var utmanøvrert og måtte spørre hvor sakene var. Skuffer og skap ble reorganisert, gamle saker ble flyttet til et arkivrom og indeksert. Det oppsto som et funksjonelt kontor etter hvert. Den gamle lensmannen ville ikke kjenne seg igjen, og ihvertfall ikke finne noe igjen av det som hadde hatt sin spesielle plass i mange tiår.

Hans Olav håpet bare at effektiviteten ville øke. Det var etterlengtet. Så lenge de nye med-arbeiderne trivdes håpet han at han ville beholde de en stund fremover. Han var engstelig for at de ønsket å bli overflyttet til et større kontor et sted der det var mer pulserende liv. Selv skiltet med Lensmannskontor ble skiftet ut med et nytt skilt med Politi.

Når klokka ble fem fikk han en melding om at den nye politibilen var på vei med en biltransport. Damene fikk låne den gamle V70'en å komme seg hjem med. De hadde hver sin hybel der politistasjonen var lokalisert. De hadde vurderte å flytte nærmere lensmannskontoret, men ville se det an en stund.

Hele programmet han hadde for mandagen ble utsatt. I morgen ville han gå igjennom tipsene som hadde kommet inn til avisen. Han hadde ikke hatt tid til annet enn å skumme igjennom det. Telefonen til gamlelensmannen hadde han helt glemt, det fikk også vente til i morgen.

De hadde med seg ferske bagetter når de kom. Det passet han utmerket, frokosten hadde han hoppet over i morges. Sovnet hadde han ikke gjort før på morgensiden.

De satt seg ned med tipsene, de ble sortert etter hvor viktige de var. Damene fikk hver sin lille bunke for å kontakte de som hadde informert om mobil nummeret sitt.

Nå var det om å gjøre å få kontakt med en russisk tolk og en som kunne kommunisere med den handikappete sønnen. Det tok mesteparten av formiddagen. De to damene tok hver sin oppgave veldig seriøst. Ved lunsjtiden hadde de fått napp og avtalt et møte.

Tanken om å inspisere de to andre koiene håpet han det skulle bli tid til. For alt han visste kunne de som gjorde innbrudd på lensmannskontoret fremdeles oppholde seg der. Han kikke på klokka og fant ut at tiden hadde løpt fra han. Det ville ta minimum en halv dag, kanskje mer.

Det var på tide å konsolidere. Grete satt på kaffen og tok med notatblokken inn på møterommet. Pleieren som var engasjert ved et hjem for psykisk utviklingshemmede bodde ikke så langt unna. Det passet bra da sønnen oppholdt seg på et medisinsk senter her. Hans Olav ville at pleieren skulle komme til lensmannskontoret for en samtale før de kontaktet sønnen. Han måtte vite om hvordan de gikk å kommunisere med han, og hvordan spørsmålene måtte stilles. Det var ikke sannsynlig at de kunne kontakte faren, han var fremdeles ikke i modus for samtaler.

Tolken bodde i Sogndal, det var i grunnen best å ta oversettelse via telefon eller på stedet. Det var også en russer som bodde nærmere, men vedkommende var ikke registrert for tolketjenester. For et så viktig avhør var det vesentlig å ha en godkjent tolk. Damene var i et trygt hus i Førde og det beste var å møtes der. Cecilie og Grete fikk hver sin oppgave med å avtale møter med kandidatene.

Hans Olav fikk en telefon, biltransporteren var rett i nærheten og ville at noen fra lensmannskontoret skulle komme og ta den nye bilen i besittelse. Den var mektig fin, dette var ikke noen gammel bil som var utrangert fra et annet politidistrikt. Papirene ble signert og bilen ble parkert ved siden av V70'en på plassen utenfor kontoret.

Han ringte tilbake til politimesteren for å bekrefte at bilen var kommet og tatt vare på. Den gamle skulle skrapes dersom han ikke ville overta den for vrakpanten. Hans Olav trengte ikke å tenke seg om, med tre betjenter på kontoret og det store politidistriktet ville det være god bruk for to biler, i hvert fall en god stund fremover. Betalingen ble trukket av lønnen hans, men siden han nå var konstituert lensmann hadde han rykket opp hele tre lønnstrinn.

Politimesteren hadde ikke nevnt noe om det utstyret som var montert i V 70'en og Hans Olav ville ikke nevne det. Datamaskin, politi radioen, kommunikasjon og det hele. Så lenge den ble benyttet av de ansatte og i politiarbeidet ble alt som før.

Da han kom inn på kontoret hadde Cecilie dekket på bordet og ventet på en pleier fra en institusjon. Hun var kjent med å kommunisere med psykisk handikappede fra institusjonen.

Hun fortalte om forskjellige teknikker som var anerkjent. Da Hans Olav spurte om hun kunne avsløre dersom noen spilte hjerneskadet, ble hun skeptisk.

- Har du mistanke om at sønnen spiller?

- Det kan ikke utelukkes, jeg vil bare forsikre meg at så ikke er tilfelle. Hva med å finne ut hans bakgrunn og ved hvilke institusjoner han har vært innlagt. Det må da være en medisinsk historie, alt fra fødselen da den påståtte hjerneskaden oppsto. Hva med moren hans? Er det mulig å finne henne, eller å lokalisere henne. Faren hans har utgitt seg med en falsk identitet i årevis, vi har ennå ikke kommet til bunns i hvem han i virkelig er.

- Gud hjelpe meg, det er et stort ansvar du legger på mine skuldre, kanskje vi må legge han inn på institusjonen for observasjon en stund.

- Det hadde vært en god ide, la oss se på reaksjonen hans når vi foreslår det.

Han ringte til det medisinske senteret for å avtale at de kom for en samtale med mannen. Det var helt i orden, de hadde ingen grunn til å holde han lenger, og bare ventet på at han ble skrevet ut. Det hadde stor pågang og venteliste for nye pasienter.

Hans Olav var i bestuss, hadde han myndighet til å legge inn mannen på en institusjon sånn helt uten videre? Pleieren mente at de kunne kalle det observasjon om han hadde traumer etter at han kolliderte med politibilen og innleggelsen. Med et slikt handikapp var det nødvendig med ro og kjente omgivelser for at de ikke skulle bli aggressive.

Det var ikke lange veien bort til det medisinske senteret der sønnen var tatt hånd om. De hadde flyttet han in i en salong i oppholdsrommet, han virket helt normal der han satt med en kopp te og kjeks. Det virket som om øynene hans var full av liv og ikke som øynene til en hjerneskadet. Hans Olav hadde bedt damene å finne ut av bakgrunnen hans, men hadde ikke hørt noe tilbake.

Pleieren satt seg ned med han og tok hånden hans. Det var en grov hånd, nesten som hånden til en arbeidsmann, det gjorde henne tankefull. Kanskje det var noe i det Hans Olav hadde nevnt, kunne det være et skuespill? Hun hadde ikke vært utsatt for det tidligere annet enn at enkelte pårørende hadde villet legge inn enkelte gamle menn og damer for å erklære de senile og ikke kapable til å ta vare på familieformuen.

Det var enkelte tester de benyttet for å teste ut påstanden om senilitet, kanskje det kunne benyttes i dette tilfelle. Hun kunne prøve litt nå og fortsette på den institusjonen hun var tilsluttet.

Hans Olav var interessert i hans rette navn, og et personnummer. Det trengte han for å undersøke videre om hans bakgrunn. Han lot pleieren forsøke å kommunisere uten han, det var dette med å føle seg trygg.

Han gikk ut for å gjøre et forsøk på å nå gamle lensmannen. Det virket som om knivstikkingen var alvorlig ifølge den pleieren han hadde vært i kontakt med tidligere.

- Hallo, det er Hans Olav, kan du høre meg?

- Ja, men jeg har litt vansker med talen, de har kjørt med full av antibiotika og smertestillende. Føler med helt utenfor og har vansker med å konsentrere meg.

- Nedleggelsen av kontoret er foreløpig satt på vent, jeg har fått en ny bil og selv kjøpt den gamle, ja, og har fått to politiaspiranter overført for denne saken vi begynte på.

- Det høres bra ut, nå kommer legen og en søster, jeg må slutte.

Det virket som om han ikke kom tilbake som lensmann med det første, Hans Olav kunne ikke stole på at han kunne benyttes som mentor på en stund.

Pleieren hadde avtalt at sønnen kunne bli med til hennes institusjon for observasjon. De små skadene han hadde etter det ublide møtet med politibilen var leget, bare noe plaster og en bandasje var de synlige sporene. Det var derfor ingen grunn til at hans kulle bli værende på det medisinske senteret og ta opp plass. De var takknemlige for at lensmannen hadde tatt med pleieren og ordnet en plass på institusjonen.

Det var ingen grunn til at Hans Olav ble med for å se til at han ble tatt vare på. Pleieren ville kontakte han senere med sin foreløpige diagnose.

Nå visste ikke Hans Olav hverken ut eller inn. Var dette han nå ble involvert i en del av en lensmanns oppgave? Dette lærte de ikke noe om på politiskolen, der lærte de å ta hånd om og å transportere de med slike symptomer til en godkjent institusjon.

Han følte at det ble vel intenst. Det beste som hadde skjedd var at damene hadde blitt overført, da hadde han i hvert fall noen å dele oppgavene med.

Damene hadde gått igjennom notatene og begynt på en rapport, de hadde hatt grundig opplæring av rapportskriving på politiskolen. De hadde fått en avtale å møte med den russiske tolken. Det var i morgen allerede, i Førde, da kunne de samtidig avhøre damene. Det passet i grunnen bra.

Politimesteren ringte og etterlyste en rapport, han ble ringt ned av tabloidaviser og hadde behov for informasjon. Hans Olav ville høre om Edvin Johansen hadde ønske om en samtale, men han hadde ikke spurt etter noe annet enn advokaten sin. På vei tilbake fra Førde i morgen ville han stoppe ved politistasjonen med en oppsummering.

Han plukket opp damene på veien til Førde i den nye bilen. Den var en drøm å kjøre. De kom akkurat når det var lunsj servering og benyttet tiden til å forklare situasjonen for tolken. Hun hadde vokst opp i Murmansk og kjente godt til trafficking av unge damer fra det tidligere Øst Europa og til dels fra de fjerntliggende republikkene. Russisk mafia hadde et sterkt grep på Murmansk, der hun vokste opp.

Nå hadde Hans Olav ikke kommet så langt i etterforskningen at han kunne påstå hvem det var som hadde fått de unge damene hit til Norge. Det var i hvert fall en styrke at tolken kjente til det russiske miljøet. Det var kanskje derfor hun valgte å bosette seg i Norge.

Lunsjen var over og Hans Olav ble vist inn i en koselig sofagruppe, Han debatterte med seg selv om han skulle tillate at alle tre skulle være der samtidig eller om han skulle avhøre de etter tur. Han valgte det siste, da mente han at de ville være friere. Han var redd at en av de kunne stå i ledtog med kidnapperne, noe som i grunnen han fant at var temmelig usannsynlig.

Han presenterte seg, Cecilie og Grete gjorde det samme. Tolken forklarte sin situasjon og presenterte seg selv.

- Kan du opplyse om navn og alder.

- Ekatarina Ovesjin, alder 17 år, fra Moldova.

- Takk, hva er grunnen til at du oppholder deg i Norge?

- Jeg vet ikke hvor dette stedet er og at som du sier er et sted i Norge. Jeg har blitt innbilt at jeg var et sted nordøst i Russland. Landskapet er ganske likt.

. Ja vel, men hvordan kom du hit og hvorfor.

- Om jeg sier det blir jeg tatt livet av, jeg er redd, veldig redd.

- Du ble lokalisert oppe i et tre og at noen ikke var så langt etter deg. Det var de forferdelige skrikene dine som fikk hundene i et hundespann til å reagere. Du kan prise deg lykkelig at det var en treningstur med et hundespann der og da.

- Jeg erindrer ikke så mye, jeg var fra meg av redsel og minnet er nesten borte.

- Vil du tilbake til stedet du ble funnet etter du blir utskrevet herfra? Hvem skal vi varsle at du kan bli hentet? Hvor vil du at vi skal transportere deg?

Hun satte opp en forferdelig mine, øynene flakket og hun ble likblek.

- Nei, ikke send meg tilbake dit, det er den sikre død.

- Da må du si hvem du rømte fra, og hvorfor. Om ikke har jeg ikke noe annet alternativ enn å sende deg tilbake.

Damen seg sammen og besvimte, tolken mente at hun var blitt utsatt for traumatiske påkjenninger og at det ikke var godt for henne psyke.

Hans Olav sa hun måtte forstå at han ikke ville la seg dupere av denne unge damen. Hun ble tatt hånd om av medisinsk personell, og Hans Olav ville ha inn neste dame.

Den samme presentasjonene gjentok seg. Det var damen som ble funnet bastet og bundet i huset som var okkupert av den påståtte professoren. Hun hadde tidligere oppgitt at hun var fra Moldova.

- Nå, et er godt å se at du er behandlet godt av politiet og helsevesenet i Norge. Nå vil jeg ha navn og alder av deg.

- Ludmila Iliescu, 17 år, Moldova

- Takk, kan du fortelle meg hvorfor du var tapet på munn, hender og føtter i huset der vi fant deg?

- Jeg er manisk depressiv og ba om at jeg måtte beskyttes fra meg selv. Jeg gikk inn i en psykose.

- Interessant, jeg spør igjen, hvem tapet deg?

- Det var en snill onkel, han er den eneste som har vært snill med meg.

- Godt forsøk, hvordan endte du opp i det huset? Hvordan kom du fra Moldova og til Norge.

- Jeg reiste på ferie, og noen venner hjemmefra fortalte meg hvordan jeg kunne bo nesten gratis.

- Du er ulovlig i dette landet og vil bli oversendt til immigrasjonsmyndighetene i morgen og vil ble utvist og sendt tilbake til Moldova umiddelbart.

- Nei, det kan du ikke, jeg vil bli torturert og om ikke drept, og bli sendt til et annet land.

Endelig, tenkte Hans Olav, det var det som skulle til.

- Da er jeg ferdig med deg, du blir hentet i morgen klokka syv og sendt til et senter før du blir utvist. Om du ønsker å si noe kan du kontakte pleiepersonalet. Jeg er ferdig med deg.

Damen ble blek og skalv før hun falt sammen. Hun ble tatt vare på av pleiere som kontaktet medisinsk personell.

Det var taktikk fra Hans Olav, det kunne virke ufølsomt og brutalt men var nødvendig for å få damen til å snakke sant.

Neste dame ble kalt inn, de bodde på det samme rommet og hadde ganske sikkert planlagt hva de skulle si i avhøret. Hans Olav ønsket å slå sprekker i dette samarbeidet.

 Han gjentok den samme presentasjonen for den tredje damen.

- Kan du gi meg ditt navn, alder og bostedsland.

- Anna Davidov, 18 år, Russland

99

- Jeg vet ikke om jeg kan ønske deg velkommen til Norge. Måten du kom hit på er høyst irregulær.

Hun kikket på han med store øyne, som om hun ikke visste at hun var i Norge.

- I morgen blir du transportert til fremmedpolitiet for å bli utvist fra landet. Har du noe identifikasjon som forteller hvem du er og hvor du kommer fra. Det er ikke nok at du forteller det.

- Mitt ID bevis ligger igjen der hvor dere tok meg vekk fra med makt. Jeg har fremdeles blåmerker på kroppen.

- Tull, vi pakket deg inn i et teppe og bar deg ut. Blåmerker er det nok andre som har påført deg. Fine venner du har. Vi fylte en veske med det som var igjen. Den ble stjålet fra oss samtidig med at gamlelensmannen ble knivstukket gjentatte ganger og svever mellom liv og død på intensiv-avdelingen på Universitetssykehuset.

- Det vet jeg ingenting om. Jeg ble fortalt vi var på ferie.

- Veldig naivt, fortell meg nå hvem disse ferievennene dine er. Om en time blir du hentet og internert i et mottak for å bli uttransportert. Du har denne timen på deg for å svare på mine spørsmål. Kanskje du vil at vi skal sende deg tilbake til feriehuset ditt? Det er opp til deg.

Det virket som om damen ble fortvilet, hun flakket med blikket og ble blek. Pleieren mente at hun ikke måtte utsettes for slike belastninger.

100

- Da takker jeg for avhøret, du skal få det som du vil. Hva som skjer med deg er utenfor min kontroll. Kanskje det er best at jeg arresterer deg som medskyldig i trafficking av unge damer fra Moldova. Strekk fram armene så jeg får ta på deg disse håndjernene.

Det ble en forferdelig reaksjon, hun ble nesten hysterisk og ville bite Hans Olav i hånden. Det var nok, han tok resolutt tak i damen og førte henne ut i politibilen. Tolken ble sendt hjem, det var liten vits å fortsette med avhøret.

Den unge damen, ikke eldre enn en tenåring ble sittende med håndjernet på hele veien til politistasjonen der også den påståtte professoren også satt arrestert.

Da hun oppdaget at han også satt der i en annen celle ble hun hysterisk og gjorde stor motstand. Vakten hentet medisinsk personell for å se til henne og gi henne noe beroligende. Det slo henne fullstendig ut og hun ble liggende på brisken i glattcellen og hikste til hun falt i søvn.

Hans Olav var i villrede hva han skulle foreta seg videre, han synes ikke han kunne forlate henne her før hun hadde forklart seg og svart på spørsmålene hans. Dersom han skulle ha en mulighet til å komme videre trang han hennes forklaring. Hun var atten år, noe som klasset henne som voksen. De andre to var mindreårige og måtte behandles deretter.

Han ville tro at om hun visste at også de to i bilen var internert og arrestert på den samme

101

politistasjonen regnet han med at hun ville bli hysterisk. Det var et høyt spille han førte, bare ikke damen ville skade seg selv i håp om å komme tilbake til krisesenteret. Han ville i hvert fall vente her til hun våknet.

De tok ikke lange stunden etter at hun våknet til reaksjonen kom. Hun var livredd etter at hun forsto at det to mennene som kjørte i et tre også var tatt og arrestert. Det skjedde for ikke så mange dager siden etter at de ble utskrevet fra sykehuset.

Hun var oppløst i tårer og skalv når hun ble tatt opp til avhørsrommet. Tolken var budsendt, det samme med en advokat. Han ville ikke at avhøret skulle bli forkastet grunnet lemfeldig omgang med damens rettigheter.

En lege og en pleier var tilstede for å intervenere dersom det utviklet til hysteri. De hadde ikke funnet noen grunn til å tvile på at damen var i stand til å bli avhørt. Det var hun selv som hadde bedt om å forklare seg.

Cecilie var med for å ta notater, i tillegg var det lyd og bilder fra seansen. Han mente det var nødvendig å dokumentere alt i henhold til prosedyrene. Han var engstelig for hvilken forsvarsadvokat som kidnapperne ville benytte seg av dersom det ble en rettsak.

Det var litt av en historie hun kom med. Der hun kom fra, en av de fjerntliggende republikkene var det stor arbeidsløshet og tilgang til videre utdannelse var veldig begrenset. Plassene ble opptatt av barna til de som hadde gode statlige jobber og var medlemmer av partiet. Hennes foreldre hadde blitt tvangsflyttet fra Litauen for at huset deres og gården til besteforeldrene skulle bli overtatt av russiske familier.

De var stadig utsatt for trakasserier og unge damer av innvandrere ble betraktet som annen og tredje rangs innbyggere og var til fri benyttelse av såkalte ekte russere. Hun var vevd inn i en gruppe som hadde solgt henne til menneskesmuglere som lovet lønnet arbeid i vesten. Hun hadde ikke noe valg.

Det viste seg at hun ble internert sammen med andre unge damer fra andre fjerntliggende republikker som alle hadde blitt lovet de samme godene med lønnet arbeid i et vestlig land. Hun hadde mistet kontakten med de andre, men ble overrasket da det samme hadde skjedd med unge damer fra utbryterregionen Transnistria i Moldova. Russerne hevdet at det var deres territorie og hadde stålkontroll i regionen. De gjorde som de ville og hadde ikke til hensikt å integrere moldovere som ikke var russervennlige.

Nå er jeg fortvilet, jeg vil ikke sendes tilbake, ikke tilbake til skogen heller, der venter det ikke noe godt for meg. Jeg er livredd og vil heller dø enn å bli sendt tilbake.

Hans Olav hadde ingen mulighet til å verifisere det damen kom med. De andre damene ville heller ikke forklare seg, så han fikk ta hennes forklaring for det det var, en muntlig udokumentert framstilling. Det var kanskje noe å konfrontere

103

den såkalte professoren med. Det måtte da finnes et svakt ledd et eller annet sted.

Tilbake på lensmannskontoret hadde Grete fortsatt arbeidet med tipsene. Det var noen tipsere hun hadde kontaktet og avtalt at de skulle komme inn til lensmannskontoret for samtale.

Det kan ikke skje før i morgen, det er altfor sent nå i kveld. Det har vært en lang dag med masse kjøring og avhør av damene og nytt avhør av den arresterte damen. Det er 12 timer siden de dro avgårde i morges.

Hans Olav ville låse etter damene, de la alt de hadde i det brannsikre arkivskapet og i safen før de gikk. Lap toppen tok han med seg hjem. Det fant han ut var tryggest. Han var redd at innbruddstyvene ville komme tilbake etter mer informasjon.

Han var tidlig på kontoret, i dag måtte han endelig ta seg tid til å undersøke stedene oppe i skogen. Det var to koier igjen, først måtte de lokaliseres deretter finne ut hvordan det gikk an å komme seg dit.

Ved å studere eiendomsregistret regnet han med å finne noe. Det var jo langt fra sikker at det fantes noe oppmålte tegninger, men det var det mest naturlige stedet å begynne. Grete kunne antagelig finne den reelle eieren eller en arving som hadde kjennskap til det.

Etter mye søking mente Grete at hun hadde funnet eiendommen i registeret, hun gjorde forsøk på å printe ut, det var lettere å se på en papirkopi enn det elektroniske. Dette i tillegg til en kontakt som sto som innehaver av eiendommen mente hun det var så langt som hun kunne komme uten å reise opp dit og lete.

I følge kontaktpersonen var det aldri noe disputt om hvem som hadde tilgang til eiendommen. Informasjonen om at noen mente å ha hevd, var ukjent for denne kontakten.

Cecilie hadde sittet hjemme med notatene sine og ville at Hans Olav skulle se igjennom det hun hadde før hun signerte rapporten. Mens han holdt på med det ringte det på mobilen hans. Det var pleieren som hadde sønnen, Erik Johannesen, til observasjon på den institusjonen hun arbeidet.

Hun hadde forsøkt med den samme behandlingen de benyttet for tilsvarene tilfeller. Han virket forbausende oppegående til å være hjerneskadet ved fødselen. Egentlig hadde hun foreslått for lederen av institusjonen og få han undersøkt på Haukeland sykehus i Bergen. Der kunne de scanne hjernen og måle hjerneaktiviteten hans. Hun hadde ikke tilgang til hans helseinformasjon, det hadde de på Haukeland.

- Mener du at han spiller hjernedød eller at han ikke er så skadet som det vi ble fortalt av faren hans?

- Riktig, på meg virker det som om han spiller. Det er grunnen til at jeg foreslår en undersøkelse av spesialister.

105

- Det vil være utrolig om så er tilfelle. Ja, la oss gjøre en slik undersøkelse slik at vi i hvert fall kan utelukke mistanken om at han spiller.

- Da setter jeg i gang umiddelbart. Det er diverse dokumenter jeg må forberede og få signert av en lege.

- Takk for informasjonen. Kan du holde meg underrettet. Når jeg tenker etter, om han er redd for å bli avslørt kan det oppstå truende situasjoner. Ambulansen må ha med seg en eller to vektere i en følgebil. Det kan i verste fall være noen som kan gjøre forsøk på å sette han fri under transporten. Jeg vil foreslå at han får noe beroligende som får han til å falle i søvn under transporten.

- Ja, jeg må være med i ambulansen i fall det oppstår en situasjon under transporten, jeg er vant til å håndtere slike tilfelle.

Hans Olav følte at han var på dypt vann her. Det var ikke måte på hva denne tilsynelatende enkle saken inneholdt av overraskelser.

Han hadde mistet tråden i gjennomgangen av rapportforslaget som Cecilie hadde forberedt.

- La oss gå igjennom det vi har fått fra Kartverket, det er ikke for sent å reise opp.

De gamle kartet viste tre små bygg inne i skogen. Det ble antatt at det var de koiene der tømmerhuggere overnattet da det foregikk skogsdrift. I tillegg var det funnet oppslag i en bygdebok som beskrev tiden da tømmerhoggingen foregikk. Uttak av tømmer ble eksportert til kullgruvene i England for å støtte opp fjellet der kullet ble tatt ut, såkalt props. Der ble det også vist til de mange koiene som var oppholdssted for tømmerhuggere. Det var en tidligere utgave av de såkalte rallarene som bygget kritisk infrastruktur som veier og jernbaner.

Etter den perioden var skogen nærmest utradert, og det var mange år etter at myndighetene oppmuntret til skogplanting av den canadiske sitka granen. Den ble valgt på grunn av at den var hardfør og vokste fort. Nå var det vokst seg stor og så tett at det var nesten ufremkommelig, kanskje det var på tide å pleie skogen igjen å drive ut tømmeret?

Nok om gammel historie, kartet ble kopiert til hver av dem. Han regnet med at med den nye bilen ville det være mulig å kjøre hele veien inn. Det tok tid å finne en sti eller en gammel kjerrevei for å komme til stedene der de antok at koiene var. Alt var overgrodd og nesten ufremkommelig annet enn til fots.

Det var spor etter en sti som gikk inn i skogen fra skogsbilveien. Det var tydelig at noen hadde benyttet stien til motorisert kjøretøy, han tenkte først på en firehjuls motorsykkel men ved nærmere undersøkelse kunne det også være fra en bil.

Den andre koia så nesten overgrodd ut, om det ikke hadde vært for bilsporene ville det ikke vært spor av at noen hadde besøkt den på aldri så mange år. Hans Olav var tankefull, hva var det som gjorde at et slikt falleferdig skur kunne være i bruk av noen lysskye individer.

De fant nøkkelen på en spiker oppunder mønet. Det var med bankende hjerte han vred om nøkkelen i låsen. Døren var treg, han måtte dytte med hoften for at den skulle åpne.

Det var stupmørkt inne. Han hadde heldigvis med seg en lykt, en kraftig Mag lykt. De luktet gammelt, som om det ikke hadde vært folk der på veldig lenge. Den så likedan ut som den første koien der de fant den unge damen, et oppholdsrom, en vedovn, en vannpost, sikkert etter montert, og et avlukke med en seng. Det merkelige var at det så ut for at sengen hadde vært i bruk. Det var sengeklær av nyere dato. Ovnen hadde vært i bruk, det var en liten stabel med ved, endog noe opptenningsved og fyrstikker. De så at en kaffekanne og et par kopper sto på en provisorisk kjøkkenbenk ved siden av vannposten.

Cecilie tok med kannen og koppene for å sjekke for fingeravtrykk og DNA spor. Sengetøyet ble tatt med da det var spor av blod og noen ubestemmelige flekker på lakenet. Det kunne også inneholde spor av de som hadde vært der. De avsluttet med å ta foto av det meste.

Hans Olav ville ta seg en runde rundt koia for å se etter spor. Det var tydelige fotspor i den våte molda, De hadde ikke med seg noe å sikre sporene med annet enn et fotokamera. Det var også en vedstabel på baksiden, den så ut for å være lagt der nylig. Det var ingen spor etter den vesken med beslaglagt material fra den første koia.

Han ville ta med bevisene for å konfrontere både far og sønn med det i de neste avhørene. Det fikk være nok for i dag, klokka nærmet seg to på ettermiddagen og om et par timer var det mørkt. Dersom de fikk treff på DNA, ville han sjekke med DNA fra damene. Kanskje det hadde vært benyttet som et kjærlighetsrede av enten far eller sønn. Det ville han konfrontere damene med ved neste korsvei.

Grete mente at de likegodt kunne prøve å lokalisere den tredje koia. De ville finne den før det ble mørkt og de måtte nok regne med at det var litt mørkt før de var tilbake på lensmannskontoret. Faren, Edvin Johannesen, mente at sønnen overnattet i en av koiene i blant.

Det var bare så vidt at han fikk snudd bilen på den overgrodde stien. Etter en halvtimes tid fant de en koie et stykke lengre inne i den tette skogen. Der var det også ferske hjulspor, som om det var kjørt in og ut flere ganger. Det var også spor etter en tohjuling, antagelig den sønnen hadde kollidert med.

Nøkkelen fant han på det samme stedet, det var sikkert for at den skulle være tilgjengelig dersom noen ble overfalt av dårlig vær. Det virket som om det var et yndet sted for bærplukkere da det var blåbær og tyttebær der, noe som gjorde at i ihvertfall i tidligere tider det var benyttet av de som kjente til stedet.

Han hadde hørt at det var enkelte utenlandske studenter, særlig fra Polen som tjente god penger på å plukke bær. Det var vel en sannhet fra flere år tilbake, nå er det nesten umulig for utenlandske arbeidere å komme inn i landet.

Det var Cecilie som åpnet døren etter å ha vridd nøkkelen forsiktig rundt, det var en gammel nøkkel og hun var redd at den skulle brekke av inne i låsen. Døren gikk lettere opp enn den forrige. Det kunne være fordi den hadde vært i bruk nylig. Bilsporene kunne tyde på det.

Det var veldig overraskende det de oppdaget. Midt på bordet var det en veske ganske lik den som ble stjålet fra lensmannskontoret. Nå kunne hans Olav ikke bekrefte at det var en samme vesken, med det var en tilfeldighet at den var maken. Når han åpnet den virket det som om det var noe annet innhold. De kunne jo dreie seg om en annen. Det var muligens noe som damene var utstyrt med for den reisen de var på. Det kunne tyde på at koia var besøkt av noen som hadde kjennskap til damene.

Videre undersøkelser oppdaget en uoppredd seng, glass og kopper, tomme pizza esker, og klær i størrelse XL. Kunne det være her sønnen hadde sitt tilhold? Cecilie tok av sengen og ville ta med klær og sengetøy for videre undersøkelser.

Det hadde begynt å skumre og Hans Olav mente de fikk se til å komme seg tilbake med beslaget. De pakket alt i to store plastsekker, merking og registrering fikk de ta seg av når de kom tilbake til kontoret.

Han låste døra og hang nøkkelen på plass. Den første koia fikk de undersøke igjen en annen dag. Etter i dag venter det nesten en hel dag med registrering og å sende prøvene til analyse.

Han håpet ikke at de møtte en bil på tilbakeveien, det var blitt stupmørkt og med de store trærne helt i kanten på den smale veien var et ikke plass til mer enn en bil. Møteplasser var det ikke før de kom ut på fylkesveien.

Det var ikke tid til mer enn at de fikk lagret beslagene i et låst rom til i morgen. Han selv ville sitte utover kvelden med sine notater og tenke igjennom hva det neste trekket ville bli.

SKRIKET

Kapittel 6

Hans Olav hadde med seg en bagett og en kopp kaffe da han kom på kontoret. Kommentarene til rapporten som Cecilie hadde presentert hadde han helt glemt. Ved å sammenligne med sine egne notater og det han erindret mente han at det var dekkende. Det var nødvendig med en fyllestgjørende rapport til politimesteren slik at han fikk den rette forståelsen av det arbeidet som ble utført.

Noe besøk til gamlelensmannen i Bergen så han seg ikke å ha tid til. Det avhang av om hvilket resultat undersøkelsene av Erik Johannesen ville vise. Selv et nytt besøk til Ekatarina og Ludmila i Førde måtte vente. Det nærmeste var om det hadde noe hensikt å fortsette avhøret med faren, Edvin Johannesen. Da kunne han fortsette med Anna Davidov samtidig.

Han hadde helt glemt av de to som hadde truffet bilen til Else Hagmo, nå fikk han sannelig se til å skjerpe seg. Selv de som hadde gjort innbrudd på lensmannskontoret hadde de ikke sett snurten av. Nå måtte han sannelig prioritere de unge damene i håp om at de kunne komme med informasjon om tyvene. Det var hans hellige overbevisning at de var involvert på den ene eller den andre måten. Om ikke han kom noen vei, ville han innhente hjelp fra Kripos. Det var en alvorlig kriminell handling å knivstikke gamlelensmannen nesten til døde.

Han satt seg ned med Grete Andersen og unnskylte seg for at han ikke hadde tatt del i tipsene. Han ville at hun skulle ta ledelsen, gjerne sammen med Else Hagmo. Det var til henne tipsene hadde kommer inn. Grete kikket på han, hun forsto at denne saken var stor og bød på mange utfordringer for Hans Olav. Hun aksepterte og ville gyve på med krom hals.

Det første hun gjorde var å avtale en prate med Else Hagmo her på kontoret. Hun visste at Else hadde bedre kjennskap til innbyggerne og kunne gi råd om hvilke tips hun betraktet som seriøse.

Han satt seg ned med Cecilie for å gjøre seg ferdig med notatene og forslaget til rapporten. Det var på høy tid å få den avgårde, de hadde andre oppgaver som venter. I ettermiddag ville han gjøre et forsøk på et avhør med Edvin Johannesen og Anna Davidov.

Grete mente at hun ville være igjen her på lensmannskontoret, hun hadde avtalt med Else og forventet at de skulle kalle inn enkelte av tipserne i løpet av dagen.

Rapporten var sent til politimesteren, samtidig ringte Hans Olav og sa han ville komme for en prat med Edvin Johannesen og Anna Davidov. Det var noen nye saker de hadde fra koiene de ønsket å få svar på.

Advokaten var allerede bestilt, det samme med tolken. Advokaten hadde allerede fått en samtale med klienten sin. Anna hadde ikke advokat i og med hun var ikke mistenkt for noe, det var ikke utarbeidet noen tiltale. Om hun ville, kunne også hun få tilgang til en advokat. Cecilie var med for å hjelpe til med notater og referat fra avhørene. Til støtte var det video og lyd.

Edvin så bedre ut nå, han hadde fått andre klær, hadde trimmet skjegget, og fått seg en hårklipp.

- Jeg håper du har funnet deg til rette, jeg arbeider med fire ukers varetekt for deg. Det er på grunn av din mangel på samarbeid. Det er funnet to unge damer i huset og i en koie, foruten den damen som ble funnet der hun gjemte seg fra forfølgere. Vi har ingen andre mistenkte foreløpig og det gjør deg og din sønn til hovedmistenkte for menneske-smugling og ulovlig opphold i landet. Hva har du å si til ditt forsvar?

- Det er voldsomme beskyldninger, jeg erkjenner at det var plassert en ung dame i huset jeg disponerer.

114

- Det er en begynnelse, jeg mistenker sønnen din for å ha holdt en annen ung dame innelåst i en koie mot sin vilje. Han er også mistenk for å huse en ung dame som gjorde et forsøk på å rømme fra han.

- Det vet jeg ingenting om, det må du ta med han.

- Han er nå til utreding hos en neurolog på Haukeland sykehus med mistanke om at han spiller hjerneskadet. I følge våre informasjoner er du hans verge. Dermed er du skyldig i din sønns forbrytelser. Du ligger veldig dårlig an.

Han kikket bort på advokaten nærmest for å få hans støtte til å avfeie spørsmålene han ble stilt. Advokaten forholdt seg taus enn så lenge.

- Hvordan havnet den unge damen der, til og med tapet på munn, hender og føtter. Det er mishandling på grensen til tortur. Hva slags person er du. Det er bare løgner og ansvars-fraskrivelser med deg.

- Det er ikke sant, jeg er en lovlydig borger.

- Ikke ifølge ditt rulleblad, narkotika forseelser, svindel, prostitusjon og barneporno. Nå setter vi en stopper for dine siste stunt med unge utenlandske damer.

- Jeg erkjenner at jeg ikke er en universitets professor, det er noe jeg var nødt til å bruke for å opprette troverdigheten min.

- Universitetet har politianmeldt deg for å skade universitetets rennomme og undergrave tilliten en

115

slik institusjon er avhengig av. Du ligger meget dårlig an.

- Hvor har du slike uhyrlige beskyldninger fra? Det er ikke sant. Jeg har tatt hånd om min sønn og skjermet han i alle år, han er ikke ansvarlig for sine handlinger med sin hjerneskade. Det er han som har rotet det til for meg. Det er derfor jeg har tatt han med meg her ut i skogen, han kan virke skremmende med sin oppførsel.

- Tull, det er du selv som skyver han foran seg med trussel om at han skal sendes på et galehus om han ikke følger ditt minste vink. Fremdeles har vi deg mistenkt sammen med din sønn for innbruddet på lensmannskontoret og overfallet på lensmannen. Det ble observert en uregistrert motorsykkel med to på som kjørte derfra i stor fart. Motorsykkelen er nå hos teknisk avdeling for undersøkelse.

- Det kan ikke stemme, jeg var hjemme når dette skjedde.

- Å, hvordan vet du når det skjedde? Det er ikke offentliggjort. Må si det er et godt forsøk.

- Jeg var ihvertfall ikke på lensmannskontoret.

- Du er ikke så flink til å lyve. Jeg har nok indisier for en tiltale. Nå vil jeg ha hjelp av Kripos når det gjelder overfallet på gamlelensmannen. Vesken med det beslaglagte materialet har jeg sirklet inn, det er bare et tidsspørsmål når jeg finner den.

- Lykke til, du har ingenting på meg.

116

Hans Olav ville avslutte avhøret, selv om han kom med noe som ikke var bekreftet informasjon, virket det som om han ikke var fullt så avvisende nå. Han ville analysere ansiktsuttrykket ved spørsmålene sin, særlig da han fikk en viss forståelse av at vi ikke var overbevist om hjerneskaden til sønnen.

Før han fikk hentet opp Anna ville han ta en prat med politimesteren. Mest for å holde han informert og å få hans tillatelse til å kontakte Kripos. Han lovte å kontakte de selv og holde han informert. Politimesteren så nødvendigheten av å oppklare overfallet han også.

Anna var hentet, tolken hadde kommet, det var forbausende mange språkkyndige russere bosatt i landet. Advokaten, den samme som forsvarte Edvin Johannesen var til stede. Han var oppnevnt av politiet og ofte benyttet som advokat i avhør.

- Jeg håper du er blitt behandlet godt her på politistasjonen?

- Takk, det er hakket bedre enn det triste huset ute i skogen sammen med den ufyselige eldre mannen og den uappetittlige sønnen hans. De tror visst jeg er en dukke de kan gjøre hva de vil med.

- Nå ønsker jeg å gå litt videre, hvordan har det seg at du endte opp langt oppe i skogen i Norge?

- Det kan jeg ikke si noe om, det er den sikre døden for meg. Selv om livet ikke har tatt den retningen jeg ønsket som en liten pike, er livet det kjæreste jeg har.

117

- Jeg tror jeg forstår, nå tilbake til hva og hvordan du endte opp her. Hvilke typer mennesker ble du involvert med?

Hun begynte å gråte, ikke snufsing, men hulking. Det ble hentet en pleier for å undersøke om hun var i stand til å gjennomføre et avhør. Advokaten beordret en pause, han mente at damen var helt ute av seg og ikke i stand til å gjennomføre avhøret. Det var bedre hun ble tatt vare på av kyndige medisinsk personell, ikke en fengsels celle. Han mente hun var et offer, ikke en som løp ærend for en forbryterorganisasjon.

Hans Olav ønsket at han hadde gamlelensmannen ved sin side å støtte seg til. Denne saken han formelig krasjlandet inn i var i det øvre sjiktet av hva han maktet.

Hans Olav ville avbryte seansen med Anna Davidov, og overlate til legen å ta seg av henne. Han ville ikke at han skulle virke truende og utsette henne for mer traumer enn hun allerede hadde vært utsatt for i sitt unge liv.

Han besluttet å reise tilbake til lensmannskontoret. Der var det nok å gjøre med notatene og diverse telefoner.

På lensmannskontoret var Grete og Else i full gang med en tipser. Det var den tredje som hadde kommet for å utdype det de hadde erfart. Hans Olav ville vente til de hadde gjort seg ferdig og summert hva de hadde før han begynte å se på det.

- Hallo, det er Ingrid Hansen, hva kan jeg hjelpe deg med?

- Hei, det er Hans Olav som ringer. Har du en status på Erik Johannesen?

- Det er litt tidlig ennå, han har vært til CT av hjernen og blir nok her et par dager til utredning.

- Fikk du kontakt med han i det hele tatt?

- Litt, han reagert på noen bilder, han kan ikke være så veldig borte vekk. I grunnen fikk jeg ikke prøvet så mye før jeg fikk han innlagt. Dette er noe som tar tid og det gjelder å være tålmodig og opparbeide tillit.

- Takk, jeg regner med å høre fra deg om det er noen resultater.

- Cecilie, er vi ferdig med undersøkelsene oppe i skogen eller skal vi ta en tur til. Jeg savner vesken som ble stjålet fra lensmannskontoret, det hadde vært en bonus å finne den igjen. Har også lyst til å sjekke oppe på loftet i huset. Det virket mistenkelig at Edvin reagerte så sterk og siktet på meg med et jaktgevær når jeg dro ned luken.

- Jeg tror det fremdeles er uoppdagede saker der, vi har ingenting på de mistenksomme karene som kjørte av veien, og vi har ikke kommet en millimeter med innbruddet og knivstikkingen av gamlelensmannen. Den kniven som ble benyttet ble sendt til analyse, og så vidt jeg vet har vi ikke fått svar.

- Der sa du noe, kan du ta kontakt for å sjekke status?

Kniven hadde endt på rettsmedisinske Institutt som er erstattet av Oslo universitetssykehus, Cecilie fikk kontakt og forsto at svaret var i ferd med å bli sendt i posten sammen med kniven. På oppfordring ville de også sende resultatet elektronisk, da de fikk forståelse for at det hastet.

Hans Olav ville gi seg for dagen, Else og Grete ville holde på litt til for å gjøre ferdig rapportene sine.

Han avtalte at alle fire skulle reise opp i skogen igjen, Else ville ta med Bonzo. De skulle møtes ved halv ni tiden, da regnet han med at det var lyst når de kom fram.

Før han ga seg tikket det inn en melding på lap toppen hans. En etterforsker fra Kripos ville komme i morgen kveld. Politimesteren hadde bedt om assistanse. I første rekke ville det komme en person for å gå igjennom saken og finne ut om det var behov for flere.

Det var som klumpen i magen til Hans Olav løsnet, damene kunne se på han at han ble lettet. Han mente det nå var enda viktigere å reise opp i skogen i morgen for å sikre det de kunne av spor. På grunn av tidsnød følte han at han ikke hadde fått undersøkt tilstrekkelig, det var i alt fire steder som lå veldig spedt. Det han heller ikke hadde funnet ut var hvorfor alt dette hadde skjedd langt fra folk i en nesten ugjennomtrengelig skog. Det måtte da være andre mer tilgjengelige steder å drive med slike ulovligheter med unge damer.

Else Hagmo kjørte sin egen bil med Bonzo i hundeburet, de andre hadde den nye bilen og avtalte å kjøre i lag. Første stopp var den første koia der Else og hundene hadde hørt skriket innefra skogen. Det var en tilfeldighet at hundene hadde reagert på skriket. Else kunne ikke glemme den opplevelsen. Det var som om noen holdt på å bli torturert til døde. Hun hadde våknet mange netter badende i svette etter at skriket gjenoppsto i drømmer.

Hans Olav bemerket at det var relativt nye bilspor ved den overgrodde stien inn til den første koia. Han debatterte med seg selv om han skulle kjøre inn eller parkere og gå inn. Han var redd for å møte en bil og ikke ha muligheten av å komme seg vekk. Else tok Bonzo og førte an. Den snuste som om den hadde fått los og fulgte et spor. Den dro i båndet så Else hadde store vansker med å holde den igjen. Den var utrolig sterk.

Det var med bankende hjerne han beveget seg innover, de kunne se at buskene og grener i veikanten var brukket, antagelig var det en bil som hadde kjørt der. Heldigvis hadde han politiradioen med seg og kontaktet politimesteren for å informere hvor de befant seg.

Hans Olav ble manet til å være forsiktig, dersom det var noen av elementene som sto for knivstikkingen og innbruddet, kunne det bli farlig.

Nesten gjemt oppdaget de en bil ikke så langt inne i skogen. Det er tydelig at den ikke hadde kommet helt inn. Den var utenfor stien med høyresiden, hjulene hadde sklidd ned i en dump, og en masse løse masser bak bakhjulene tydet på et de hadde gjort forsøk på å komme seg løs. Det hadde resultert i å synke dypere ned.

Else hadde med kameraet fra redaksjonen og tok bilder av skiltene og der hun kunne komme til inn igjennom de mørke vinduene. Hun kjente på dørene, de var ikke låst, det samme med bagasjelokket. Han Olav nøyde seg med å kikke inn uten å fjerne noe. Det ble behørig fotografert av Else. Hun tok ut minnekortet i fall de ble overfalt og måtte gi fra seg kameraet.

Hun greide å overføre bildene til Hans Olav. Det var viktig informasjon for Kripos sin representant.

Han vurderte om de skulle snu, det kunne bli farlig dersom det var overgripere der. Det var Bonzo sin reaksjon som fikk de til å fortsette. Det siste stykket gikk de gjennom den tette skogen for ikke å røpe seg. De delte seg med to på hver side av stien. Cecilie følte seg som en kommandosoldat der hun snek seg mot koia. Hun manglet bare kamuflasje farge i ansiktet.

Helvete, hva faen, kom det fra hans Olav, politiradioen ga en skarp lyd fra seg, han vurderte tidligere å slå den av. I den ellers så stille skogen føltes lyden som om den kunne vekke til live de døde. Det var politimesteren, men han ble bryskt avvist da det var fare for at de kunne bli oppdaget. Hans Olav ville kontakte han om en stund.

Adrenalinet pumpet igjennom kroppen og pulsen økte faretruende. Nå var de så nære at de kunne se koia. Han bannet fordi det ikke var vinduer, da kunne han ikke se om det oppholdt seg noen på innsiden. De snek seg nærmere og ble lettet da nøkkelen hang tilbake på spikeren under takskjegget. Nøkkelen lå i den vesken som var stjålet fra lensmannskontoret. Det var tydelig at koia hadde vært i bruk etter innbruddet.

Han fikk Else til å ta med Bonzo en tur rundt koia for å se etter spor. Hans Olav forsøke å lytte på veggen. De var av tømmer og ikke mulig å oppfatte noen lyder. Han satt nøkkelen i låsen og oppdaget at den ikke lot seg vri rundt. Årsaken var at låsen var åpen. Else slapp Bonzo inn først, den for inn som om den hadde oppdaget noe. Det hørtes et rabalder og en stemme innefra. Hans Olav hadde kun Mag lykten som våpen når han gikk inn. Bonzo hadde laget et helvetes leven og rot. Når han lyste rundt var det rot hele veien, det var åpenbart ikke Bonzo. Den sto over en skikkelse og knurret med flekkende tenner. Ved siden av lå et gevær på gulvet, skikkelsen hadde ikke rukket å få tak i det. Skikkelsen var en mannsperson. Han ble påsatt håndjern der han lå. Else tok båndet til Bonzo og ga den hundegodt som premie.

Bonzo fortsatte inn og stupte opp i en seng. Der var det en ung dame som holdt på å bli gjenstand for hva som synes å være et ufrivillig samleie med

123

en svartsmusket mannsperson. Mannen ble perpleks og forsøkte å slå vekk Bonzo. Det var fåfengt. Den unge damen trakk seg unna med teppet over seg, hun så livredd ut.

Mannen fikk påsatt håndjern av Grete mens Cecilie holdt han nede. Han ble ført inn i det store rommet med buksen halvveis nede på knærne. Geværet ble sikret, det var skarpe skudd i magasinet. Den unge damen ble trøstet, hun virket livredd og etter at hun fikk ta på seg klær ble hun ført inn til de andre.

Der så de en veske om var lik den som hadde blitt beslaglagt, den samme typen som ble stjålet fra lensmannskontoret. Inne på avlukket der damen ble trakassert fant de en annen veske. Damen hjalp til å fylle den med det som virket som hennes personlige saker. Før de gikk tok Hans Olav en ekstra sjekk i koia. Inne i et skap ved benken som sikker var en kjøkkenbenk fant de en eske og en lommebok. Det kunne like godt vær noe som hadde ligget der fra tidligere tider. Det ble tatt med i fall det hadde noe med de to mennene å gjøre. De fikk undersøke det når de kom tilbake. Han tok en titt inni ovnen også, der fant han en annen lommebok og mobil. Merkelig sted å gjemme noe, mente han. Når Kripos kom fikk de ta en gjennomgang sammen av de andre stedene.

Hans Olav låste koia og tok med seg nøkkelen denne gangen også. Det ville hindre andre å komme inn dersom det var flere enn de fire mennene som allerede var tatt. Bilen deres fikk bare stå der den var til de fikk en bergingsbil til å frakte den ned for undersøkelse.

Else hadde med seg Grete Andersen og den unge damen i sin bil, mens Hans Olav og Cecilie hadde de to mennene i politibilen, Bonzo lå på gulvet for å holde styr på mennene under tilbaketuren til arresten hos politimesteren. Han hadde helt glemt å ringe tilbake til politimesteren.

Han stoppet bilen et sted der det var mobildekning for å ringe tilbake. Politimesteren ble forskrekket av hva han hørte. Han synes han utsatte seg og politiaspirantene for en stor fare med å opptre på den måten nesten alene.

- Bare kom med dem, vi har plass i arresten til begge to. Damen måtte til sykestua for undersøkelse og behandling. Det er bedre at hun blir tatt vare på av helsevesenet, i hvert fall i første rekke. Det er godt at vi får assistanse fra Kripos, det er nok å ta seg av.

- Vi er fremme om en drøy halvtime, Else Hagmo kjører sin egen bil, Bonzo, huskyen hennes, er med meg for å passe på de to mennene. Vi tar resten når jeg kommer frem.

Else reiste rett til sykestua med den unge damen. Der tok de den første sjekken og hadde allerede kontaktet Førde sykehus. Der hadde de behandlet to andre unge damer og da Grete informerte at denne damen var omhendetatt på det samme stedet, det var store muligheter for at hun hadde behov for en legeundersøkelse og tilsyn av psykiatrisk ekspertise.

Hans Olav fikk hjelp med å ta de to mennene inn på politistasjonene. Det oppsto vanskeligheter i mottagelsen, da de nektet å registrere seg og å oppgi sitt personalia. En lege ble tilkalt for å ta en DNA prøve og politiet tok fingeravtrykk. Det ville bli sendt til Kripos for å sammenligne med deres utvidede register. Det kunne kanskje være noe som Kripos kunne ta lokalt i morgen.

Hans Olav hentet mobiltelefonene og lommebøkene de fant, det var et bankkort men det var usikkert om det var deres eller om det var et stjålet kort. I morgen ville han ta med Kripos og undersøke bilen.

Bergingsbilen mente det ikke hastet nå som det allerede var blitt mørkt. De ville vente til det ble lyst i morgen før de hentet bilen. Det skulle være nok for representanten fra Kripos til å starte med.

Han hadde ikke gjort forsøk på å finne identiteten til de som kjørte i treet, ei heller hvilket språk de snakket. Hen var ganske så sikker på at de ikke var etnisk norske. Han følte at han ikke hadde kommet noen vei til tross for at han hadde stått på fra morgen til kveld sammen med Cecilie og Grete.

Nå var det om gjøre å summere rapportene, han kunne ikke vise Kripos at alt lå og fløt på pulten. Ikke hadde de gått igjennom beslagene heller. To nesten fulle vesker i tillegg til mobiler og en lommebøker. Det ble nok en sen kveld på alle sammen i kveld.

De rakk ikke mer enn å registrere og å merke beslagene, de kunne se lenge etter å studere hva de hadde. Lensmannskontoret var ikke satt opp til å etterforske noe som helst, til det var bemanningen langt fra tilstrekkelig. Da klokka nærmet seg midnatt låste han ned det de hadde og tok med seg lap toppen hjem. Han hadde ikke hatt tid å sjekke igjennom mailene sine i dag. Det fikk vente til i morgen.

Det eneste han så var at representanten fra Kripos hadde lagt seg inn på et hotell og ville komme innom ved åttetiden i morgen. Det var signert med Monica. Det kunne tyde på at det var en dame, det ville nok politiaspirantene sette pris på. Han hadde hørt de snakket seg imellom om karriere mulighetene i politiet. Her kunne de sikker få inspirasjon om de mulighetene som fantes.

Han hadde satt på kaffen og vasket koppene før denne Monica fra Kripos dukket opp. Papirene hadde han tatt ut av arkivet og lagt på skrivebordet sitt. Han ville at Cecilie og Grete skulle forklare sine egne notater mens han selv dro de store linjene.

De tre damene møttes utenfor da de var i ferd med å åpne døren til lensmannskontoret. De ble overrasket, Cecilie og Grete hadde helt glemt at Kripos sin representant skulle komme i dag. Til det hadde de vært for opptatt med sine egne gjøremål.

Hans Olav ønsket velkommen og loset de inn på møterommet. Han hadde med Inger Johanne sin hjelp organisert en arbeidsstasjon for Monica.

Han serverte kaffe, de som ønsket det fikk te, han hadde satt på vannkokeren for å være forberedt. Etter å ha presentert seg, koblet han opp den store skjermen på veggen. Videosnuttene og stillbildene ble vist på skjermen. Rapportene var kopiert opp.

Monica Olsen fortalte at hun hadde erfaring med trafficking av unge damer fra tidligere saker, hun mente at det kunne komme godt med da denne saken også dreide seg om pur unge damer i en form for fangenskap.

De holdt på til en stund etter lunsj, Hans Olav refererte til hele hendelsesforløpet fram til innbruddet på lensmannskontoret og han fant gamlelensmannen i en blodpøl på gulvet med en stor, blodig kniv ved siden av seg. Monica ville bli introdusert for Else Hagmo senere for å få detaljer om hvordan den unge damen ble funnet inne i den tykke skogen.

Monica var ikke så begeistret for å kommunisere med media, hun hadde dårlig erfaring med hovedstadspressen som vinklet sine artikler for å få fram sensasjoner til forsidene sine.

Etter lunsj fortsatte Hans Olav med å informere om sine besøk til stedene inne i skogen, og sine beslag. Personene som var funnet og brakt inn tok en ny time. De var ikke ferdig avhørt, til det var avstanden for stor og utfordringer med psyken og tolking gjorde det omstendelig.

Den ene bilen hadde vært gjenstand for teknisk undersøkelse, den siste sto fremdeles i grøfta oppe i skogen og var ventet hit i løpet av dagen. Han selv hadde ikke hatt tid til annet enn en overfladisk sjekk.

Cecilie fortsatte med hva hun hadde fra saken og refererte til notater og sine rapporter. Grete informerte om tipsene de hadde fått inn etter artiklene i lokalavisa. Hun hadde en jobb å gjøre med å skrive ned referatene fra de tipserne som var kalt inn.

Monica forsto at saken var under etterforskning og at bemanningen tilsa at det måtte prioriteres. Henne første inntrykk var at alt som var gjort var riktig og godt dokumentert. Hun ville sitte utover kvelden for med egne øyne danne seg et bilde av saken slik at kun kunne konsentrere seg om hva hun selv og Kripos kunne bistå med.

Grete bestilte pizza som de kunne ta på kontoret, det ble av Monica kalt etterforsknings middag. Hans Olav ville vente til i morgen tidlig med å avtale en strategi, Monica hadde behov for å tenke igjennom hva hun mente var best for henne å bidra med. Hun forsto at det Hans Olav hadde gjort allerede var beundringsverdig, nå var det opp til henne å binde delprosjektene sammen.

Hans Olav var ikke den første på kontoret i morges, Monica hadde allerede komme og satt på kaffen. Hun hadde sett igjennom det hun var presentert og hadde en formening om hva hun kunne begynne med.

Det hun hadde blitt bedt om var å etterforske innbruddet på lensmannskontoret og ikke minst

129

knivstikkingen av gamlelensmannen. Til det måtte hun ta seg av de to siste anholdte for å avhøre de og finne deres identitet. Det var ikke mulig å gå videre uten at identiteten var kjent.

Hans Olav regnet med at dette gjaldt like mye de to første mennene som var i bilen da den kjørte ut. Det tok en stor byrde av skuldrene hans. Han ble sittende igjen med Edvin og Erik Johannesen, og de fire unge damene, noe han mente var overkommelig.

Han ville fortsette med å undersøke huset og de to andre koiene i dag. Monica ville holde seg her og gjøre et avhør av de fire mennene og undersøke de to bilene.

De gjorde som i går, med Else og Bonzo i sin bil og Cecilie, Grete og han selv i den nye politibilen. Denne gangen ville han ta den andre veien inn til huset den veien han ble informert om av Edvin. For sikkerhet skyld hadde han fått en ransaknings ordre fra en dommer denne gangen.

Det var fremdeles mørkt når de kjørte, men det ville lysne før de var komme opp. På denne tiden av året måtte de begrense undersøkelsene til de tidene det var dagslys.

Han parkerte et stykke fra og gikk det siste stykket, for alt han visste kunne det være andre besøkende i huset. Så lenge han ikke visste hvem og hva han sto overfor var han ytterst forsiktig. Bonzo hadde fått teften av noe, den dro i båndet og Else hadde stor møye med å holde den tilbake.

Hun turte ikke å slippe den, da hadde den forsvunnet innover i skogen.

Han Olav tok seg en runde rundt huset for å kikke inn gjennom vinduene. De var skitne og det var ikke godt å se inn. Han kjente på døra, den var ulåst. Han var helt sikker på at han hadde låst etter seg og husker han spurte Edvin om hvor han skulle henge nøkkelen.

Døren ble åpnet og Else slapp inn Bonzo først. De hørte et skrik innefra som om noen ble overrasket av hunden. Det var da som faen, utbrøt han, var det enda flere her inne i skogen. Han slo på lommelykten og gikk forsiktig inn.

Inne på det ene rommet var det to personer, en sortmuskede mann og en dame, de kunne vel være i femtiårene. Bonzo sto tett ved de og passet på at de ikke kunne røre seg, langt mindre prøve å rømme.

Han hørte noen klynke inne på det andre rommet og så at under et sengeteppe lå det nok en ung dame som stirret på han med redde øyne. Hun virket hysterisk og nektet å følge med. Damene ble nødt å sitte ned på sengen og trøste henne. Hulkingen gikk over til en nærmest ukontrollert gråting. Stakkers jente, hun var ikke mer enn en tenåring.

Det var merkelig, han var sikker på at de ikke hadde sett noen bil, ikke hadde de møtt noen på veien opp heller. Kanskje de hadde tatt den andre veien inn og parkert nede på stien og gått inn til

131

huset. Den samme veien som de hadde gått forrige gang de var der?

Han ble engstelig, var det noen andre som hadde tatt seg et ærende med bilen, det ville være unaturlig å oppholde seg såpass langt fra folk uten å ha noe å kjøre med. Han visste ikke om han maktet å anholde flere.

Han ringte til politimesteren for å rapportere. Han ble forskrekket over hva de hadde kommet over langt der inne i skogen. Hans Olav sa at han hadde ikke plass i bilen til de tre. Politimesteren forsto godt at Hans Olav ikke hadde ressurser til å anholde tre personer og transportere de vekk i en full bil. Han ville beordre den samme minibussen som sist, heldigvis var det fremdeles plass i arresten. Cecilie og Grete gjorde forsøk på å finne identiteten samtidig som de trøstet den unge damen som best de kunne. Else hadde med kameraet og ville ha foto av ansiktene for å benytte som gjenkjenning.

- Hva i helvete er det som foregår her langt inne i skogen. Er det en mottakssentral for unge damer som er tiltenkt et prostitusjonsmarked. En slags tilvenning og fornedring for å bryte de fullstendig ned.

- Dette er jeg nødt til å skrive om i avisen, det må da være noen av leserne som har sett eller hørt noe.

Hans Olav kontaktet Monica, dette gikk over hans fatteevne. At han som konstituert lensmann med fire års tjeneste skulle dumpe bort i noe slikt. Til tross for at hadde fått overført to nyutdannede

132

politi aspiranter som var midt i et introduksjons kurs, følte han at det var flere overraskelser enn han maktet.

Monica var forskrekke, enda flere? Hun undret på hva det var de hadde dumpet borti. Hun håpet at de tre ville bli sendt til politistasjonen, på lensmannskontoret var det ikke noe arrest lokale. Damen måtte på sykestua, det var helt sikker. Det var ikke godt for politiet å bedømme hennes mentale tilstand.

Det begynt å bli en gjenganger, han kom ikke lengre enn det første stedet før de måtte avbryte søket. Ikke hadde han kommet opp på loftet denne gangen heller, det var utgjort.

Det tok enda tre kvarter før minibussen til politiet ankom. Nå hadde de ikke flere håndjern igjen. Den unge damen kunne han for sitt bare liv ikke utsette for belastningen med håndjern. Hun fikk kjøre i hans bil, det voksne paret måtte sitte i minibussen. Han var redd for å sette alle tre sammen, det var uvisst hva som kunne hende.

Han fikk damene til å gjennomsøke huset for å finne noe som kunne kompromittere paret. Det var bevis han var ute etter. Han håpet at dette var siste gangen de ble overrasket av lugubre typer og unge damer. De hadde to koier igjen, to hadde de besøkt men den siste hadde de ikke rukket å besøke enda.

Nå var det om å gjøre å få etablert nasjonaliteten og identifikasjon av alle de seks anholdte. Far og sønn sto også for tur, det sammen med alle de unge damene. Det var godt at han hadde fått assistanse fra Kripos. Dette hadde han ikke greid alene. Det var en fordel at de hadde fått samlet det han trodde var alle sammen. Da kunne han bruke taktikken med å sette de opp mot hverandre og å få de til å motsi seg selv. Pisken var et varsel om utlevering til hjemlandet, der var gjerne fengslene i en helt annen stand og det same med straffen, den var nesten dobbelt så lang i enkelte land.

Endelig kom minibussen, de hadde kjørt den samme veien som sist, og hadde greid å kjøre helt inn til huset. Sjåføren mente at de fikk gi seg med å finne flere, det skapte merarbeid på politistasjonen og de hadde vært nødt til å arbeide overtid siden de første ble internert. Hans Olav mente at de fikk holde utkikk på tilbakeveien, han mistenkte at det var noen som var ute å kjøre, i dobbelt forstand.

Klokka var blitt to på ettermiddagen og han ville avbryte søket, det var mer enn nok å holde fingrene i med de som var tatt i huset. Ikke minst å registrere, merke og undersøke det de hadde beslaglagt.

Hans Olav stoppet på lensmannskontoret med den unge damen, mens mini bussen tok de to voksne til arresten på politistasjonen. Han måtte finne et sted der damen kunne komme under kyndig behandling. Det hastet før hun havnet i koma etter alt om hadde skjedd med henne, ikke minst å bli nærmest overfalt i sengen av en stor og kraftig hund som glefset og flekket tenner mot henne.

Monica var overveldet av hva Hans Olav og de to assistentene hadde funnet ut av. Ved en tilfeldighet på en treningstur med et hundespann hadde de kommet over noe som kunne vise seg å være stort.

SKRIKET

Kapittel 7

Kripos hadde i lang tid hatt kjennskap til at unge damer var satt i prostitusjon i de større byene. De hadde, imidlertid, ikke funnet ut hvem bakmennene var eller hvor de hadde sin base. Nå var ikke prostitusjon straffbart i Norge, men det var straffbart å betale for sex. Det var også straffbart å være hallik. Med andre ord, det damene gjorde var ikke ulovlig, det var kundene som betalte og bakmennene som drev ulovlig.

Det gjorde at det ikke var så mange personer å anklage. Det var, imidlertid, mer enn nok med mennene og paret de tok inn i dag for et lite bemannet nedlegningstruet lensmannskontor. Damene sto i fare for å bli utvist fra Norge all den tid de hadde opphold her uten oppholds- og arbeids- tillatelse. I enkelte tilfelle fikk de asyl dersom de vitnet mot bakmennene. Det var imidlertid veldig usikker. En slik avgjørelse var forbeholdt en annen statlig myndighet som ikke var kjent for å samarbeide med andre myndigheter, eller å ta menneskelige hensyn.

Når det gjaldt kidnappingen hadde overgriperne muligheter for å holde familiene i hjemlandet som gisler. Det var et grusomt og kynisk regime. Egentlig hadde de unge damene ikke noe annet alternativ enn å gjenoppta kontakten med overgriperne for å spare sin egen familie.

Monica holdt på med sin strategi, det hadde blitt avbrutt og forkastet ettersom nye overgripere hadde dukket opp. Det første hun ønsket var å finne identiteten til de arresterte. Hun hadde dårlig tid, de satt i varetekt i to uker og ville bli satt fri dersom det ikke ble reiset en tiltale for straffbare forhold. De hadde allerede gått syv dager siden de ble arrestert. Foreløpig var de ikke anklaget for noe annet enn hasardiøs kjøring, noe som ga prikker i førerkortet og en bot.

Det neste var et avhør dersom hun kunne finne ut hvilket språk de snakket. Hans Olav hadde allerede vært i kontakt med en russisk tolk, og nå ville hun kontakte henne igjen. Et annet alternativ var å kontakte et asylmottak, der var det en vrimmel av fremmede språk blant de internerte. Det var også mulig at de hadde tolketjenester på de fleste språk.

Fingeravtrykk og DNA resultater ville hun sjekke mot Kripos sin database, de holdt det nasjonale registeret og hadde kontakt med Europol og Interpol sine registre.

Hans Olav ville etablere en strategi for de neste dagene. Nå gjaldt det å konsentrere seg om beslagene, om han var heldig ville han finne noe dokumentasjon eller spor som kunne hjelpe han videre. Han hadde heldigvis god hjelp av de to politiaspirantene, og nå vurderte han om Grete kunne bistå Monica. Inger Johanne Kristiansen kunne komme i perioder og bistå med papirarbeidet. Else var nærmest overlatt koordineringen av tips fra leserne. Alt skulle registreres distribuses og arkiveres. Det var mer enn nok av oppgaver for et tynt bemannet lensmannskontor. På denne måten kunne de ha to team til denne etterforskningen.

Det ville være en gedigen nedtur for han personlig og for lensmannskontoret dersom han kaste inn håndkledet og ga opp denne saken.

Monica mente han fikk slutte med slike filosofiske tankeeksperimenter og heller konsentrere seg om hva som lå foran dem. Hun hadde hatt samtaler med den unge damen og tatt video for å studere det i ettertid. Hun var også fra en minoritet i Russland. Hun kunne ikke vise på kartet hvor hun kom fra, til det var hun ikke kjent med vårt skriftspråk og vår måte å posisjonere kartet på. På deres kart var alltid Russland i senter og Vest Europa marginalt og i utkanten av kartet. Hun kunne bare russisk og den lokale dialekten fra hennes republikk.

Det var så langt hun var kommet. Ved å bruke Google oversettelse fant hun alderen hennes til å være 17 år. Det var med forbehold, hennes lave

138

kroppsvekt og høyde kunne også være årsaket av mangelfull diett som barn og oppvekst. Hennes etniske tilhørighet var også kortvokste, noe som gjorde det hele utfordrende.

For å komme videre måtte hun finne tak i en tolketjeneste. Helst her i nærområdet. Det var for langt å reise to og en halv time til Førde hver gang hun skulle avhøres.

Han synes han sto fast, det at de var internert på to steder langt fra hverandre gjorde det ikke noe lettere. For å komme videre med de unge damene måtte de ta turen til Førde. Det var i grunnen der den sist ankomne damen også burde være. Dersom Monica konsentrerte seg om innbruddet og knivstikkingen, kunne han selv og Cecilie ta seg av damene. Der var også tolken.

Som sagt så gjort, mennene var satt i arresten på politistasjonen, hun kunne ta V70'en mens han tok den nye bilen til Førde. I fall det ble sent bestilte han overnatting.

Monica synes det var en god ide, hun hadde fått god hjelp av Grete med å organisere alle papirene, og hjelpen til Inger Johanne var også uvurderlig. Hun hadde all respekt for Hans Olav som var nærmest kastet inn i denne etterforskningen. Hun forsto godt hans situasjon. Politimesteren hadde også fått kuttet budsjettene sine og måtte kjempe for hver krone selv. Hans bemanning var kuttet inn til benet og han var tvunget til å overføre mannskap til mere sentrale strøk. Der hadde nedleggelsen av lokale lensmenn blitt erstattet av

139

patruljerende biler. De var en form for effektiv-
isering ble han fortalt.

Hans Olav var ikke fremme før ved to tiden på
ettermiddagen. Damen ble satt av på sykehuset for
en undersøkelse. Der undret de på hvorfor han
kom med så mange damer av ukjent opprinnelse?
De hadde i grunnen hverken tid eller budsjett til
annet enn øyeblikkelig hjelp.

Tolken var allerede på plass på krise senteret der
damene var innkvartert. Der fikk han høre at det
var deres velvillighet som gjorde at damene
fremdeles var der. Alternativet var å sette de i
arresten, men da de ikke var tiltalt for noe og ville
umiddelbart ble frigitt.

Gode gud, han var da ingen sosialarbeider,
hvorfor stanget han hodet i budsjettkutt og dårlig
koordinerte myndigheter hvor enn han snudde
seg. Han hadde en sak å oppklare, og et
drapsforsøk på en politiembedsmann.

Damene ble kalt inn en etter en, han hadde laget
en liste med spørsmål som var relevant for saken.
Siden han ikke forsto bæret av språket lot han
Cecilie tape og ta opp video av samtalene til
tolken. Han fikk anledning til oversettelsen etter
hvert spørsmål slik at han kunne stille
oppfølgingsspørsmål.

Damen var engstelig, hjemmefra fryktet de
politiet, de var verre enn mafiaen. Det tok tid for
at de kunne uttale seg. Hun kom fra en fattig
familie og henne ulykke var at hun var
billedskjønn. Faren hadde gjort det han kunne for

140

å holde halvgamle menn fra å kjøpe henne for å gifte seg med. Det var ikke uvanlig med barnebruder.

Faren mente at det var bedre at hun ble tatt hånd om av mafiaen, da ville han ihvertfall få sin del av hennes inntjening som sex objekt i et vestlig land. Faren håpet derigjennom at han og resten av familien kunne ha til livets opphold, det var kostbart å ha datteren boende hjemme. Det var nok av unge damer som bodde hjemme etter at de ble gravide med lokale beilere.

Hun ble vist foto av de som allerede var brakt inn, hun turte nesten ikke se på bildene. Det var nærmest den sikre døden om hun anga dem. Hun nikket til bildene som om hun kjente til dem. Det var da en begynnelse, tenkte han.

Han fikk tolken til å spørre henne om hvor hun kjente mennene fra? Var det hjemmefra, eller hadde hun blitt overlevert til andre underveis? Hvordan hadde reisen til Norge foregått?

Tolken holdt på i tyve minutter til. Svarene hun fikk ble oversatt og Cecilie noterte ned. Mennene hadde hun sett da de skiftet bil et sted, hun var ikke sikker hvor, men de hadde kjørt i ett sett igjennom natten uten annet stopp enn enkelte toalettbesøk og matpauser. Måltidene hadde de inntatt i bilen. Enkelte ganger ble hun bedt om å legge seg på gulvet under et teppe, noe hun antok var grensepasseringer. Det skjedde om nattet uten at de ble stoppet.

De to i førersetet byttet på å kjøre. Hun var alene i baksetet, hun møtte ikke andre damer før de var i en liten hytte uten vinduer. Der ble hun innkvartert og fikk sove i en seng. Noe mat fantes ikke, ikke var det noe kjøkken heller. Hun fikk en bøtte med vann å vaske seg i. Hun vet ikke hvor lenge hun var der, hun var trett og sov nesten hele tiden, bare vekket når de to mennene ville ha sex med henne. Hun savnet familien sin og ville hjem.

Hans Olav takket henne for henne forklaring, i det minste ble mennene på fotoet identifisert som sjåfører på bilen.

På spørsmål om hun visste om andre damer også ble lovet arbeid i vesten av de samme bakmennene. Hun hadde hørt om tilbudene fra hennes venninner. Flere hadde reist vekk, hun visste ikke hvor eller med hvem. Så lenge hun bodde hjemme hadde hun ikke hørt om noen som hadde kommet tilbake. Ikke trodde hun at det hadde blitt sendt noen penger hjem heller. Det hadde ikke blitt nevnt av noen av de som kjente til familiene deres.

Det var fåfengt av Hans Olav å gjøre forsøk på å stoppe denne trafikken, det eneste han kunne oppnå var å sette fast mennene for menneske smugling over landegrensene. Innbruddet på lensmanns kontoret og mordforsøket på lensmannen trang han mer håndfaste bevis for.

De to andre damene kom med nesten likelydende historier. Det var tydelig at alle fire mennene var identifisert med foto og gjenkjent av damene. Det var ikke han kunne annet enn å gjøre det så godt som mulig for damene der de var og håpe at de ikke ble utvist før saken var ferdig etterforsket.

Damen som startet det hele med sitt forferdelige og gjennomtrengende skrik, nærmest som et hyl fortalte at hun hadde greid å komme ut av det stedet der hun ble holdt innelåst og løp det beste hun kunne derfra. Mennene hadde oppdaget at hun var borte og tatt med en hund og et gevær for å fange henne og bringe henne tilbake. Hun hørte hunden ikke så langt bak seg og så ingen annen løsning enn å klatre opp i et stort tre i håp om at hun ikke ble oppdaget.

Før forfølgerne hadde tatt henne igjen hørte hun at de knaket i skogen og oppdaget en stor hund som kom glefsene. En dame som holdt hunden i en lenke kom til synet, hun så lykten fra pannelampen hennes. Det var bekmørkt i skogen og det var vanskelig å løpe uten å snuble og sette seg fast i buskas og grener som stakk ut. Hun hørte et skudd og den forfølgende hunden ble tyst. Hans Olav mente at mennene gjorde det for ikke å bli oppdaget av damen med den store huden.

Hvordan hun kom seg ned fra treet og ført ut av skogen erindret hun ikke, hun var stiv av skrekk og nærmest hysterisk. Hun husker at hun satt i en slags vogn som ble trukket av noen store hunder og ble satt i en bil etter en stund. Da ble hun borte igjen til hun våknet i en ambulanse.

Damen som de fant tapet på munnen og hender og føtter hadde de ikke fått snakke med. Pleiepersonale mente at hun ikke ville ha godt av å rippe opp det. De mente det ville sette henne tilbake i behandlingen.

Han regnet med at Edvin Johannesen og sønnen var involvert på den ene eller den andre måten. Det var det neste skrittet han aktet å komme til bunns i.

Cecilie hadde notert ned det som ble oversatt, hun ville renskrive det på hotellet senere. Det var vel så viktig at tolken kunne verifisere det i løpet av morgendagen.

Den siste damen de kom over sammen med de to siste mennene fikk de avhøre i morgen, hun var fremdeles på sykehuset for observasjon. Legen mente at hun ikke burde bli utsatt for en slik påkjenning enda. Hun trang hvile og å roe seg ned. Blodtrykket hennes var fremdeles faretruende høyt. Cecilie mente det var nok for i dag og ville tilbake til hotellet for å fortsette med notatene sine.

Hans Olav kontaktet pleieren som hadde kontakt med den handikappede sønnen om hun kunne være med å få til en samtale med han i morgen ved ti tiden. Da kunne de møtes på hotellet eller på institusjonen for å få en forståelse av tilstanden hans før de traff han for en samtale. Hun lovte å møte dem på institusjonen. Hun hadde vakt fra klokka syv på morgenen og det passet best å møtes der.

Cecilie hadde tatt med seg alle ansiktsfotoene da de møte opp på institusjonen. Det de håpet på var

144

at de ville være en reaksjon hos Erik når han fikk se de.

Pleieren hadde allerede fått noe informasjon om saken de etterforsket, og Hans Olav vurderte om de skulle gi henne noe mer. Saken hadde økt i intensitet med de nye anholdelsene. Han mente hun fikk høre nytt det når de satt i avhøret med Erik. Hun ville ikke svare direkte på om Erik var så handikappet som hans far hevdet, hun mente at han fikk se selv med sine egne øyne og vurdere selv. Hun ville ikke at hennes mening skulle benyttes som en form for diagnose som politiet kunne bruke mot han.

Hans Olav bet seg merke i at Erik hadde klare øyne og så ut for å følge med. Det var ikke de synlige tegnene på tomhet som han oppfattet hos hjerneskadde. Han mistro var at det var nok noe skade, men at han var flink til å kamuflere at han var relativt oppegående. Dersom han greide å bryte igjennom det skallet han omga seg med, kunne det bety et gjennombrudd.

Erik ble kalt inn, han så bedre ut nå, han hadde fått en hårklipp og dusj, til og med ny klær hadde han på seg.

Hans Olav begynte med å introdusere seg selv og Cecilie og fortelle hvorfor de var der.

- Nå håper jeg du kan hjelpe til med å finne ut av det som har foregått på eiendommen langt der oppe i skogen. Jeg er oppriktig lei meg for motorsykkelen din, den har vi tatt med til et verksted for å reparere den etter at du kolliderte med en av politibilene våre.

Det virket som om Erik forsto det som ble sagt. Han tok seg til hodet og armen som om han ville vise skaden etter kollisjonen. Hans Olav så det som et bevis på at han var langt fra den grønnsaken som hans far hadde gitt inntrykk av.

- Hvor var du på vei når du traff på politibilen, om du hadde hatt på deg hjelmen din og skikkelige hansker hadde det gått bedre for deg.

Erik Johannesen stirret bare rett framfor seg. Hans Olav møtte øynene hans så vidt. Det virket som om det var liv i øynene, han festet blikket på Hans Olav. Det fikk han til å skifte taktikk. Han var sikker på at Erik spilte, han måtte bare finne på en måte som gjorde at Erik røpet seg.

- Det er synd med din far, han er hovedmistenkt for å ha organisert menneskesmugling sammen med en mafia organisasjon fra Transnistria. Tiltalen lyder også på seksuelt misbruk av en mindreårig, holde henne mot hennes vilje og mishandle henne med å tape hender og føtter. I tillegg til å kneble henne. Jeg antar at han kan regne med å tilbringe de neste femten årene i fengsel. Du blir internert på en institusjon der du kan tilbringe resten av livet sammen med likesinnede. Med ditt handikapp uten din far å pleie deg er det ikke tilrådelig å oppholde deg alene i en koie i skogen. Helsevesenet vil ikke tillate det.

Det var tydelig for alle at Erik hadde en reaksjon, han ble blek og flakkende i blikket. Det var rett før han glemte seg, munnen formet seg som for å si noe, før han tok seg i det og falt tilbake til den innøvde modusen.

Han ba sjefen for institusjonen å komme inn. Det var et høyt spill han gjorde, men det måtte sikker til for at Erik skulle komme ut av den boblen han omga seg med.

Hans Olav gikk ut for å ta en prat med sjefen, der forklarte han sin strategi for å knekke koden med skuespillet overfor Erik Johannesen. Hun var med på notene, det var en helt uskyldig måte å teste ut Erik på.

- Hei Erik, det er synd med din far, han kan nok ikke ta seg av deg på ganske mange år. Med din diagnose kan du ikke være alene, langt mindre bo langt oppe i skogen. Vi kan bli anmeldt til politiet om vi slapp deg tilbake der du ble tatt hånd om. Jeg er sikker på at du vil trives og få det godt på den institusjonen samme med mange andre med den samme diagnosen. Du blir hentet allerede i kveld, vi er nødt til å gi deg noe beroligende for å være sikre på at du ikke utagerer og skade deg selv og de som tar hånd om transporten. Det er en psykiatrisk ambulanse hvor du blir liggende i reimer under transporten. Det er ingenting å bekymre deg over. Om du er med meg nå så skal vi pakke sakene dine og gjøre deg klar til transporten. Sekretæren min har laget ferdig en mappe med dokumentasjonen herfra. Vi ønsket

147

bare å vente til politiet hadde vært her for å avhøre deg.

Det var tydelig å se at dette gikk inn på Erik. Han var på vei opp av stolen, og skulle til å si noe. Munnen hadde formet seg før han innså at det ville røpe han. Han følte seg i en felle, om han ikke sa noe ville han bli innelåst på et galehus resten av livet, og om han sa noe, ville hele skuespillet bli avslørt og han ville havne i fengsel sammen med sin far.

Det ville bli som hovedpersonen i filmen Gjøkeredet, som ufrivillig ble internert i et galehus, og faktisk ble gal av å omgås gale mennesker.

Hans Olav ville vente litt, han regnet med at Erik ville komme med en reaksjon. Den kom da sjefs pleieren organiserte menn i hvite frakker som kom med en båre og ville gi han en beroligende sprøyte. Erik ble voldsom og gjorde motstand da de la han på båren og begynte å stramme reimene.

Han flakket med blikket og kom med noen lyder. Han prøvde å vri seg unne da pleierne kom med sprøyten, og prøvde å reise seg opp. Det var fåfengt, han har satt fast med belter.

- Nå Erik, er det noe du har lyst å si meg før du blir tatt med bort herifra, spurte Hans Olav. Vi skal gi adressen til din far så han kan skrive brev, ja om du greier å lese det han skriver. Med din diagnose regner jeg med at du ikke er i stand til å lese.

148

- Her på denne institusjonen kan vi ikke holde deg lenger, vi har verken budsjett eller pleiepersonell til å bistå deg. Det er myndighetene som har bestemt at dette kun er en institusjon for akutt psykiatrisk hjelp. Du er ikke i den kategorien med din diagnose, hjerneskade ved fødselen. Det er permanent og krever at du blir tatt hånd om på et bedre egnet sted.

Det ble et rabalder og han greide å få snudd båren så han havnet på gulvet med ansiktet ned. Pleierne snakket med sjefspleiere med høy stemme at de så seg nødt til å gi han en dobbel dose for at han skulle forholde seg rolig.

Båren ble snudd og pleierne kom tilbake med en større sprøyte. Erik ble nærmest rabiat, han rev og slet i de stramme beltene og ropte høyt,

- Nei, jeg vil ikke på noe galehus. Slipp meg fri.

- Hva er det du vil? At jeg skal ta deg med til arresten og gi deg en glattcelle?

- Nei, for faen, hverken galehus eller glattcelle. Bare slipp meg fri, jeg greier meg utmerket alene.

- Du vet sikkert at med din diagnose har vi ikke noe annet valg å sende deg til en institusjon. Der vil du treffe likesinnede og få god oppfølging. Det er ikke noe å være engstelig for.

Erik hylte hysterisk, han innså nå hva konsekvensen av skuespillet hans ville føre til. Han var slett ingen grønnsak som skulle stues bort.

- Det er min far som har satt dette i verk, han trang en nyttig idiot å skylde på i tilfelle at han ble oppdaget. Jeg, min dumme faen, fulgte med på leken. Nå først innser jeg at filmen Gjøkeredet kunne han vært med meg i hovedrollen i en norsk versjon.

- Cecilie, kan du sette håndjern på denne grønnsaken slik at vi kan ta han med til arresten. Om han nekter, lar vi den psykiatriske ambulansen frakte han. Jeg vil ikke ha noen utagerende mann i baksetet på politibilen. Det er ikke godt å vite hva han vil finne på. I det minste må vi få med noe beroligende som får han til å sove de par timene det tar for å kjøre tilbake til politistasjonen. I grunnen tror jeg det er best at han blir transportert i ambulansen, vi må tilbake til hotellet og hente sakene våre å sjekke ut.

Som sagt så gjort, pleierne gjorde han klar til transport i ambulansen, de ville vente til Hans Olav og Cecilie var ferdig på hotellet og reise i lag.

Sjefspleieren var glad det endte på denne måten, hun kunne ikke holde han lenger her og ventet bare på å sende han vekk.

Det tok en halvtimes tid på hotellet før han ringte sjefspleieren og meldte at han var på vei. Han hadde arrangert med sjefspleieren at ambulansen kunne ta med seg den siste unge dame tilbake til institusjonen. Hun var i behov for innleggelse for sine traumer.

Da de kom tilbake til politistasjonen hadde Hans Olav et møte med politimesteren. Han gikk igjennom status på etterforskningen. Nå begynte det å bli mangel på steder han kunne huse flere arresterte, om ikke det ble tatt ut tiltale, måtte han flytte de til andre steder med ledige celler. Det var noe Hans Olav var klar over, det skapte også utfordringer at de forskjellige innsatte var så tett på hverandre. Det var fare for trusler og aksjoner internt.

Det var å håpe at de kunne være der til avhørene var i en såpass stand at det kunne utarbeides tiltaler. Det kunne dreie seg om ut uken. Hans Olav takket for velvilligheten til politimesteren før han leverte Erik Johannesen i hans varetekt.

Han geleidet ambulansen til sykestua der den siste damen var levert den dagen hun ble oppdaget i huset i skogen sammen med de to overgriperne. Pleierne hjalp til å gjøre damen klar til transporten, ambulanseføreren sa at hun så ut som en norsk fjortenåring, så liten og allikevel fraktet Europa rundt for å selge sex. Han kunne ikke forstå hvordan eldre menn så noen glede i å ha sex med henne. Hun trang beskyttelse og håpet at hun ville bli tatt vare på her og ikke sendt tilbake til dette helvete.

Både Hans Olav og Cecilie kjempet med å holde tårene tilbake. Dette var en verden så fjernt fra deres. Nå var det på tide å komme seg tilbake til lensmannskontoret og summere notatene og inntrykkene sine. Han var også spent på hva

Monica hadde kommet frem til med sine undersøkelser.

Det var blitt sent, Monica og Grete hadde gått hjem for dagen, selv ville han låse ned hva de hadde av notater fra turen. Tolkingen fikk vente til i morgen.

I dag var han på kontoret før Monica, hun hadde sittet til sene kvelden for å bli oppdatert på identifikasjonen. Det var ikke funnet noe i den lokale norske databasen som tydet på at de var hverken anholdt eller straffet her i landet. Det var sendt videre til Europol og Interpol. Dersom de var fra Russland eller en av republikkene de hevdet var en del av Russland, fantes de ikke i noen av deres arkiv.

Mistanken til at de var fra Transnistria gjorde sitt til at ingen derfra var i registret med mindre de var straffet i et annet land som var del av Interpol. Selv for Moldova var det utfordringen med registrene, denne utbryter republikken var offisielt en del av Moldova, men under okkupasjon av Russland. Monica hadde av den grunn ikke kommet noen vei med søket.

Hans Olav på sin side informerte om sitt gjennombrudd med den såkalte hjerneskadde sønnen. Han var nå i arresten på politistasjonen. Det gjensto mange avhør. Damen hadde gitt de mye verdifull informasjon. Dessverre rakk de ikke å avhøre flere i dag. Det er langt til Førde, og noe hjalp det å ta inn på et hotell.

Dagen i dag ville bli benyttet til å gå igjennom notatene og videoene fra avhørene. Det samme med strategien for morgendagen. Dersom Monica og Grete kunne konsentrere seg om de fire mennene så ville han selv og Cecilie ta for seg faren og sønnen. Hun kunne kontakte tolkene som kunne være til stede eller via videolink. De måtte konsentrere seg om de som ellers ville bli satt fri dersom de ikke fikk til en varetekt eller en tiltale, helst begge deler.

Monica ville også se hvordan stedet i skogen så ut, hun mente hun ville få en bedre forståelse for etterforskningen. Han Olav så på klokka, den var ikke mer enn ti på formiddagen. Han vurderte om han skulle be med seg Else og Bonzo eller dele seg i to og kjøre med den nye bilen og V70'en.

Nei, denne gangen fikk han greie seg uten Else og Bonzo. Han tok med dobbel dose med pepperspray og ekstra håndjern i fall de skulle møte på flere uønskede såkalte gjestearbeidere. Hodelykter med ekstra batterier til alle. Alle fire var kledd i politiets kjeledresser. De hadde med seg politiradio og satellitt telefon denne gangen.

Han ville at de startet med huset, enda hadde han ikke fått kommet seg opp på loftet annet enn å løfte litt på luken. Det var det Edvin Johannesen hadde reagert på og kommet imot han med et ladd gevær. Den siste koia hadde de heller ikke besøkt, de hadde med seg det kartet som Inger Johanne hadde lastet ned fra kartverket, som guide.

Monica mente at det var ganske så ensomt her oppe, smale grusveier, skog helt inn til veien. Det så slett ikke ut som om det var annen trafikk en bærplukker her oppe. Forskrekkelsen hennes ble ikke noe mindre da de tok av den smale veien for å fortsette på en overgrodd sti. Denne gangen studerte han ikke bilspor, det var vel hans egne spor de kunne se. Inne i huset så det ikke ut for at noen hadde vært siden han fant den unge damen og paret i femtiårene.

Han lot Monica og damene se seg grundig omkring, mens han ville opp på loftet. Det måtte jo være noe der, eller hadde vel ikke Edvin reagert som han gjorde. Han fant en krakk å stå på for å dra ned luken, stigen som han hadde sett tidligere så han ikke nå. Det var som bare faen, hadde de fjernet den for at han ikke skulle komme opp.

Han kikket seg rundt inne og ute. Under hytta fant han en stige som lignet. Den hadde haker som kunne festes i karmen på luken, så han antok at det var den.

Den passet, hakene gikk inn i sporet og gjorde den stødig. Med hodelykten på tok han trinn for trinn for å se seg rundt. Helt oppe kunne han ta steget inn på gulvet. Hva han så der måtte han ha hjelp til å tyde. For han lignet det på noe elektronikk. Han ropte på Monica for at hun skulle se det samme.

Hun mente det var en data server og noe nødvendig datautstyr i den forbindelse. Litt lenger inn fant de datamaskiner, skjermer og en laptop.

154

Det løp elektrisk ledninger ut i gjennom veggen. Da han fulgte ledningene så han at det gikk bort til et skur ti-femten meter unna. Monica mente dette måtte de se nærmere på. Hun gikk bort til skuret sammen med Grete. Der fant de et Honda aggregat i andre enden av ledningene. En annen tynnere ledning gikk ut igjennom bakveggen. Da de fulgte den så de at det var en satellitt antenne høyt oppe i et tre. Den var malt i samme fargen som barnålene og ikke så helt enkel å få øye på.

- Hva i helvete er det som har foregått her oppe i skogen? Ikke at jeg er noen kløpper på data, men dette ser mistenkelig ut. Dette er noe for Kripos å ettergå, de har vel en oppegående dataavdeling.

- Hans Olav, jeg skal kontakte de, for meg ser det ut for at dette er en eller annen distribusjon av et eller annet. Det at vi mistenker at paret vi har er fra Filippinene kan tyde på at det er en eller annen forbindelse der. Jeg vil vente med å gjøre noe forsøk på å koble opp systemet. Kanskje vi heller skal plukke det ned i tilfelle av at noen kan komme å fjerne det før vi vet hva dette er benyttet til.

Ja, jeg tror det er det beste, vi plukker det ned. Kripos kan koble det opp der det er hensiktsmessig for dem.

De klatret opp på loftet igjen, før kablene ble demontert tok de foto med hver sin mobil slik at det kunne kobles opp igjen.

Det tok en drøy time å ta det ned igjennom loftsluken og stigen. Utstyret i skuret lot de stå uten Honda aggregatet, det fikk de plass til når de

155

slo ned baksetet i V70'en. De delte på data-utrustningen, og håpet de ikke ble stoppet av noen mafiosoer på veien tilbake.

Det hadde vært innbrudd i lensmannskontoret en gang tidligere og han vurderte om de skulle ta det med til politistasjonen, det var sikrere der. Monica mente at det var best, hun visste ikke om noe annet sted som var like trygt.

Hans Olav ringe til politimesteren for å sikre at utstyret kunne settes der. Han ble naturligvis veldig forskrekket, og mente at det var sikrere der. Bare kom med det så skal vi vente på at Kripos kommer for å koble det opp.

Det lå kopier og notater utover skrivepultene, de lå i egne mapper. I morgen fikk de se til å gå igjennom det de hadde i veskene, det var store vesker slike som idrettsutøvere benyttet. Alt ble låst ned, Hans Olav hadde skaffet kraftige hengelåser til døren inn til kontoret og til der bevisene var lagret.

Han hadde til og med kjøpt sitt eget mobilopererte videokamera som han satt opp inne på kontoret. Dersom det var noen uvedkommende inne ville det utløse en alarm på mobilen. Kameraet startet på bevegelse og han kunne følge med på mobilen.

Han forklarte Monica at det ikke var midler til å sette opp et alarmsystem og at dette var alternativet. Det ble faktisk sagt rett ut at de ville ikke koste på et alarmsystem på et lensmanns kontor som skulle legges ned.

Monica begynte å forstå hva Hans Olav sto overfor og hvorfor han måtte gjøre dette selv uten noe videre hjelp. Han mistenkte at den saken han var involvert i ville feile og det ville innvirke på hans karriere i politiet, i hvert fall som en selvstendig lensmann. Alternativet var å bli en ordinær polititjenestemann med en patruljebil for å dekke områder der lensmannskontor ble nedlagt. Sentralisering og effektivisering var slagordet.

Det var ikke noe verken Monica eller han kunne gjøre for å stoppe. Kripos var en slik ambulerende virksomhet der tilsvarende miljøer var blitt nedlagt og sentralisert. Hun var i hvert fall bestemt på at denne saken skulle de løse sammen.

Han var ikke blitt vekket av alarmen i natt, han hadde sovet på anke og lyttet etter fottrinn og lyder utenfor.

Han slo av alarmen når han kom på kontoret, det var ingen grunn til å ha den stående på og vente på at noe skulle skje. Det var til nytte så lenge de hadde dokumenter arkivert og avslørende fysiske bevis liggende der.

Han var kommet ganske langt ned i bunken før de andre begynte å komme. Han må ha sett feil på klokka, han hadde kommet ved seks tiden og han hadde trodd at klokka var nærmere åtte. Batteriet på klokka måtte skiftes, den hadde stoppet i går kveld uten at han merket det.

Monica hadde nesten ikke sovet, denne saken muret i hodet hennes. Hun lurte til stadighet om de hadde startet i feil rekkefølge. Hun var som Kripos medarbeider vant med å komme til dekket bord med en definert oppgave som hadde behov for utredning. Her, i denne saken, følte hun at hun arbeidet mye tidligere i løpet, før det var en definert oppgave som ventet på henne.

Hun forsto godt hva Hans Olav hadde behov for med denne saken. Bare i går, ved besøket til huset, hadde hele saken endret karakter fullstendig. Hun mene det var mye å ta stilling til, og vanskelig å se noen sammenheng.

Hans Olav mente at hun ikke hadde lest tankene hans godt nok. Hun var budsendt for å etterforske drapsforsøket på gamlelensmannen, funnet av datautstyret hadde nødvendigvis vært en separat oppgave for en annen avdeling i Kripos. Til det var det en selvfølgelighet å ta et skritt tilbake til den generelle delen av saken for å forstå sammenhengen. Han mente det var en naturlig del av etterforskningen.

Monica innrømmet at det var riktig, hun var bare ikke så vant med en slik måte å etterforske på. Hun hadde tidligere vært i utrykningspolitiet, senere i grensepolitiet før hun fikk et vikariat i Kripos. Der slet de med lite folk og lav kompetanse som de i fleste andre steder i etaten. De dyktige tok etterutdannelse og hoppet av til bedre betalte jobber i det private næringslivet. Mye av oppdragene hadde behov for sosial tenkning, etnisk forståelse, juss og økonomi utdannelse, og ikke minst kunnskap om data. Det var det lite av i utplasseringen som eksempel i utrykningspoliti eller som lensmannsbetjent ute i hutaheiti.

Hans Olav mente at dette gjaldt de begge. Med felles forståelse for begrensningene og med sunt bondevett mente han at de ville greie å knekke koden i denne saken. Det ville gjøre sitt til at de begge vokste med oppgaven.

Monica var tilfreds med å snakke om sin egen begrensning og å få en slik positiv tilbakemelding. Hans Olav var jo yngre enn henne og hadde ikke vært lensmann så lenge før denne saken hadde dukket opp på bordet hos han. Han trang forståelse og hjelp, ikke et hysterisk kvinnfolk. Det løftet henne betraktelig og hun forsvant ut for å hente ferske bagetter og to kopper kaffe.

SKRIKET

Kapittel 8

Det skapte en ny giv på kontoret, både Cecilie og Grete merket det da de kom på arbeid. De snakket seg imellom om det hadde oppståtte et forhold mellom dem siden Monica nærmest danset rundt med et dårlig skjult smil om munnen.

Hans Olav ville ta en prat om dagens strategi, han mente at de hadde mer enn nok og ville ikke ta noen nye turer til eiendommen i skogen. De hadde ikke kapasitet til flere sidesprang, det var vanskelig nok å få sammenhengen i denne saken.

Cecilie fikk i oppgave å avhøre alle de unge damene etter først å ha funnet en tolk. Hun kunne ta V70'en dersom hun hadde behov for transport.

Monica og Grete fikk som oppgave å avhøre de fire mennene for å komme et skritt videre med mordforsøket. Hun måtte finne sin egen transport, det var ikke lenger unna enn at hun kunne sitte på med den nye bilen.

Han selv ville konsentrere seg om far og sønn, de var begge internert på politistasjonen der også de fire mennene var arrestert.

Det utenlandske paret i femti årene fikk de konsentrere seg om når de fikk en sammenheng med hva de hadde med denne saken å gjøre.

- Så, kopier opp det dere trenger for dagens gjøremål. Dette er en 'sink or swim' type anledning for oss alle. Vi tar en status når alle er tilbake. Jeg spanderer middag på kroa når vi er ferdige.

Det utløste en veldig aktivitet, det ble kø på kopimaskinen og printeren. I løpet av en halvtimes tid var alle ute av kontoret.

Han Olav måte også hive seg rundt all den tid Monica og Grete skulle kjøre med han. Han følte at han hadde flere konkrete saker han ville ta med far og sønn. De hadde heldigvis hver sin advokat, noe som han så som en fordel. Om ikke så regnet han med at faren ville dominere og dupere advokaten til å gi all skyld på sin egen sønn.

Faren var ikke engang klar over at sønnen var avslørt i sitt skuespill som hjerneskadet ved fødselen. Hans Olav lurte på hvor lenge denne falske diagnosen hadde pågått og hvor mage ganger faren hadde skyldt på sønnen i de straffesakene han var anklage for. En ting var sikkert, det ville ikke bli tolerert lenger. Han fikk

161

stå for det han var involvert i og få et tillegg i anklagen for at han har misbrukt sønnen i store deler av hans voksne liv.

Ja vel, tenkte Hans Olav, det var opp til han å få satt en stopper for dette. Først ville han ta en prat med politimesteren for å informere om saken og om dagens program. Han regnet med at de ville bruke mesteparten av dagen. Han og Monica fikk tilgang til hvert sitt møterom som var midlertidig i bruk som avhørsrom. Det var ikke like sofistikert som fasilitetene på de større politistasjonene. Hans Olav mente at så lenge det var muligheter for lyd og bilde så fikk de ta til takke med det som var.

Faren, Edvin Johannesen, ble ført opp til møterommet. Advokaten hadde fått et møte med sin klient tidligere på morgenen. Faren så misbilligende på det som han betraktet som en guttunge. Det tydet ikke godt for hva Hans Olav ønsket å oppnå. Han bestemte seg der og da for å legge til side silkehanskene og følelsen av å bli betraktet som en ubetydelig dritt i politiuniform ved et landsens lensmannskontor.

- Hva har du som forklaring til at du har løyet på deg en identitet som ex. professor på et universitet. Hvor mye har du betalt eller skal vi si kommet med trusler for å få en slik identitet.

- Det har du ikke noe med, det er en tittel jeg har fortjent.

- Rektoren sitter i avhør mens vi er her. Han innrømmer at du har kommet med trusler for å oppnå dette som du sier er fortjent.

- Det var han som foreslo at jeg hadde mye å tilføre studentene og at jeg trang en legitimitet for å gjøre det.

- Da har vi etablert at du har kommet med trusler om å avsløre hans legning som homofil. Du har skaffet tilveie en ung utenlandsk ungdom som ble instruert å opptre for å ta bilder av rektoren i kompromitterende situasjoner. Det er pressmidlet ditt.

- Det er langt fra sannheten, han tagg på sine knær for å få besøk av denne ungdommen etter å ha sett et foto på en web side. Jeg bare gjorde som han ønsket.

- Vel, det er ikke hva rektoren sier, han er gift og de har tre barn. Han ble dopet og var hinsides når denne fotosesjonen skjedde. Det har vært et mareritt for han.

- Tull, jeg gjorde han en tjeneste, han levde i skjul som homofil.

- Vi har sterke bevis for det motsatte. Dessuten er web siden eid av en ex professor ved navnet Oskar Andreassen, sier det deg noe?

- Bare tull, det medfører ikke riktighet. Jeg har engang ikke en datamaskin og er langt fra datakyndig nok til å drive med noe slikt.

- Nå skal jeg vise web siden på den store skjermen, jeg ber deg følge med. Kommentarer kan du gjøre senere.

Han måtte ha hjelp av Cecilie til å koble opp internett og finne web siden. Der kom det allerede i åpningen at det var en trygg norsk side for spesielt interesserte. Se her, ansvarlig redaktør, Oskar Andreassen, Professor ved, og så navnet på universitet.

- Hva sier du til dette?

- Er du forrykt, det er noen som har laget dette for å skade meg. Jeg har ingenting med dette å gjøre.

- Du kan benekte dette til solen går ned de siste dagene av din tid i frihet. Det er fåfengt, vi har flere vitner som sier de er utsatt for dine trusler.

- Hvor lenge har du hatt tilhold i det gamle huset oppe i skogen? Den dagen vi fant deg sa du at du hadde tillatelse av eieren og hadde okkupert stedet i månedsvis. Nå har vi bevis for at det har foregått aktiviteter der i lange tider i løpet av de siste to årene. Vitner har fortalt at det har blitt observert mye trafikk, også med utenlandsk registrerte biler. Vi har beslag i to av disse bilene som var påsatt stjålne norske skilt. Nettet snører seg sammen.

- Det er riktig at jeg har tillatelse å bruke denne eiendommen

- Det barnebarnet til det du hevder er nåværende eier, og som du hevder ga deg tillatelse. Han er arrestert og i avhør har innrømmet at han er i ledtog med deg. Han har en Bachelor i data teknologi.

164

- Hvor har du fått tanken på at dette er meg du snakker om, det er fullstendig absurd.

- Som Edvin Johannesen satt du i fengsel hvor også dette barnebarnet satt inne for en sedelighets dom for misbruk av unge gutter. Fine folk du omgir deg med!

- Jeg forlanger dette avhøret for avsluttet, kan du ikke forstå at dette er en forferdelig belastning for min klient. Fullstendig grunnløse beskyldninger mot min uskyldige klient.

- Bare vent, rosinen i pølsa komme snart. Han er en notorisk gangster som tar alle midler i bruk for å oppnå egne fordeler som i hovedsak er penger. Han ødelegger uskyldige mennesker og setter de i gapestokk, det er på tide at noen tar til motmæle. Du kan få et kvarters pause og noe å drikke. Det får du greie deg med.

Hans Olav hadde rukket en oppdatering med politimesteren i pausen, som han sa, om ikke det blir motsagt, er det noe sant i det. Han hadde til hensikt å holde på til han fikk faren til å erkjenne. Politimesterens kommentar var at han ikke ville at de skulle foregå noe som kunne rokke ved troverdigheten til politiet i denne saken.

- Velkommen tilbake, la oss fortsette. Jeg skal nå vise dere noen bilder på storskjermen. Han satt inn en USB brikke i lap toppen sin.

Først vist han bildet der de to mennene satt fast inne i bilen etter utforkjøringen som endt i en stor sitkagran. Så et ansiktsfoto av de to mennene.

Deretter foto av den unge damen som var fasttapet i soverommet på det gamle huset den dagen faren ble tatt. Det fortsatte med de to damene som ble funnet i den ene koia. Damen oppe i treet, hun som kom med de infernalske skrikene som fikk hundene til å reagere. Sist, men ikke minst et foto av de to i femtiårene som oppholdt seg i huset sammen med to menn hvorav den ene mannen kom ut av soverommet med buksen nede på knærne. Damen hvis øyne lyste av skrekk, liggende delvis avkledd i sengen.

Jeg er ikke ferdig enda, det er mere som for en utenforstående er ufyselig og uforståelig. Han viste foto av stigen og loftsluken. Bildene av datautrustningen og ledningene som gikk ut igjennom veggen og bort til skuret der det sto en generator. Seansen ble avsluttet med foto av satellittantenne høyt oppe i et tre.

- Har du noen kommentarer til dette? Alle sammen er i min varetekt og er avhørt fortløpende. De alle peker på deg som en hovedmann. Jeg har utelatt fotoet av lensmannen og kniven, det er for makabert å vise.

- Veldig oppfinnsom, hvor har du fått tak i disse skuespillerne og modellene.

- Bildene er fra der de ble tatt hånd om og noen av ansiktene på politistasjonen. De sitter her i kjelleren sammen med din sønn. Om du vil kan vi ta de inn en etter en for å bekrefte at bildene er virkelige.

166

- Nå har jeg en videosnutt til som jeg ønsker å vise deg. Det er foreløpig den siste for i dag.

Cecilie satt inn en annen USB i lap toppen, den viste fra en institusjon i Førde. Den viste spesialpleieren, Cecilie, han selv og sønnen, Erik Johannesen.

Det viste hele seansen fra begynnelse til slutt. Særlig da det kom fram at han var på vei til en mental institusjon for resten av sitt liv. Videoen var selvforklarende og viste tydelig hvem som hadde manipulert sønnen for å være en nyttig idiot dersom hans far ble anholdt og forsøkt domfelt.

Det virket som om luften gikk ut av faren. Advokaten agerte voldsomt og sa at det går ikke an å utsette hans klient for slike påstander uten rot i virkeligheten.

- Kan du ikke se at han er på randen av kollaps, han må ha legetilsyn umiddelbart.

- Det gjenstår at han kommenterer det han er vist. Dersom han ikke kommer med noe er det en aksept på at det er sant. Nå er jeg ferdig, de samme spørsmålene mine blir gjentatt i det neste avhøret, de er bare å forberede seg til neste gang vi sees.

Det ble organisert med medisinsk personell på cella hans. Det ville vært lite heldig at det kom fram at han ikke fikk tilsyn, advokaten ville skape seg fullstendig rabiat i den videre etterforskningen.

167

- Nå tar vi oss en lunsj et sted, jeg må nullstille meg til det neste avhøret med sønnen.

- Det er det beste du har gjort i dag, jeg er skrubbsulten, jeg vet om et sted.

De ble sittende å prate om avhøret og tenke ut en strategi for det neste. Han skrev ned spørsmål i notat boken sin, Cecilie så på det og skrev ned sine kommentarer. Han var forsiktig med å snakke så andre kunne oppfatte hva de snakket om. Det ble mye bra, han gikk for å få et gjennombrudd.

Med de bevisene de hadde for faren var det liten mulighet for advokaten til å komme med alternative svar til det de hadde. Avhøret med faren var en maktkamp om hvem som hadde de høyeste kortene i pokerspillet. Advokaten spilte på erfaring og en masse paragrafer for å få Hans Olav til å føle seg underlegen.

Han følte seg klar til å kalle inn Erik Johannesen til et formelt avhør. Cecilie var spent, hun hadde ikke sett for seg at hun skulle bli involvert i slikt politiarbeid som politiaspirant.

Advokaten hadde fått et møte med sin klient tidligere på formiddagen, han virket alert når han kom inn sammen med sin klient. Cecilie startet videoen og sjekket lyden.

- God dag, jeg håper du har fått hvile i natt.

- Takk, det er ikke godt å sove med lyset på hele natten og bankingen i rørene neste hele natten.

- Om du har noe jeg kan bruke, vil du bli oppgradert til en varetektscelle, det er som et hotellrom i forhold til den glattcellen du er på nå. La oss komme i gang.

- Navn, alder og bosted.

- Erik Johannesen, 52 år, Lørenskog.

- Hva er hensikten med ditt besøk på denne eiendommen som din far hevder å ha fått tillatelse til å bruke.

- Far mente jeg trang fred og ro et sted vi kunne være sammen slik at han kunne passe på meg.

- Det virket veldig unødvendig, du er et oppegående menneske som utmerket kan stå på egne ben. Hvor lenge har du bodd sammen med din far?

- Det er han som har fått en lege til å umyndiggjøre meg, jeg tror legen har blitt presset til det. Ingen har undersøkt meg for å få den diagnosen. Det er tre år siden. Før det har jeg hatt full jobb og bodd alene. Det virker på meg som om han trenger en dum faen for å ta støyten for det han driver med.

- Det høres ille ut. Har du noensinne kontaktet Helsevesenet eller NAV om dette.

- Min far har fortalt meg at det er fåfengt, ingen vil lytte til en hjerneskadet.

- Det er mye om dette jeg kunne trenge mer informasjon om, men det overlater jeg til medisinsk personell. Du sier at det skjedde for tre år siden, stilte du selv spørsmål om denne diagnosen?

- Det var da min far begynte med et au pair firma.

- Var du med i dette firmaet på noen måte? Med andre ord. Er du medansvarlig for denne virksomheten.

- Jeg vet ikke, jeg var jo en nyttig idiot som utførte tjenester etter ordre fra min far. Til de kan jeg vel tilstå at jeg tok de tyngste takene slik at min far kunne spille uskyldig.

- Det er en merkelig form for far og sønn relasjon. Siden du fremdeles er diagnostisert som hjerneskadet kan du ikke straffes, langt mindre tiltales. Det er et juridisk spørsmål når du nå hevder at diagnosen er feil. Jeg vet ikke engang om det du sier kan brukes mot din far.

- Vil det bety at jeg blir sperret inn på et galehus?

- Det er opp til jurister og helsevesenet å vurdere. Det er lett å få en diagnose, og nær sagt umulig å endre den. Det ligger langt over min kompetanse. Inntil videre vil jeg foreslå at du sitter her så vi har en viss tilgang til deg om det viser seg nødvendig.

- Gud hvor jeg hater min far og ikke minst at jeg tillot dette.

Hans Olav anså seg ferdig med avhørene, om ikke annet hadde han fått innsikt i hvordan faren opererte med en såkalt hjerneskadet sønn som gissel for alle ulovlighetene. Det var skremmende det som kom fram. Dersom ikke dette også var et spill for galleriet. Han måtte erkjenne at han ble drevet med av det som Erik fortalte.

Advokaten ba om henleggelse av alt som sønnen kunne være involvert i grunnet den bestående diagnosen som hjerneskadet.

Cecilie hadde tårer i øynene av historien til Erik. At det går an å ødelegge sin egen sønn for å ta støyten for sin egen forbrytervirksomhet.

De var begge tause under tilbaketuren. Hans Olav stoppet ved en veikro for å få seg noe mat. Verken han eller Cecilie følte for å lage sin egen middag etter dette bisarre avhøret.

Uansett om hva sønnen hadde gjort i denne saken ville han ikke kunne bli straffet for det. Om det så gjaldt voldtekt av mindreårige som hans far hadde rekruttert til en fiktiv au pair virksomhet. Hans Olav anså det som trafficking med hensikt på prostitusjon. Men hvordan i helvete skulle han, en lensmann med fire års tjeneste, kunne nøste opp en så komplisert og mangesidig forbrytelse.

Han håpet at Monica hadde kommet noen vei med avhørt av de fire mennene. Dersom de var kontaktene til faren for å sikre tilgang til unge damer, kunne det være spikeren i kisten for denne delen av virksomheten.

Det Hans Olav nå håpet var at Kripos ville komme å ta fatt på datautrustningen og finne ut hva den var benyttet til. Han hadde allerede sett litt av en web side med Oskar Andreassen som ansvarlig redaktør.

Han tok kvelden etter at han hadde låst ned notatene fra dagens avhør. Han regnet med at Monica ville komme senere og at hun og Grete ville holde på utover kvelden. Han var tilgjengelig på mail og mobil hele døgnet uansett.

Han visste ikke hva klokka var da det kom en alarm på mobilen. Faen, tenkte han og gned seg i øynene. Det kom fra videokameraet han hadde satt opp på lensmannskontoret. Han hev på seg klærne med kjeledressen til politiet utenpå og jogget bort til kontoret. Der så han at lyset var på, eller var det kanskje hodelykter av den kraftige sorten.

Bilen som sto utenfor hadde motoren i gang. Det var ingen i bilen, de satset sikker på en hurtig retrett, Den var åpen og han stakk hånden inn og tok ut nøkkelen og kastet den så langt han kunne inn blant noen busker. Deretter slo han nummeret til politivakten og ba de sende en patrulje, helst væpnet da han ikke visste hva slags mennesker som oppholdte seg inne.

Heldigvis var det en patruljebil femten minutter unna og de speedet opp under full utrykning. Hans Olav sto litt unna og tok opptak med mobilen sin, Han håpet bare at batteriet holdt, det sto til lading da han stormet ut.

Han varslet politipatruljen å nærme seg stille uten blålys og å parkere noen meter borte fra inngangsdøra. De debatterte om de skulle gå inn eller vente til inntrengerne løp ut og satte seg i bilen.

Da de oppdaget åpen ild innefra løp de inn med hevet våpen. Hans Olav var en av dem, han visste hvor brannslukningsapparatene var. Han fikk slokket branntilløpet før det hadde tatt skikkelig fyr. De to karene som hadde brutt seg inn ble overrumplet og lagt i bakken med hendene på ryggen.

Det ble tilkalt en politi patrulje til og brannen ble varslet. Det ble en kalabalikk uten sidestykke utenfor lensmannskontoret. Else kom med sitt kamera, hun hadde lyttet til politiradioen og forsto at opptrinnet hadde med saken å gjøre.

Det var to karer som nærmest ble dratt ut av lensmannskontoret. De så at fluktbilen sto oppe på planet til en bergingsbil og var på vei bort. Karene ble satt i hver sin patruljebil og tatt med til politistasjonen. De hadde en stor veske hvor de hadde samlet noe papir. Hans Olav trodde de ikke kunne norsk og ville gå igjennom papirene i morgen. Han var sjeleglad for at datautrustningen var i god behold på politistasjonen der det var døgnvakt.

Døra var brutt opp med et brekkjern, det lå igjen utenfor. Han måtte være der til døra ble sikret, i mellomtiden fikk han spikret opp noen planker som stengte døra. Det ble ikke noe mer soving på han i natt.

Else spurte om han visste hvem de to karene var, men han var helt blank. Om noen visste det måtte det være de som hadde tatt hånd om de og de som tauet de inn bilen. Nøkkelen hadde han for

173

sikkerhet skyld kastet, han ville se etter de når det ble lyst. Det var nok for Else. Innbrudd og brannstiftelse var det hun konsentrerte seg om, det var bare en nøytral nyhetsformidling, og hun regnet ikke med at det ville skade etterforskningen.

Helvete, tenkte han, tok det aldri slutt med nyankomne gangstere. Hva faen var det for butikk denne Edvin Johannesen drev. Når det ble lyst ville han ta seg en tur til politistasjonen. Arresten der var full og de måtte sende de vekk til andre steder. Enten samlet eller helst hver for seg.

Reparasjonen av døren viste seg ikke å være nok. En ny og kraftigere dør ble satt inn, det var ikke ferdig før tidlig på ettermiddagen. Hans Olav følte at det programmet han hadde for dagen var spolert. Han fikk hjelp av de andre til å rydde opp etter innbruddet. Det som var i vesken ble gjennomgått og arkivert. Det var rett som han trodde at de ikke kunne forstå hva det var de tok, så de rasket med seg så mye som mulig for å hindre etterforskningen.

Han bestilte pizza til møterommet, kjøleskapet var tømt for drikkevarer. Det var kun to vannflasker og en boks Red Bull der. Drikke kom med pizzaene.

Monica rapporterte fra sitt møte med de fire mennene. Tolken gjord så godt hun kunne, men de snakket en merkelig blandingsdialekt av russisk og bulgarsk. Det de fant ut av var at de kom fra Transnistria, et russisk okkupert område som var

174

en del av Moldova. Det var nærmest tatt over av korrupte politikere og russisk mafia, temmelig lovløst.

Det var så som så med resultatet av samtalene. Hun mente at hun hadde nok bevis mot alle fire til å lage en tiltale. Det var innbruddet på lensmannskontoret og drapsforsøket som var det mest alvorlige. Dersom de fikk til å avhøre de unge damene, kunne en tiltale utvides til trafficking. Det satt nok langt inne, det fantes ingen konkrete bevis for hvordan den butikken hadde foregått. De kom bare til å skylde på hverandre.

Dersom de fant noe på dataene som kunne koble Edvin Johannesen til dette miljøet kunne de i det minste nagle han til trafficking.

Monica fortalte at hennes kolleger fra dataavdelingen til Kripos hadde landet og var på vei til politistasjonen. Hun ville reise bort for å introdusere dem og ville at Hans Olav skulle være med. Tross alt var det han som ledet etterforskingen.

De tok den gamle V70'en, Cecilie og Grete kunne benytte den nye dersom de ble kalt ut. Han var spent på hva type spesialister Kripos sendte, var det datanerder eller var de politiutdannede med tillegg i datateknologi.

Han så at begge var på hans egen alder, det var da enda godt, mente han. De burde ha kjennskap til databruk.

Politimesteren hadde stilt et av de minste møterommene til rådighet. Hans Olav ville ikke gå før de hadde fått koblet opp dataene for å se at det virket. Han var usikker på om det hadde vært utsatt for rystelser da han tok det ned fra loftet.

Etter en times tid var de kommet så langt at de kunne slå på serveren og prøve å hacke seg inn. Noe passord eller log in kode hadde de ikke. Dataekspertene var dyktige, og det tok ikke lange tiden før de hadde fått opp et bilde på skjermen.

Det som kom frem var skremmende, de så ut som det var en slags meny med forskjellige filer. Det ble tatt en skjermdump av menyen. Det ble undersøkt om det var ulovligheter, det ville ta for lang tid å åpne alle filene her og nå. Hver fil hadde sitt eget passord for medlemmer. Da var det sikkert en måte å finne medlemsregistre også. De lot Kripos sine holde på med sitt og å overføre det de kom over til sine egne system.

Det viste seg at medlemmene kunne sende inn preferanser på de bildene av pur unge gutter og jenter som kunne bestilles for møter med gjensidig hygge. Det var jo bare den ene filen, det var mange andre der også. Denne filen inneholdt bestillinger på medlemmenes alias, det var til og med en ranking hvor det kunne settes inn stjerner og gi sine kommentarer. Hans Olav fant det hele grotesk og ville kaste opp.

En annen fil inneholdt videoklipp og stillbilder av medlemmer i fri utfoldelse med barna. Om de kunne finne den legen som hadde erklært Erik

Johannesen for hjerneskadet blant klippen, kunne det være tegn på at legen hadde blitt utsatt for press av faren.

Han hadde heldigvis skrevet opp navnet på legen da han hadde avhørte Erik Johannesen. Som en test la de inn navnet på legen i et søk. Skjermen begynte å rulle, det var side opp og side ned med navn før det stoppet ved navnet til legen sammen med hans alias.

Ved å klikke på navnet kom det opp flere filer som viste han med både gutter og jenter filmet med et skjult kamera. Det var nok for Hans Olav. Han ba om utskrifter av hva de hadde testet ut. Dette muliggjorde antakelig at diagnosen til Erik var gjort under trussel av å publisere hva de fant.

Det var nå en mulighet for at diagnosen kunne bli omstøtt. Det satt nok langt inne og ville gjøre sitt til at legen ville bli avslørt som pedofil. Hans Olav anså det som et mindre problem. Han fikk stå for signe egne lyster og handlinger. Det var verre å få diagnose som hjerneskadet ved fødselen. Dette ville også innvirke på en tiltale mot faren, Edvin Johannesen.

Han lot datafolkene holde på med sitt. Det var viktig å kopiere alt innholdet umiddelbart til sine egne systemer, det hadde allerede vært et innbrudd for å stjele datautrustningen fra lensmanns-kontoret. Det var fare for at det kunne skje igjen og da ville bevisene gå tapt. Det var video-overvåkning på politistasjonen, i tillegg var den døgnbemannet.

177

Det kunne være kompromitterende materiale som viste noen av de ansatte på stasjonen. Han anbefalte å ta med serveren når de ga seg for kvelden.

For hans egen del var det i første rekke tilstrekkelig med informasjonen om legen. Han fikk Monica til å kontakte sine overordnede i Kripos og kalle inn legen for å avhøre han om diagnosen.

Klokka var over fem når de kom tilbake fra politistasjonen. Det var for sent å se etter bilnøkkelen han kastet fra seg. Cecilie og Grete hadde gjort nye forsøk men de unge damene for å ha noe konkrete bevis. Det de hadde var notert og lagret på en utmerket måte. Det er tydelig at det hadde de fått god opplæring av på politiskolen. Der ble det poengtert viktigheten av gode rapporter og nitidig merking og registrering for arkivering.

Så fort det ble lyst begynte han å lete etter nøkkelen, den kunne ikke ha havnet så langt unna. Med utgangspunkt i hvor bilen sto med motoren i gang og fire, fem meter ut i en halvsirkel, mente han at den fremdeles måtte være innenfor dette området.

Det var tett buskas på stedet og han var usikker på om den hadde havnet på bakken eller hengt seg opp i kvistene. Ved å riste i buskene hørte han at det var noe som falt, sannelig var det ikke nøkkelen. Nå var han glad, det var ikke mange aha opplevelser i denne saken, men dette var en.

Det måtte feires med en bagett og en kopp kaffe som han tok med til kontoret. Han hadde ikke detaljert dagens program. For å hjelpe seg kalte han inn de andre til møterommet. De hadde ikke hatt noen felles samling de siste dagene.

Monica mente hun var avhengig av en tolk som kunne både Bulgarsk og Russisk Hun ville kontakte Kripos sentralt for å få noen kandidater.

Cecilie hadde sine rapporter klare og notert hvilke ytterligere oppfølginger hun mente ikke bare var relevant, men helt nødvendige. Det viktigste var å undersøke om damene var listet med foto i registrene til datasystemet. Dersom de allerede var bortbestilt som au pair ville hun finne ut hvem og hvordan de hadde blitt valgt. Hun ville ta med sin lap top å gjøre et forsøk på å koble seg opp mot serveren.

Grete hadde også laget utmerkede notater, hun ville gjøre som Cecilie, men gå på damene igjen for å prøve å få til et gjennombrudd i hva de hadde begitt seg inn på og hvorfor de hadde havnet langt inne i skogen på de spartansk innredede tømmerkoiene.

Selv ville han igjen ta seg av undersøkelsene av de nå totalt tre bilene som var tauet inn. Om mulig ville han gjøre et avhør av de to som sist hadde gjort et brekk på lensmannskontoret for å få verifisert hva de var ute etter og hvem som hadde sendt de opp til det kalde nord. Deretter ville han konfrontere Edvin Johannesen enda en gang for å få hans historie om datautrustningen på loftet. Og ikke minst hvordan han hadde fått legen til å sette diagnosen til sønnen Erik. Det hadde gjort sitt til at begge trodde at de var immune mot straff ved å skylde på en hjerneskadet sønn.

De kjørte i to biler, det var hensiktsmessig siden de hadde forskjellige agendaer og ikke hadde noen ide om hva de trang av tid.

Bilene var tauet inn til et lokalt verksted og sto innelåst i en stor hall. Han leverte nøkkelen til innehaveren, han hadde i grunnen ventet på politiet og et forsikringsselskap. Teknisk undersøkelse hadde blitt gjort av biltilsynet noe som resulterte i kjøreforbud. Det var ingen gyldig EU kontroll, ei heller en godkjent ansvars- forsikring.

Hans Olav hadde med seg en kollega fra politistasjonen, det var for å dokumentere det de fant. Kollegaen hadde med seg et kamera. Først tømte de hanskerommet og merket det med bilens registrerings nummer. Det var øyensynlig stjålet men var tilstrekkelig i første omgang. Alt som lå og fløt inne i bilen og under setene ble tatt med, det samme med hva de fant i bagasjerommet.

Det samme gjentok seg med de to andre bilene, alt ble fotografert. Det var ikke gjort forsøk på å finne ut av hvor de stjålne skiltene hørte hjemme, men i bagasjen på bilene fant de noe som tydet på var de originale skiltene. Om de var originale eller ei, det var i alle fall de som sto på bilen da de kom til landet.

Noe hjemme montert navigasjonsutstyr ble demontert og tatt med. Det ble en anselig mengde som han ville ta med tilbake til lensmannskontoret for å undersøke.

Edvin Johannesen ble hentet opp til et nytt avhør, advokaten var allerede tilstede og hadde hatt et møte med sin klient. Ingen av de visst hva dette avhørt ville åstedkomme. Hans Olav holdt kortene tett til brystet i starten av avhøret, han ville teste ut tilstanden til Edvin før han stilte de vanskelige spørsmålene.

- Endelig fikk jeg en anledning til å komme meg opp på loftet i det gamle huset. Interessen min ble vekket da du kom mot meg med et ladd gevær i et forsøk på å ta livet av meg. Det skjerpet interessen min. Jeg må si at jeg forstår hvorfor du ikke ville at jeg skulle finne ut hva du hadde der oppe.

- Bare tull, jeg tok geværet for å legge det vekk så ingen ble skadet.

- Etter at du hadde slått ned kollegaen min og skadet hunden hennes. Tror du på julenissen. Det var et komplett data system der oppe på loftet. Det er nå montert på et hemmelig sted og det første jeg ville ha ut er det trusselbildet av legen som du har fått til å umyndiggjøre din sønn Erik grunnet en hjerneskade. Et nyttig trekk som kunne gjøre både han og deg vanskelig å tiltale. Legen er arrestert for utuktig omgang med barn av begge kjønn, dine bilder er bevisene mot han. Det slår begge veier.

- Det er noe fordømt sprøyt, du, en ungdom av en politi har ingen muligheter med å lø deg på en erfaren forretningsmann og ex. universitets professor som meg. Det kan du bare glemme.

- Hovmod stå for fall, her ser du en kopi fra serveren din, det er hva du har truet legen med, du har arranger videobevis, bare det er i høyeste grad ulovlig uten tillatelse. Reinspikka gangster-metode. Og du har nerve å kalle meg en guttunge. Med det repertoaret jeg har på deg hadde jeg forventet at du var ydmyk. Du kommer ingen med å prøve deg med trusler og gangstermetoder. Husk hvor du sitter og hvem som skaffet deg denne hybelen.

- Kom ikke trusler mot meg, det er det ingen som kommer fra det uten skade på sjelen.

- Ha, to ganger har gangsterne dine besøkt lensmannskontoret mitt, de sitter her alle fire uten å ha oppnådd noen verdens ting, jævla amatører. Er det slike karer du har alliert deg med. Alle damene du har lister på au pair nettstedet ditt er på hemmelig adresse. Ingen har noe godt å si om deg og dine metoder, det samme med din sønn. Dersom hans diagnose ikke blir endret er det du selv som må ta støyten for alle hans handlinger. Det skjer siden du er oppnevnt som hans verge.

Advokaten brøt inn og ville ha avhøret avsluttet og slettet. Han mente at det hele var satt i stand av falske påstander som ikke på noe vis var riktig og lot seg bevise.

- Det er godt at du ikke er så godt vant, en glattcelle må virke som et hotell etter å ha hatt tilhold i det gamle huset oppe i skogen.

Det var ikke uventet at det ble litt munnhuggeri, Edvin Johannesen måtte ty til fordekte trusler om denne guttungen, mens Hans Olav beholdt roen og sakligheten gjennom avhøret. Han lot seg ikke dupere, det var tydelig at det gikk inn på Edvin, han hadde færre og færre motargument om han i det hele tatt hadde noen.

Hans Olav var betenkt, hvordan i helvete gjorde de oppdateringer på datasystemet sitt, det var ikke spor til at de ble gjort i huset. Han hadde enda ikke sett igjennom den tredje koia, kanskje det fantes noen overraskelser der. Det fikk han ta med teamet sitt etter at han var tilbake.

Han ville vente til Monica var ferdig med sitt, de kjørte i den samme bilen og han hadde ikke lyst til å la henne være igjen alene. Det tok en kort time før hun slo på tråden og sa hun var ferdig. Tilbake på lensmannskontoret begynte han å summere opp dagens hendelser. Det samme gjorde Monica, hun hadde kommet igjennom avhørene med fire av de anholdte. Hun hadde enda ikke sirklet inn den eller de som holdt på å ta livet av lensmannen, men hun hadde sine mistanker. Hun avventet resultatet av fingeravtrykkene og DNA av blodet på kniven. To av karene hadde sår på underarmen, det kunne ha oppstått i et basketak eller også være fra utforkjøringen eller fra noe helt annet. De to som kjørte bilen som stoppet i en granlegg hadde hun ikke avhørt, de var jo enten på sykehuset eller i arresten.

Monica mente at nettet snørte seg sammen om de fire andre karene. Hans Olav hadde jo funnet igjen den store vesken med bevis som var stjålet i innbruddet. Det er sannsynlig at de som sto for innbruddet også hadde hatt tilhold i koia.

Hun var enig i at det var behov for å sjekke den tredje koia, det hadde jo dukket opp overraskelser hver gang de hadde sett igjennom de andre stedene. Hun mente de kunne ta seg en tur i morgen allerede. Hun trengte å få litt avstand til avhørene for igjen å tenke igjennom hva hun hadde notert og hva kroppsspråket til de anholdte røpet.

Det var rutinerte gangstere og hadde erfaring med å være i avhør. Det betød at de hele tiden gjorde forsøk på å manipulere og å ta over initiativet i avhøret. Til det hadde de en god hjelper i advokaten da han bestred alle sakene som Monica kom opp med. Det hun hadde behov for var konkrete bevis.

Cecilie og Grete hadde kommet tilbake tidligere og tatt kvelden allerede. Hans Olav gjorde likedan, mens Monica ville sitte litt lengre. Hennes hotellrom var helt enkelt og bød ikke på noe luksus Da var det vel så bra å sitte her på kontoret utover kvelden. Hun hadde behov for å summere opp det hun hadde og å sende en status til sine overordnede i Kripos.

SKRIKET

Kapittel 9

Det var tidlig når han låste opp kontoret med en bagett i den ene hånden og en kopp kaffe fra kroa i den andre hånden. Etter at samboeren sa takk for seg hadde det blitt så som så med dietten. Særlig etter at han ble utnevnt til lensmann og fikk denne saken i fanget. Middagene var som regel hurtigmat fra kroa, han synes ikke han kunne invitere teamet hjem på middag. Det ville være flaut å bare servere Fjordland eller pizza. Til nød kunne han servere kaffe og kake, innkjøpt på Rema 1000. Det var kanskje noe å tenke på. Vinmonopol hadde de ikke på dette småstedet, da måtte han ta det i forbindelse med et besøk på politistasjonen.

Nå ville han gjøre alvor av å sjekke ut den siste tømmerkoia. Han håpet at Cecilie hadde kopi av kartet der den var merket inn. Om ikke, husket hun sikkert hvorfra hun hadde printet den ut.

Han ville ikke starte turen før klokka ble nærmere ni, da var det nesten lyst. Med en times tid opp dit var han sikker på at det ville være lyst nok i den bekmørke skogen, til tross for at det så ut som en gråværsdag i dag. Etter å ha sjekket batteriene på hodelykten og på Mag lykten følte han seg klar. Politiradioen og satellitt telefonen ble også sjekket, han hadde liten lyst til å havne i vanskeligheter uten muligheter for å kontakte omverdenen.

De tok på seg politiets kjeledresser, det var mest praktisk. Cecilie kopierte oversiktskartet over eiendommen og de diskuterte den beste veien inn til koia. Hun mente de fikk ta begge bilene siden de var fire stykker og hun mistenkte at de kunne komme over noe der også.

Veien inn fra skogsbilveien var nesten helt gjengrodd, det var bilspor, men de så ikke helt nye ut. Det virket som om det var spor etter en tohjuling. Hans Olav fortalte at sønnen hadde blitt observert med en uregistrert cross motorsykkel. Den hadde endog kollidert med en politibil den første dagen de hadde komme over faren hans med en fastbundet dame i det gamle huset.

De kjørte forsiktig innover, de var redd for at de skulle sette seg fast i den sølete og hullete stien.

Det som møtte dem var uventet, Koia så ut til å ha blitt oppgradert, det var satt inn en ny dør og to vinduer. Hvordan de hadde kommet inn på den overgrodde stien med varene var en gåte. Det var et lite skur i skogkanten, og det var en ledning langs bakken fra koia og inn til skuret.

- Tenkte jeg det ikke, kom det fra Hans Olav.

186

Da han åpnet døra til skuret så han et generatorsett av det samme merke, Honda. Det lå en satellittantenne der også. Utvendig på veggen var det festebraketter, det var for å sette opp antennen. Noen av de store trærne var hugget ned for å gi fri sikt for antennen.

Det var med bange anelser de beveget seg mot den nye døra i koia. Nøkkelen hang på samme stedet som de andre koiene. Forsiktig skjøv de døren opp, det var stupmørkt inne, Hodelyktene kom godt med, de var kraftige og lyste opp rommet. Det virket som om det var bebodd, kopper og kar, en kaffemaskin og sengeklær på et avlukke med en seng.

Det var en Ikea skrivepult, den store størrelsen, som sto inntil den ene veggen. Det var en kontorstol, sikkert en billig Ikea utgave den også, ved skiveplaten. På gulvet var de en stor datamaskin, kanskje en slags server og på bordplaten var det en kraftig lap top med en av de nye buede skjermene.

Cecilie mente det måtte være kontrollen til datasystemet de fant på loftet i det gamle huset. En HP laser printer sto på gulvet og det var en bunke med ark i en hylle. Gud hjelpe meg, tenkte Hans Olav, er det arkivet deres? I en papirkurv lå det masse papir, Grete ble bedt om å sikre papirkurven og alle kopiene som lå i hylla.

Cecilie tok bilder av alt de fant før hun begynte å demontere datamaskinen og bære ut i V70'en. Monica tok lap toppen mens Hans Olav tok den buede skjermen og printeren. Det var ekstra printer væske, og for sikkerhets skyld tok de med seg det ubrukte kopipapiret. Det ble satt inn i den nye bilen.

Han demonterte Honda aggregatet og tok det med som bevis, han ville ikke at noen skulle komme med nye datamaskiner og startet opp igjen. Det var kanskje større fare for at innholdet ville bli slettet.

Monica var forferdet, at noen kunne operere slike datasystemer langt inne i skogen. Dersom ikke hundene til Else hadde reagert på de forferdelige skrikene ville dette aldri bli oppdaget.

Hans Olav mente de måtte undersøke grundigere for å se om de kunne finne noe bevis på mordforsøket til gamlelensmannen. Monica så skremt ut, det hadde hun ikke tenkt på.

Det hang en jakke, en slags motorsykkeljakke på en knagg ved inngangsdøren, og det var en skuffeseksjon ved siden av skriveplaten. Hans Olav tok med hele skuffeseksjonen med innhold, han hadde ikke lyst til at de skulle oppholde seg der så lenge. Det samme med et nattbord med en skuff og en dør ved siden av sengen. Det ble tatt med uten å undersøke det noe nærmere. De hadde plass bak i bilen, en BMW X5.

En siste runde inne og ute, han var ute etter en mobil eller nøkler som kunne passe til lensmanns kontoret. Døra ble låst og nøkkelen ble hengt på plass.

188

Han var like forsiktig på den overgrodde stien, og håpet at han ikke møtte noen av dette gangster-veldet før de var ute på skogsbilveien igjen.

Tilbake telte han på knappene om de skulle ta det med direkte til politistasjonen for at Kripos sine kunne koble det opp og sjekke om det kommuniserte med det de fant på loftet. Det ble et kompromiss, alle papirene, nattbordet og skuffe-seksjonen ble igjen på lensmannskontoret mens all dataen ble tatt med til politistasjonen. For å være sikker på at det ikke ville bli stjålet mens de var borte ville han beholde det bak i politibilen til de var tilbake.

Politimesteren ble forskrekket når de kom, hva i helvete holdt de på med der oppe i skogen. Han ristet på hodet, men han mente at det var et ideelt sted å drive fra. Der var det ingen trafikk eller andre forstyrrelser.

De fikk bare sette det der Kripos ville ha det. Hans Olav satt foten ned da de ville ta det med til Kripos' sitt hovedkontor i Oslo. Det kom ikke på tale. Om de ikke likte seg i et lite samfunn på Vestlandet kunne de bare ha seg hjem så skulle han skaffe andre fra Bergen. De følte seg satt til veggs og ville ikke gi inntrykk at de var fra beste vestkant i Oslo og ikke tålte å være på oppdrag i provinsen.

Monica ble forskrekket og ga de inn, dersom de reiste hjem med halen mellom bena, ville det ikke bli tatt nådig opp blant hennes overordnede. Nå var det slutt med dataspill og studere porno.

189

- Dere får to dager til, dersom dere ikke får det til blir dere byttet ut. Her leker vi ikke butikk.

Det virket som om det ble en ny giv, de prøvde å unnskylde seg, men et falt ikke i god jord hverken hos Hans Olav eller Monica.

De vurderte om de heller skulle ta med hele utrustningen tilbake til lensmannskontoret for bedre å følge med i fremdriften. Det ble diskutert med politimesteren, han også mente at det ville være det beste, her var det ingen som fulgte med i hva de gjorde.

Hans Olav mente at det ikke var en ideell situasjon der han og Monica var tre, fire mil unna og måtte bare stole på de data kyndige som Kripos hadde sendt.

Monica tok en telefon til sin overordnede og ble rådet til å følge med i hva de to spesialistene holdt på med. Hun bestemte at alt skulle flyttes opp til lensmannskontoret, da ville de to spesialistene bli ferdig på halve tiden.

Som sagt så gjort, alt utstyret ble lastet in i beemeren. Karene kunne være der i natt, men ville bli hentet i morgen ved åttetiden og fortsette på lensmannskontoret.

Det viste seg at de hadde fått et ultimatum fra deres overordnede i Kripos. Gjør jobben, ellers så ville de få fyken i Kripos for deres hovmod til det arbeidet de var satt til.

Hans Olav hadde avtalt å leie et større lokale i et nytt kontorbygg ikke så langt unna. Politimesteren tenkte mest på at budsjettet ikke tålte større utgifter, men hadde fått instruks fra Politidirektoratet å legge til rette for en såpass komplisert sak. De ville øke budsjettet tilsvarende.

Hans Olav forsto ikke helt hva som skjedde, hvorfor ble han sett på som er redning for politimesteren, han som nesten ikke hadde løftet en finger for å hjelpe han. Det at de to politiaspirantene ble overført var ikke uten grunn. Det var ikke noe vettig å sette de til, og politimennene hans ville ikke ha noen nye på laget sitt. Det var i grunnen ikke noe annet valg enn å sende de til Hans Olav for å roe ned gemyttene på politistasjonen.

Det var en stor byrde som ble satt på skuldrene til Hans Olav. Mye av dette renkespillet var han fullstendig uvedkommende. Han hadde fått inntrykk av at han var der for å bevise at han ville feile og at lensmannskontoret ikke hadde livets rett og kunne legges ned. Det ville styrke statusen til politimesteren.

Monica hadde sett det samme og synes det var uverdig av politimesteren å opptre på denne måten. Hun hadde i dialog med Kripos sagt det samme. Det ingen visste var at politimesteren hadde en finger med i spillet med data spesialistene fra Kripos og sto for den måten de opponerte seg på.

Politidirektoratet ville ta seg en tur for å se med egne øyne hva som foregikk. De synes at politimesterens handlinger, eller mangel på handling ikke var i overenstemmelse med godt politiarbeid. Forbrytelsen som ble avdekket var i dere øyne meget alvorlig og var det som Justisministeren hadde som første prioritet. Unnfallenheten til politimesteren hadde blitt lagt merke til, de var usikre på om han var dupert av gangsterne siden han viste så liten interesse. Han fikk en kraftig reprimande og fortalt at det var en ledig stilling i Øst Finnmark for han.

Det var godt at Monica ikke videreføre hva hun hadde kjennskap om til Hans Olav. Hun synes han taklet denne situasjonen bedre enn de fleste. Det var uverdig av politimesteren. En slik oppførsel var årsaken til den politiforakten som publikum la merke til.

De fikk lastet av datasystemet og fikk hjelp av Cecilie og Grete til å koble det opp. De var ganske oppegående med data, og han vurderte å la de ta over undersøkelsen av datasystemet. Han var i grunnen lei av attityden til de to fra Kripos. De hadde ikke fått til noe, han kunne ikke få seg til å forstå hva de hadde bedrevet tiden med.

Monica mente også at det var best at de to nye politiaspirantene kunne ta over arbeidet med å undersøke datasystemet. Så lenge de to fra Kripos hadde hacket seg inn var de i grunnen ferdige med dem. Han merket at Cecilie og Grete vokste med oppgaven og gikk på med stor entusiasme. Det nye kontoret var klart om to dager, de fikk avvente

192

situasjonen inntil de fikk flytte. Betalingen fikk han ta på sin egn kappe inntil han fikk godkjent budsjettet.

Monica hadde nesten tårer i øynene, hun hadde stor respekt for Hans Olav og hvordan han hadde stått på med denne etterforskningen. Hun synes det var leit at han var utsatt for manipulasjon fra politimesteren.

Nå hadde hun hadde lyst til å lage en hjemmelaget middag hos han, hun selv hadde spist på kroa siden kun kom dit, og hun hatet kveldene alene på hotellrommet. Det var slikt å være utestasjoner for Kripos. 'Take it or leave it'.

Hun visste bare ikke hvordan hun skulle foreslå det. Hun fikk la sin feminine side gjøre jobben. De forlot kontoret samtidig, damene satt utover kvelden for å gjøre seg kjent med innholdet i datasystemet.

De gikk innom Rema 1000 for å kjøpe noe til en lettvint middag. Han visste at hun ikke hadde noen muligheter å tilberede middagen og tilbød at hun kunne benytte kjøkkenet hans. Det hadde ikke vært i bruk siden han fikk denne saken i fanget, det riktige var heller etter at samboeren reiste fra han.

Monica ville innom hotellet sitt og han ventet til hun kom ut igjen med en liten veske. Hun ville ikke vise hva hun hadde med seg annet enn noe vin som hun hadde kjøpt da de var på politistasjonen.

Hun hadde tenkt ut hvordan hun kunne oppmuntre han, opplegget var klart så langt, det neste var at de spiste middagen sammen. Hun mente at Hans Olav fortjente litt oppmerksomhet og en god middag til avveksling til hurtigmaten fra kroa.

Det var lenge siden han hadde spist en så god middag hjemme hos seg selv. Etter et par glass vin fant begge roen og hun fant noen kubbelys i skapet. Praten gikk hovedsakelig om saken og om hennes virke i Kripos. Det var en omflakkende tilværelse, med spesialoppdrag over store deler av landet. Det gjorde henne rastløs og det var ikke heldig for et forhold.

Nå følte hun en ro hun ikke hadde kjent på lenge, dette oppdraget var av en annen art, ikke bare et rovmord. Hun hadde tilbrakt ganske lang tid med denne saken, og det dreide seg ikke bare om et mordforsøk.

Det kom noen forferdelige regnbyger og Monica lukket terrassedøren før den blåste i stykker. Det ble sent, tiden hadde løpt fra dem og Hans Olav mente hun kunne overnatte hos han. Det var noe hun hadde håpet på men hun ville ikke ta noe slikt initiativ, det var ikke slik hun var. Kanskje litt gammeldags der hun ventet at mannen skulle ta initiativet. Dette med en middag var dristig nok i hennes øyne.

Hun forsvant på badet og kom ut i pysjen hun hadde tatt med i vesken sin. Hun mente det var best å være forberedt dersom kvelden ville utvikle seg.

Vinen var tom og lyset var nedbrent, Hans Olav gjespet og ville legge seg. Monica var ikke sen hun heller, hun vasket opp og ryddet før hun kom.

Da han våknet hadde hun forberedt en herlig frokost som de inntok på kjøkkenet. For en herlig måte å våkne opp, han takket så mye for hva hun hadde stelt i stand, og innrømmet at han savnet en kvinne i sitt liv. Han var fremdeles ung og viril. Noe hun hadde erfart før de sovnet i hverandres armer.

Det virket som om det var en ny giv i etterforskningen, Cecilie og Grete mente de må ha satt i nye batterier, de virket så engasjerende.

De ville bruke formiddagen til å renskrive fra samtalene med de unge damene. Den russiske tolken ble følelsesmessig engasjert. Det var noen forferdelige skjebner som ble avdekket. Tolken var født i Norge av russiske immigranter. Hennes bestefar var en russisk krigsfange fra den siste verdenskrigen, foreldrene var hans slektninger som hadde fått innreise for å ta seg av bestefaren. Det hadde skjedd før jernteppet hadde satt en stoper for immigrasjon fra østblokk landene. I Russland, eller datidens Sovjet var det kun familien som tok seg av de gamle og i dette tilfelle krigsskadede slektninger.

Hans Olav la til side det sentimentale, det fikk andre ta seg av, han ville ha noe på de arresterte, i alt seks personer. Var det tegn på at det var en del av nettverket som hadde lovet damene gull og grønne skoger et sted i Vest Europa. Det overlot

195

han til Monica og hennes kolleger i Kripos. De hadde fått saken med drapsforsøket på gamle-lensmannen.

Han selv hadde mer enn nok med far og sønn, den norske forbindelsen, muligens også paret i femtiårene. Han hadde en magefølelse av at de var involvert i noe forferdelig som involverte små barn på Filippinene. Det gjensto å finne ut av ved gjennomgang av datasystemet.

Cecilie og Grete ble forskrekket da Hans Olav ville at de skulle ta seg av gjennomgangen av datasystemene. De hadde god allmennkunnskap om data og nå som passordene var hacket lovte de å ta imot utfordringen.

Det nye kontoret var ferdig til å flytte inn. De brukt formiddagen til å flytte over alt de hadde på lensmannskontoret. De fikk hjelp av en idretts-forening med pakkenellikene. Til og med skiltet ble flyttet og satt opp på det nye kontoret. Else kom og laget en reportasje om flyttingen og det nye kontoret. Hun unngikk å nevne noe om det kraftige datasystemet, det var grunnen til at de hadde behov for større plass.

Det ble bestilt pizza til alle, idrettsforeningen tok med seg sine til idrettshuset, der følte de seg hjemme. På lensmannskontoret tok de i bruk det nye møterommet. Det tok resten av dagen å få lagt opp sikre data og telelinjer, montørene var de samme som politiet benyttet seg av og kom fra Førde.

Ingen ville forlate det nye kontoret før data-montørene var ferdig med linjene. De satt pris på å få hjelp fra de unge politiaspirantene, da gikk installeringen som en lek. De måtte innom det gamle kontoret for å demontere linjene der. Da var man sikre på at ingen uvedkommende kom inn på politiets nettverk.

Det var sent før de to fra Kripos innfant seg, deres oppgave var å overføre passordene de hadde benyttet for å hacke seg inn. De ga en liten leksjon i hva damene kunne gjøre dersom noen av filene hadde passordbeskyttelse. Deretter ble de frigitt til å reise tilbake, deres oppgave var ferdig. Det virket ikke som om de hadde noe imot å reise hjem.

I verste fall kunne de få hjelp av IT avdelingen på politistasjonen i Bergen. Avdelingen dekket hele Vestlandet, enten der de var, eller å reise opp dersom det viste seg nødvendig.

Monica synes det var en god løsning, hun følte seg som en femtekolonist da hun rapporterte dem til sin overordnede.

Flyttingen og at Cecilie og Grete fikk ansvaret for å gå igjennom datasystemet ga en boost i etterforskningen. Monica synes også å ha fått farten opp i sine undersøkelser.

Fingeravtrykk og DNA prøvene på kniven hadde kommet tilbake fra rettsmedisinske institutt. Det som gjensto var sammenlignet med sporene på kniven og blodsporene med DNA prøvene som var tatt av mennene.

- Merkelig, de stemte ikke overens. Kan det ha vært noen helt andre som har gjort innbrudd og blitt overrasket av gamlelensmannen?

Monica var i villrede. Det gjensto å sjekke videokameraer utenom kontoret, om det hadde blitt observert noe. Bensinstasjonen var ikke så langt unna, kanskje deres kamera hadde observert noe. Muligens også kroa, den var heller ikke så langt unna.

- Helvete, at jeg ikke har tenkt på det før. Jeg var så sikker på at de var noen av de seks karene, to av de hadde endog gjort innbrudd senere. Det burde jo være noen av de som har opphold inne i skogen siden det var vesken med bevisene som var målet for innbruddet.

En tanke begynte å demre for Hans Olav. Hva om sønnen, Erik Johannesen ikke var så uskyldig som han ga inntrykk av. Han hadde sagt i avhør at han gjorde skitne saker for sin far. Kunne dette være en slik sak?

De hadde engang ikke tatt fingeravtrykkene og DNA av han til tross for at han satt arrestert på glattcelle. Han ringte umiddelbart til politistasjonen og ba de fullføre DNA test umiddelbart, det samme med fingeravtrykkene. DNA testen måtte sendes med kurerpost for ikke å tape verdifull tid.

Hans Olav tok med seg Monica bort til bensinstasjonen for å sjekke ut om kameraet hadde dekning ut på veien. Han hadde med seg politiskiltet selv om alle på stedet visste at han var

198

lensmann. Han håpet at det ikke var slettet. Myndighetene hadde satt en grense på hvor lenge de kunne lagre videoene.

Betjenten måtte spørre eieren om de fikk lov til å gi tilgang til tapen. Betjenten var ikke helt kjent med hvordan han kunne vise videoen. Monica var kjent med hvordan, og prøvde å spole tilbake til datoen for innbruddet. Kameraet viste nesten hele hovedveien utenfor bensinpumpene. Det viste seg at opptakene for dagen innbruddet fant sted fremdeles fantes på brikken.

Spenningen var til å ta og føle på, der så det ene kjøretøyet etter den andre som kom kjørende forbi. Det var ikke mulig å se nummerplatene, til det var kameraet ikke skarpt nok. Plutselig ble de overrasket, det var en motorsykkel som kjørte inn på bensinstasjonen for å fylle bensin. Det så unektelig ut som den sykkelen som hadde kollidert med politibilen. Føreren betalte med kort og forsvant mot lensmannskontoret. Et kvarter etter kjørte den samme motorsykkelen tilbake med en veske som var festet på ryggen til føreren som en ryggsekk. Den liknet den som ble stjålet. Igjen var ikke bildet det skarpeste, men likheten var slående.

Monica spurte om hun kunne få overspilt disse to sekvensene på en minnebrikke hun hadde med. Igjen måtte betjenten ringe til sin sjef for å få tillatelse. Monica overførte selv, betjenten var ikke opplært i annet enn å skifte minnekort når det var fult, det var som regel hver søndag. Det takket for hjelpen, det var verdifull som bevis for å oppklare mordforsøket på gamlelensmannen.

Hans Olav hadde et ønske til, var det mulig å finne kvitteringen for bensynfyllingen i datasystemet. Det ville være spikeren i kisten for forsøket på å nagle sønnen, Erik Johannesen, til drapsforsøket. Det var veldig overraskende. Det var langt fra sikkert at med sin diagnose som hjerneskadet kunne bli straffet. Om ikke annen kunne drapsforsøket bli oppklart.

Nå gikk de videre til Kroa, de hadde et kamera utenfor og inne. Den samme framgangsmåten med en telefon til sjefen før Monica fikk lov til å se videoinnspillingen. En ny overraskelse, hun kunne ikke for sitt bare liv forstå at det gikk an å være så skjødesløs. Enten var han hjerneskadet, eller så ga han fullstendig faen i om han bli oppdaget. Han visste at han ikke kunne bli straffet, det hadde faren, Edvin Johannesen, innprentet han.

Det var klare bilder innefra kroa, en mann som liknet veldig på Erik Johannesen bestilte to hamburgere med alt på. Han hadde en veske som ryggsekk, nå var det ganske tydelig at det var den samme vesken. Han betalte med et kort. Igjen spurte Monica om de kunne finne kvitteringen i datasystemet. De lette fram til det samme tidspunktet, det var himla mange kvitteringer, selv innenfor det samme tidsrommet. Der fant de kvitteringen på en bestilling som stemte med hva han hadde fått servert. Monica fikk en kopi av kvitteringen, det var et bevis, særlig om de fant det

200

samme kortet sammen med de beslagene de hadde.

De ga en high five til ekspeditøren som takk for at de fikk tilgang til bevisene. Nå hadde de endelig noe som kunne minne om et gjennombrudd. Dette var viktig å konfrontere både far og sønn med det. De trodde selvfølgelig at begge ville gå fri på grunn av diagnosen til Erik.

Han måtte innrømme at det var et ganske så velfundert plot. Han lurte på hvordan i helvete han var i stand til å imøtegå denne diagnosen. Fra tidligere var det et samhold blant leger og det var så å si umulig å få endret en så alvorlig diagnose som en hjerneskade. Det var vanskeligere enn å få en dom gjenopptatt, uansett hvor sterke bevisene var.

Det de hadde av bevis var at sønnen og hans motorsykkel hadde vært i nærheten av åstedet på tidspunktet innbruddet ble begått. Hva som kunne felle sønnen var at han på returen bar en stor veske som lignet den vesken som be stjålet i innbruddet. En dreven advokat ville på alle mulige måter fri far og sønn fra enhver forbindelse til innbruddet og også drapsforsøket.

Vel, vel, han fikk spille med de kortene han hadde. Det var å håpe at hans kort var av høyere valør enn hva far og sønn sine kort hadde. Advokaten satt antagelig med jokeren.

Damene hadde kommet et stykke på vei med intervjuet med de unge damene de hadde funnet oppe i skogen. Om det var tilstrekkelig til å gå videre med fikk tiden vise. Det var ikke mer de kunne få ut av dem. Beviset var de selv og at de var fraktet til Norge og oppholdt seg ulovlig der de ble funnet.

Nå ville de se hva datasystemene inneholdt. Dersom de sto oppført som au pair i et register, visste de hva hensikten med å hente damene var. Om det var et skritt frem eller et skritt til siden hadde ikke Hans Olav noen formening om.

Det fikk vente til i morgen, klokka var mange og han mente selv at han hadde kommet så langt som det kunne forventes av han. Det han nå trengte var å sette seg ned og vurdere det han hadde og om det var nok til å gå videre med for en tiltale. Det kunne være en begynnelse, men han så tydelig at om de fant den eller de om hadde overfalt gamle-lensmannen så satt det langt inne å få noen tiltalt og dømt.

Ved å gå igjennom datasystemet fant Grete at det var et mangesidig register. Hun hadde kommet over en lenk til en web side om unge studenter som ønsket seg jobb som au pair. Det ble reklamert med at de ville utføre alle de tjenester som vertsfamilien hadde behov for. Betalingen skulle gå til agenten som igjen ville sørge for betalingen til au pairene.

Det var eksempler på fattige studenter fra tidligere øst blokk land som ønsket å tjene til videre studier, og å lære seg nok norsk til å fortsette studiene her i landet. Det ble anmodet å betale over minste tariffen siden damene var villige til det meste i en familie.

Dersom kandidaten ikke svarte til forventningene kunne de byttes ut med en annen nærmest på dagen. Det var til og med en prøveperiode på ti dager.

De gjenkjente et par av de unge damenes bilder under en tekst som annonserte med nyankomne au pair kandidater. Bildene var tatt i utfordrende posisjoner som ga inntrykk av noe helt annet enn hushjelper. Det var et mobilnummer og en mail adresse som kunne kontaktes i tillegg til et 'trykk her' felt.

Det var skremmende det de så, det var ikke mindre enn skjult prostitusjon og menneskehandel. Damene var lovet noe helt annet av bakmennene, studier, med godt betalte jobber innen turist og underholdnings bransjen der deres språk-kunnskaper, unge alder, og utseende var deres fortrinn.

Om de fant de som sto for denne web siden og mobilnummeret kunne det være nok for en tiltale. Vanskeligheten var å lenke det til menneske-handel og prostitusjon. Ved å sjekke videre i registeret kom det fram at diverse klubber og steder eid av det man mistenkte var russisk mafia som avtaker av mange av de såkalte au pairer.

Registeret var veldig avslørende, vanskeligheten var å gå videre med det. Det lå langt utenfor hva en ung lensmann kunne ta på seg. Det han kunne gjøre var å koble registeret opp mot de unge damene de hadde kommet over oppe i skogen. De hadde øyensynlig ikke blitt presentert for noen klienter enda.

Hans Olav var glad at Monica hadde kommet for å finne overgriperne som knivstakk gamle lensmannen nesten til døde. Hun hadde kontakter innad i Kripos som hadde menneske handel og prostitusjon som spesialfelt.

Det var noe som rant han i hu. De mennene de hadde tatt hånd om, var det en del av mafiaen eller var det agenter for å skaffe mer ungkjøtt til eierne av klubbene? Nå ble han engstelig, tenk om de kom etter han og teamet hans? Hadde de satt kjepper i hjul for en meget lukrativ business? Bare tanken virket skremmende.

Han Olav fikk Monica til å verifisere at Kripos hadde fått oversendt datasystemet, han stolte ikke på at de to dataekspertene hadde gjort annet enn å sende det til sine egne datamaskiner. Politimesteren i Bergen ble kontaktet for å få assistanse fra IT avdelingen. De skulle sende opp to dataeksperter som kunne hjelpe til å dechiffrere systemet og oversende det til politiets servere i Bergen. De ville komme allerede i morgen med fly til Førde og få transport av politiet til lensmannskontoret.

Politimesteren i Bergen forsto med en gang at det var kjenslig innhold i dataserveren. Det var høyst usikkert å ha det stående på lensmannskontoret. Hun vurderte å sende en av sine erfarne etterforskere sammen med de to fra IT avdelingen.

Politimesteren ville ta det med den lokale politimesteren, han synes den uteblivende hjelpen Hans Olav møtte ikke var slik det burde være. Denne saken forsto hun kunne avdekke et mangfold av kriminalitet.

Hans Olav visste hvordan han skulle takle dette, om det ble sendt opp en erfaren etterforsker var han redd at han selv ville bli satt på sidelinjen fra nå av. Det var kanskje det beste, selv om han synes at han hadde et godt grep på saken, men var i grunnen tilfreds med å ha noen han kunne rådføre seg med.

Grete hadde funnet en fil, den var godt beskyttet men hun hadde sammen med Cecilie og Monica greid å åpne den. Det var noen groteske sekvenser som åpenbarte seg. Cecilie ble kvalm og måtte kaste opp. Monica hadde tårer i øynene.

Det virket som om det var barn som ble misbrukt seksuelt av andre barn og av voksne. Det var flere slike sekvenser, det var forferdelig hva de så. Hva i helvete holdt de på med langt oppe i skogen

Nå, endelig forsto han endelig hvorfor paret i femtiårene befant seg i det gamle huset. Det var sikkert de som organiserte det hele i den andre enden, antagelig fra et eller annet sted på Filippinene.

Cecilie lette videre, det måtte på en eller annen måte være et register, nærmest en bestillingsliste, og helt sikkert et register av abonnenter eller medlemmer. Dette var sprengstoff. Hans Olav innså at noen kunne gå til ytterligheter for å fjerne det fra serveren.

Han ringte igjen til politimesteren i Bergen for å be om å få sende det til deres server nå umiddelbart. Politimesteren ble forskrekket av hva Hans Olav hadde funnet på serveren. Selvfølgelig, hun forsto at et lensmannskontor som var ubemannet utenom kontortiden var utsatt for innbrudd. Sjefen for IT avdelingen ville ringe tilbake for å forklare hvordan de kunne overføre dataene.

Han ga mobilen til Monica. Hun ville stå for overføringen av innholdet. Det var store datamengder og de var ikke ferdige før utpå morgenkvisten. De ble værende på kontoret til alt var bekreftet overført til serveren i Bergen.

Hans Olav hadde montert videokameraet sitt på utgangsdøren for å holde følge med om det var noen uønskede aktiviteter utenfor så lenge de holdt på med dataoverføringen.

Det var ikke lett å falle til ro og sove, allerede ved syv tiden var han tilbake på lensmannskontoret. Det var en melding på lap toppen, han ble bedt om å skaffe husvære til de tre som var på vei fra Førde. De regnet med å være her ved ett tiden.

Det var ledig på et pensjonat, det var det han fikk til akkurat nå. Hotellet hadde en vannskade som ville være reparert om en dag eller to. De var velkomne til å innta sine måltider der allikevel. Nå lot han data være i fred, han lå etter med å

206

gjennomgå det de hadde beslaglagt fra tømmerkoia oppe i skogen.

I skuffen på nattbordet fikk han full klaff. Der fant han en mappe og en pung. Da han åpnet pungen ramlet det ut et bank kort utstedt på Erik Johannesen. Det stemte med betalingskortet på bensinstasjonen og kroa. Det var et godt bevis for at Erik hadde vært på stedet da innbruddet skjedde, i tillegg hadde han som ryggsekk den vesken med bevis som var stjålet fra lensmannskontoret. Men var det nok til å bevise at han hadde brukt kniven på lensmannen? Det gjensto å se.

Hva om han tok en telefon til Haukeland for å snakke med lensmannen. Dersom han hadde sett gjerningsmannen, kunne det være spikeren i kisten. Han sendte et foto av Erik Johannesen før han ringte. Det tok lang tid før det var et svar, en pleier hadde plukket opp telefonen og svarte at Jonas Engen sov og at hun ikke ville forstyrre han. Dersom han ringte tilbake om en halv time var han sikkert våken.

Det var enda for tidlig til at de tre andre var kommet på kontoret så han fikk smøre seg med tålmodighet. I skuffeseksjonen var det flere dokumentfiler. Under noen papirer fant han en mobiltelefon, den hadde vært påslått og batteriet var tomt. Han fant en lader i skuffen og plugget den i veggen. IT folkene var sikkert i stand til å hacke den. Om han var heldig var det samme nummeret på mobiltelefonen som var listet på web sidene. Han kunne ikke tro at han var så heldig.

Nummeret kunne også ha en følgelink til en annen telefon.

Nå måtte han se om han hadde dette nummeret, han husket ikke om de hadde kopiert den siden der nummeret var oppgitt. Det fikk vente til de andre kom på kontoret.

Han hadde nesten glemt å ringe tilbake til lensmannen. Nå svarte han relativt raskt, pleiere sa at hans kollega hadde spurt etter han. Etter all høflighetsfrasene var han direkte. Hadde han sett mannen som påførte han stikkene med kniven?

Det tok litt tid før han svarte, det han festet seg med var klesdrakten. Det luktet litt innestengt av klærne, som om de ble oppbevart et sted uten god utlufting. Det kunne ligne det fotoet han fikk tilsendt, men han ble overfalt bakfra og hadde ikke et klart bilde av mannen.

Det var i grunnen nok for Hans Olav, mannen bodd jo i en tømmerkoie langt inne i skogen. Sannsynligheten for at det var Erik Johannesen var styrket. Nå gjensto det å tolke DNA prøvene til Erik Johannesen.

SKRIKET

Kapittel 10

Det var Grete som kom først, hun hadde heller ikke fått sove etter å ha holdt på med innholdet i filene nesten hele dagen og overført det hele igjennom natten. Flere av hennes kullinger fra politihøyskolen var politiaspiranter på politistasjonen i Bergen. De var forskrekket over hva Grete hadde fortalt, ikke bare innholdet, men at hun og Cecilie hadde fått slike senior oppgaver. Det hadde trodd at å være på et lensmannskontor var et tilbakesteg i karrieren.

Hun forsto at funnet av mobiltelefonen kunne være et viktig spor. Det tok ikke lange tiden før hun fant tilbake til stedet der mailadressen og mobilnummeret var listet. Hans Olav ville at Grete skulle ringe nummeret mens han holdt mobilen.

Mens de skulle til å ringe kom Monica og Cecilie inn, de var like spente som han selv. Grete var litt skjelven og hadde slått et siffer for lite. Det kom

209

bare en stemme som sa at nummeret ikke var i bruk. Hun prøvde en gang til og dobbeltsjekket nummeret. Hans Olav kjente at mobilen han holdt i hånden begynte å vibrere.

Han lot Cecilie svare i telefonen for å være sikker på at det var Grete sin samtale som kom inn. Det stemte på en prikk. Nå som mobilen var oppladet kunne den motta meldinger og samtaler fra andre også. Fremdeles kunne mobilen ikke åpnes uten en pin kode. Det fikk vente til senere når folkene fra bergenskontoret kom.

Hans Olav hadde mistet roen, alt det som hadde skjedd forstyrret tankerekken hans. For å få roen tilbake brukte han å sette seg ned med en kopp kaffe. Monica gikk ut og kom tilbake med bagetter til alle sammen. De satt nærmest i taushet en halvtimes tid til idyllen ble brutt av at mobilen vibrerte. Det fikk de tilbake i hverdagen. Nummeret var listet som ukjent, oppringningen ble ikke besvart. Det fikk vente til etterforskeren kom.

Det spraket i politiradioen hans, polititransporten rapporterte at de var ti minutter unna. Det var på tide å re-arrangere pultene til de kom. De fikk plutselig noe annet å tenke på enn innholdet i datafilene.

Cecilie kjente igjen den ene av dem, Renate Berg. Hun hadde gode datakunnskaper og hadde arbeidet med data inntil hun begynte på politiskolen. De var fra det samme hjemstedet.

Den andre, Jon Erik Viken, var en IT ekspert med en Bachelor i data.

Etterforskeren, Johannes Moberg, var godt voksen, mellom førti og femti år som hadde tidligere etterforsket saker som involverte data.

Grete forsvant etter kaffekrus og dekket til på møterommet. Politimannen som kjørte bilen satte pris på en kopp kaffe han også. Han var veldig interessert i denne saken, de hadde kun hørt rykter og hadde forstått at det var ganske så omfattende sak. Det var jo så å si fullt i arresten deres av de som var brakt inn. Noen måtte de transportere til arresten i Førde da politimesteren var redd for at de kunne true hverandre, og ikke minst samkjøre forklaringene sine. De ble sittende til utpå ettermiddagen med å gå igjennom hva de hadde så langt og hva de ønsket å etterforske videre.

Johannes Moberg ønsket å sette seg inn i det de hadde av etterforskning og bevis i saken. Han ytret et ønske om å se stedet der hovedkvarteret synes å være. Deretter ville han delta i avhørene av far og sønn.

Monica mente at hun sammen med Hans Olav hadde kommet langt med å finne ut av mordforsøket på gamlelensmannen, men hadde ikke konfrontert far og sønn med hva de hadde kommet frem til. Det samme med hva de hadde oppdaget om hvem som sto bak datasystemene.

Johannes mente at han hadde komme i rett tid og forsto godt at det var kjempeutfordringer med å etterforske en sak som hadde utviklet seg til de

211

grader for dette tynt bemannede lensmanns kontoret. Han var full av respekt for det som var gjort.

Renate og Jon Erik konsentrerte seg om datafilene sammen med Grete. De ville gjøre forsøk på å hacke seg inn på mobilen også. Hans Olav var ganske sikker på at det var mye snusk der.

Dersom de fant en lenke til programmet som omhandlet det grusomme scenene fra Filipinene kunne de få stengt det ned og tiltalt paret i femtiårene. For alt de visste kunne det være noen som hadde benyttet tjenestene, noe som kunne de gjøres medskyldige. Det håpet Hans Olav på at Johannes kunne hjelpe til med.

Johannes trengte dagen til å finne frem i alle detaljen. I morgen ville han være med på et avhør av far og sønn. Det måtte utarbeides en tiltale slik at de kunne bli sittende i varetekt, ellers var det fare for at de måtte settes fri.

Det hadde ikke hendt på lenge at Hans Olav kunne gå hjem ved arbeidstidens slutt. Endelig kunne han lage seg en middag, han hadde ikke spist middag siden Monica hadde lånt kjøkkenet hans. Det hadde ikke blitt noe særlig søvn på han etter at datasystemet ble overført til lensmanns kontoret.

Det tok ikke lange tiden å reise bort til politistasjonen. Advokaten var tilstede da de kom, han hadde allerede hatt det sedvanlige møtet med sin klient. Han kunne ikke forstå et det var nødvending med et nytt avhør av hans klient, han

212

skulle jo slippes ut om et par dager. En dommer godtok ikke at han skulle være arrestert uten en tiltale utover de dagene han i utgangspunktet hadde sittet i varetekt. Han hadde hele tiden hevdet at han var uskyldig og at han ble arrestert var et overgrep uten sidestykke.

Edvin Johannesen og hans advokat ble ført inn i avhørsrommet. På den andre siden av bordet satt Hans Olav og Johannes.

- Velkommen, nå regner jeg med at du erkjenner de faktiske forhold. La oss begynne med de unge damene som er tatt vare på fra eiendommen du hevder å disponere. De er listet som samarbeids villige au pair kandidater som kan utføre enhver tjeneste som blir forlangt av dem. Det er spesielt markedsført til klubbeiere, helst av utenlandsk opprinnelse.

- Hva er det du innbiller deg. Det er overhode ikke tilfelle. De er studenter som venter på studiestart, jeg har tilbudt de gratis opphold mot lettere husarbeid.

- Vent nå litt, nå kan du se det klippet på den store datamaskinen.

Det ble vist fra web siden til au pair registeret der damene ble markedsført som nyankomne. Det ble vist bilder av alle sammen.

- Det er noe dere har laget for å skade meg. Jeg tar fullstendig avstand fra det.

- Utrolig, det er fra serveren vi fant på loftet i huset du disponerer. Det er med i tiltalen din.

- Din sønn som du hevder er hjerneskadet er et påskudd for å skyve han foran deg dersom du skulle bli oppdaget. Legen som har kommet med diagnosen er truet av deg med fiktive bilder sammen med pur unge gutter på Filippinene. Se her på det du har kokt sammen av såkalte bevis mot legen. Det er ingen tegn på at din sønn, Erik Johannsen, er undersøkt i forbindelse med diagnosen. Det passet deg å bruke han som en dum faen som kunne ta støyten for deg.

- Dette er helt utilgivelig, ikke bland min sønn inn i dette. Jeg har flyttet langt opp i skogen for å ta vare på han. Her kan han bo for seg selv og bevege seg fritt. Jeg gjør han en god gjerning og sparer enorme beløp for helsesystemet.

- Da tar vi det neste, vi fant et filippinsk par i femtiårene sammen med nok en ung dame i det gamle huset der du har tilhold. De representere de du samarbeider med om web siden til seksuell omgang med barn av fattige foreldre. De er arrester og sitter i varetekt i Førde. Nå skal du se litt fra web siden fra programmet, legg merke til kontaktinformasjon med din mailadresse og din sønns mobiltelefon.

Edvin ristet på hodet og nektet å se på det som ble vist på skjermen.

- Det nytter ikke å late som om dette ikke er en del av din forbryterske virksomhet og stikke hodet i sanden. Sist men ikke minst har vi arrestert 6

214

gangstere, alle medlemmer i ditt nettverk. Det er fra Transnistria og har deltatt i virksomheten med trafficking av unge gutter og jenter til ditt nettverk. Vi har hele registeret av dine kontakter. Alt dette vil bli en del av tiltalen, du har nok sett solen for siste gang på mange, mange år.

Advokaten gikk i fistel, han benektet alt som ble presentert. Det var et høyt spill som politiet spilte. Det ville ikke vite av en guttunge av en lensmann og hva han fantaserte om.

Johannes Moberg advarte advokaten og sa at han sto i fare for å bli rapportert for uetisk oppførsel. Det tjente ikke hans klients sak, snarere tvert imot. Han sto i ferd med å bli overført til Bergen politistasjon for å overføre saken sammen med lensmannen og hans team.

- Din sønn sitter arrestert og vi har kalt han til avhør, han har allerede innrømmet det meste. Han ligger tynt an, men ikke på nær det vi har på deg, Edvin Johannesen. Selv legen er anmeldt for feilaktig å ha satt en diagnose på din sønn etter at du har truet han men å eksponere de falske beskyldningene mot han. At du ikke skammer deg!

Johannes og Hans Olav hadde snakket mye om sønnen, Erik Johannesen. Johannes ville ta avhøret med Hans Olav som bisitter. Det tok mye av byrden fra Hans Olav sine skuldre, det hadde vært mye i den senere tid. Nå innså han hvor mye han savnet gamle lensmannen som mentor og støtte.

Erik ble kalt opp sammen med sin advokat. Johannes var tilfreds med at han og faren hadde hver sin advokat. Han ventet seg en kraftig motstand med alle bevisene mot Erik. Han ville nok ønske seg tilbake til sin rolle som hjerneskadet.

Johannes tok ordet og presenterte seg som etterforsker fra politistasjonen i Bergen. Saken hadde endret karakter og han var sendt for å støtte Hans Olav med deler av denne saken.

- Nå vet jeg ikke riktig hvordan den medisinske diagnosen din ble gjort. Jeg har bestilt innleggelse for deg på en psykiatrisk klinikk for å ettergå diagnosen. Etter hva jeg forstår er den kommet fram etter trusler fra din far mot en navngitt lege. Det viser seg at denne legen ikke er spesialist på området slik at diagnosen kan være uriktig. Vi har sjekket opp din bakgrunn og du har vært tilsluttet et datafirma og har tatt utdannelse i data-kommunikasjon. Stemmer det?

- Det er riktig, jeg var ansatt i et datafirma inntil min far bestemte at han trang meg som en dum faen. Det var min far som arrangerte det hele. Jeg visste ikke at den innebar at jeg kunne bli sperret inn på et galehus dersom min far ikke kunne ta hånd om meg.

- Så lenge du har den diagnosen er det lite en domstol kan gjøre. Dersom den ikke er riktig må du stå til ansvar for dine handlinger. Legen som ga deg diagnosen er innkalt til helsedirektoratet og

216

vil miste sin godkjenning som lege på grunn av den falske diagnosen.

- Til det har jeg ingen formening. Det min far satte i gang kan ha dramatiske konsekvenser for meg.

- Så til saken, hvor bodde du når du var beskyttet av din far? Bodde du i huset eller i en av tømmerkoien?

- Det var mest i en av koiene, den var bedre utstyrt enn de andre.

- Bodde du alene eller kunne du velge og vrake blant de unge damene?

- Jeg vil ikke svare på slike spørsmål, det er min far som hadde med dem å gjøre. Jeg er impotent etter noe som skjedde for mange år siden. Dessuten er det ikke relevant.

- Vi har datasystemet som var i den koia du mener at du benyttet. Må si at det var mye griseri blant innholdet. Var det du som drev denne geskjeften?

- Dere har ingen rett til å ta datasystemet, det er passord beskyttet. Dere har ingen rett til å åpne filene.

- Det er nok til syv, åtte år i fengsel bare det. Det er med i tiltalen din.

- Det er min far som drev med det. Selv om det sto i koia, var det han som opererte det.

- Vi har sikre bevis for at du gjorde innbrudd på lensmannskontoret og overfalt gamle lensmannen og brukte kniven på han. Vi har kniven med ditt

217

DNA og fingeravtrykk. I tillegg har vi video fra deg på samme tidsrommet fra bensinstasjonen og kroa. Det er veldig avslørende. Det er klasset som mordforsøk på en polititjenestemann.

Advokaten brøt inn og sa at slike beskyldninger var uhørt, det finnes ikke noe holdbare bevis for slike beskyldninger. Jeg råder min klient til ikke å svare på slike påstander.

- Det er en del av tiltalen som blir fremmet. Falsk diagnose, operasjon av et datasystem som er full av filer og registre av en mengde seksualiserte web sider. Bare vent til alle som er registrerte blir tiltalt for det du og din far har satt i gang. Trusler og utpressing, kontakt med mafia organisasjoner i Russland og den russiske enklaven, Transnistria.

Erik brøt sammen, han hadde ikke ventet at den unge lensmannen skulle finne ut av aktiviteten de drev.

Johannes tilkalte medisinsk personell for å se til han. Det var fare for at kan kunne kollapset helt.

Det kom en ambulanse som tok han med til sykehuset i Førde, der hadde de også en psykiatrisk avdeling. Det var stor fare for at han fikk en depresjon og ble suicidal.

Hans Olav ble skremt, virket han så voldsom i avhør at Erik kollapset og var på randen til en depresjon? Det må ha vært et forferdelig press han hadde levd under sammen med aktivitetene som hans far bedrev. Johannes kunne heller ikke forstå reaksjonen, det må ligge noe helt annet bak som fikk Erik til å bryte sammen. Han tenkte at faren måtte ha noe på sønnen som sikret han et jerngrep på han.

Det beste utfallet nå var å få han innlagt på Psyk i Førde eller et annet egnet sted. De hadde nok ikke kommet til bunns i denne saken, langt der ifra skulle det vise seg.

Johannes kommenterte at faren, Edvin Johannesen, nok var en hard nøtt. Dersom Hans Olav ønsket det, ville han selv gjennomføre det neste avhøret. Men først ville han høre hva paret i femtiårene hadde å si. Det ville kunne åpne en Pandoras eske for faren.

De hadde blitt flyttet til arresten i Førde, det fikk vente til i morgen. Det var to og en halv times reise dit og klokka hadde blitt nesten to på ettermiddagen.

Da var det bedre at de besøkte det gamle huset i skogen. Johannes ville orientere seg litt i det såkalte hovedkvarteret til Edvin Johannesen. Hans Olav mente at om de rasket på ville de komme opp før det ble mørkt, hjem igjen ville de kjøre i stummende mørke.

Det var kjeledresser, politiradio og kraftige lykter som standard utstyr i bilen. Turen opp gikk på tre kvarter, Hans Olav var kjent på veien etter diverse besøk og denne gangen greide han å kjøre helt fram til huset.

Johannes ristet på hodet av eiendommen og huset som så ut til å være til nedfalls. Han mente det måtte være en skummel geskjeft denne faren drev med som gjorde at han hadde funnet et slikt bortgjemt skjulested.

Inne luktet det innestengt, det virket ikke som det hadde vært noen der siden Hans Olav var der sist. Johannes gikk igjennom alle deler av huset og tok en kikk oppe på loftet. Han gikk grundig til verks, løftet alt og kikket under senger og bord. Han samlet noe i en veske som han fant på loftet, Hans Olav var takknemlig for at han hadde fått hjelp av en erfaren etterforsker. Han selv festet seg med det som han med sin erfaring synes var relevant. Johannes mente at det han gjorde var helt riktig, han hadde gjort en utmerket jobb. Nå ville Johannes hjelpe til med å summere opp denne grusomme forbrytelsen.

Klokka var syv før de var tilbake. De andre hadde gått hjem, og de som kom fra Bergen hadde flyttet til hotellet, reparasjonen etter vannskaden var fikset. Johannes ville vente til i morgen han måtte sende en rapport hjem i løpet av kvelden og mente at det var greit nok på pensjonatet en natt til.

Turen til Førde startet allerede ved åtte tiden. De fikk ta dagen til hjelp med avhørene. For å være sikker på et godt utbytte hadde Hans Olav bestilt en tolk på Tagalog, språket på Filippinene. Dette til tross for at engelsk var ganske godt utbredt. Cecilie var med for å notere. Det var ikke helt enkelt å lede avhøret og å notere høydepunktene samtidig.

Johannes var imponert av hvor grundig Hans Olav gikk til verks. Det var et godt emne i han og han kunne tenke seg at han ble med tilbake til Bergen inntil saken var løst og de tiltalte ble dømt.

De hadde fått en fra IT avdelingen til å koble opp datasystemet som viste filene som gjaldt det som foregikk på Filippinene. Det ville de ha i bakhånden dersom de ikke kom noen vei i avhøret.

Først ville de avhøre damen, ingen av paret hadde blitt avhørt tidligere. Det var ikke prioritert før de fikk satt fast far og sønn.

- Mitt navn er Johannes Moberg, politietterforsker og ved min side sitter Hans Olav Eriksen, lensmannen som fant dere i det gamle huset i skogen.

Advokaten deres introduserte seg selv sammen med damen, det samme gjorde tolken. Da var det formelle i orden.

- Dere er langt hjemmefra, hva har brakt deg til det gamle huset langt inne i de norske skogene.

- Min mann mente at jeg skulle kombinere dette besøke med en ferie i Norge.

- Nå vil jeg høre om dette besøket som kan dreie seg om et møte med en forretningsforbindelse. Er det første gangen du er her?

- Ja, det er den første gangen. Kunden skylder meg et stort beløp og jeg møtte personlig opp for å få utbetalt det han skylder meg.

- Det er forståelig, var beløpet til inkasso? I følge passet ditt har du besøkt Norge hele fire ganger utenom denne. Har du flere forbindelser her, eller er det den samme kunden du har besøkt?

- Jeg benytter ikke inkasso, min mann er det eneste jeg trenger. Han og hans brødre sørger for at jeg får pengene de er skyldige.

-Nå skal jeg vise noen sekvenser fra et datasystem vi oppdaget på serveren til din kunde. Kan du gå god for hva vi ser? Med andre ord, er det denne forretningsmodellen du driver?

Cecilie fikk startet visningen og hadde valgt ut noen forferdelige sekvenser som viste en gutt på fire fem år som ble penetrert av en voksen person. Det var lyd og gutten kom med noen forferdelige smerteskrik, mens han blødde bak. Det samme med en pike som nok var på same alder og ble penetrert av to menn samtidig, det var tilsvarende smerteskrik og masser av blod.

Hans Olav stoppet visningen, han så at virkningen gjorde noe med advokaten, tolken og Johannes. Damen gjemte ansiktet i hendene og ba om en pause. Selv for henne var dette sterkt.

- Nå vil jeg ha din kommentar, var det for dette at Edvin Johannesen skyldte deg penger.

Damen bare nikket som et svar, og var hvit i ansiktet og på nippen til å svime av. Johannes tillot en pause med noe å drikke. Hans Olav fikk budsendt medisinsk personell for å se til damen. Han ville ikke bli beskylt for politi brutalitet.

222

Johannes var ikke sikker på at de skulle gjenta dette for mannen hennes, de måtte utarbeide en tiltale og det kunne de ikke gjøre uten at de hadde gjennomført et avhør.

De fikk tid til å ta seg en matbit og noe å drikke mens mannen og advokaten sammen med tolken fikk til et møte.

De kom tilbake etter en halv time, det samme arrangementet med dataprogrammet ble gjort klar. Cecilie hadde funnet to sekvenser som var tilsvarende grusomme. De hadde så langt ikke sett at paret var en del av klippene. De satt vel et annet sted og formidlet opptakene derfra. Det gjorde de ikke mindre medskyldige, ifølge Johannes.

Den kvinnelige advokaten var ille berørt, hun var ikke sikker på at hun tålte videre visning av samme sort som før lunsj. Det samme med tolken, hun var kommet til Norge som au pair og hadde giftet seg med en mann hun traff etter at kun kom hit. Hun var godt kjent med det som foregikk hjemmefra, selv om det som ble vist var forferdelig. Det som gjorde det så ille var at det i Norge var et marked for slikt.

- Velkommen, du har også besøkt Norge mange ganger ifølge passet ditt. Hva var et som dro deg til Norge, det er jo langt fra ditt hjemsted?

- Min kone truet meg til å bli med henne som en vaktbikkje.

223

- Jeg spurte hva som fikk deg hit? Ikke skyld på din kone, hun sa i avhør at du er hovedmannen som tar deg av forretningen.

- Jeg driver i inkassobransjen og vet hvordan jeg skal få hennes kunder til å betale.

- Hva gjorde dere oppe i det gamle huset i skogen, var det noen penger å hente der? Jeg mistenker at dere ville snakke om å utøke forretningen med å arrangere fingerte adopsjoner av de fattige barna som ble misbrukt.

Han kikket på advokaten og mumlet noe som tolken oppfattet som en slags bekreftelse.

Johannes var forferdet, dette måtte stoppes her og nå, han fikk Cecilie til å sette i gang visningen på storskjermen. Det var grotesk det som ble vist, smertefulle penetreringer av gutte- og jente-barn, blodet rant og farget sengetøyet rødt.

Advokaten ba om at det ble stoppet, hun mente de hadde sett nok. Hun benektet at det var bevis for at paret hadde deltatt i dette. Det må ha vært noe som de hadde funnet på nettet.

Cecilie scrollet opp til annonseringen hvor navnene til både mannen og damen sammen med deres mobil og nettadresse sto under den samme informasjonen til Edvin Johannesen. Johannes mente at dette var bevis nok til å utarbeide en tiltale. Han ga i grunnen faen i hvem av de som var mest skyldige, dette måtte stoppes for enhver pris.

Mannen ble påsatt håndjern og brakt ned på cellen igjen. Johannes var forferdet. Hele datasystemet var fult av kjøpsmuligheter for slibrigheter.

Han ville diskutere det med sine overordnede i Bergen hva som skulle skje videre. Hans Olav var mest opptatt av hvordan han kunne komme i mål med en tiltale for mordforsøket på gamle lensmannen. Han hadde nær 80% men kunne ikke bevise at Erik Johannesen hadde vært inne på lensmannskontoret når knivstikkingen skjedde. Det at han ble sett med vesken var foreløpig den nærmeste han hadde av bevis.

Men hvorfor i all verden stoppet han for å kjøpe to hamburgere etter å ha knivstukket den gamle lensmannen nesten til døde var en gåte for han. Eide han ikke følelser?

Som i går kom de tilbake etter at resten av teamet hadde gitt seg for dagen. Johannes mente at han kunne flytte til hotellet og sende hjem en rapport fra dagen i dag. Hans Olav ville at han selv og politimesteren hans også burde få en kopi.

I morgen ville han at de skulle konsolidere hva de hadde og danne en strategi for de neste dagene. Det var nok for i dag.

Hans Olav hadde ligget og vridd seg og ikke sovet godt. Det var noe som murret i hodet på han. Hva om Erik Johannesen ikke hadde knivstukket den gamle lensmannen men hadde blitt oppringt for å hente den vesken han ble observert med. Tanken gjorde sitt til at han ikke fikk sove. Ihvertfall ikke noe god søvn, han mene at han måtte ha døset av allikevel.

Han var nødt til å lufte tankene sine med Johannes Denne saken begynte å gå inn på han personlig, han fikk ikke fred før han hadde satt fast den eller de som hadde blitt overrasket av lensmannen. Det kunnevel ikke være så umulig å finne ut av.

Det han mente han kunne gjøre var å oppsøke videoovervåkningen enda en gang og utvide søket den andre veien. De siste to mennene som ble anholdt var inne på lensmannskontoret når alarmen gikk på mobilen hans. Hva om de hadde vært der tidligere for den samme hensikten, nemlig å fjerne bevis?

Han fikk ikke fred før han hadde snakket med Johannes om saken. Det kunne jo ikke skade og gjøre ytterligere søk etter videobevis. Han hadde jo ikke noe å tape. Kanskje han fikk uroen ut av kroppen og endelig fikk sove bedre.

Johannes bare kikket på han som om han synes Hans Olav fantaserte, det de burde var å gå kraftigere på Erik til han kapitulerte og erkjente at det var han som sto for ugjerningen. Hans Olav sa at det han ble beskylt for hadde endt opp i en psykiatrisk avdeling, og hva de enn gjorde nå ville bli forkastet av påtalemakten på grunn av hans ustabile tilstand.

Hans Olav mente at han ville undersøke om det var overvåkingskameraer som kunne se veien utenfor og inngangen til kontoret. De hendte at det var kamera montert i enkelte biler. Det ville han ta med Else om hun kunne etterlyse om slike biler hadde passert stedet i tiden alarmen hans ble aktivert.

Det var en trafikk overvåkings kamera ikke så langt unna, om han var heldig kunne han undersøke det. Det ble operert av et sikkerhets-firma på vegne av trafikkpolitiet. Han fant mobilnummeret og kontaktet dette firmaet. De hadde et lokalt kontor ikke så langt unna og han var velkommen til å undersøke.

Han så ingen andre kamera, men tenkte at han burde se på videoene fra bensinstasjonen og kroa en gang til. Nå var det en annen bil han var etter, den sto i en garasje ved politistasjonen. Selv hadde han tatt et bilde av den på sin mobil, det var fra kvelden for andre innbruddet.

Else forsto hva han var ute etter og ville nevne det i avisen, da ville det bli publisert nesten umiddelbart. Han takket så mye.

Monica ble med han bort til sikkerhetsfirmaet, Cecilie spurte også om å være med, hun følte seg nesten som en detektiv når hun var med Hans Olav.

De hadde tre kameraer på en relativt kort strekning. Mordforsøket var tidsbestemt av medisinsk personell, han mente at med å spole tilbake til femten minutter før det skjedde burde holde.

Han synes at det var dumt at han ikke hadde tenkt i de baner tidligere. Videoen ble vanligvis slettet etter en bestem tid. Det var medietilsynet som bestemte det.

De nistirret på skjermen og han hadde oppe fotoet av bilen deres på mobilen. Det var ingenting å se, da pekte Cecilie og sa at det var feil dato, det var to dager før som skjermen viste. Selvfølgelig, operatøren beklaget og tastet inn den riktige datoen og startet igjen.

Operatøren stoppet da han så en sort bil som lignet. Videoen ble stoppet og bildet ble forstørret. Det virket som om det var den samme bilen, dersom nummerskiltet ble forstørret kunne de være helt sikre. Det viste seg at det var den samme bilen. Dette kameraet var lengst borte fra lensmannskontoret. Operatøren skiftet så til det andre kameraet og programmerte inn den samme datoen. Det var mye bedre og de kunne faktisk følge bilen nesten helt bort mot kontoret. Det siste kameraet viste at bilen var parkert ved lensmannskontoret. Han ba de holde kameraet for å se om det var noen som satte seg inn i bilen igjen og kjørte videre.

Der viste videoen at gamlelensmannen gikk opp trappen for å låse seg inn. Han stoppet litt som om han stusset da han så at døren var brutt opp. Deretter tok det ikke lange stunden før to karer kom ut fra kontoret bærende på en stor veske. Den ble forsøkt stappet ned i et boss spann ikke så langt unna der bilen deres var parkert. Hans Olav ba de holde kameraet på for å se om det kom en motorsykkel og hentet vesken i boss spannet. Etter at de hadde sett at enda en person gikk inn, det kunne ligne på han selv, kom det en ambulanse med blålys og parkerte på fortauet rett ved inngangsdøren til lensmannskontoret. Da folkene forsvant inn med en båre, kunne de se en mann som løftet på lokket til boss spannet og stakk en hånd ned og plukket opp en veske. Han strevde litt, vesken hadde blitt trykket godt ned da den var i største laget for dunken. Mannen kjørte derfra på en uregistrert motorsykkel.

Han spurte om han kunne få kopiert videoklippene fra alle tre kameraene på en minnepenn. Operatøren visste godt at han var den nye lensmannen og gjorde som han ble spurt om. Monica ga operatøren en bamseklem for den gode servisen hans.

Nå ville han ta med videoene bort til det nye kontoret og vise det på den store skjermen. Det kunne faktisk frikjenne Erik Johannesen for knivstikkingen og innbruddet. Det fikk de finne ut av sammen med Johannes Moberg. Dette endret saken dramatisk.

Alle sammen satt i møterommet når Renate satt inn minnepennen og fant frem til videoklippene. Selv Johannes ble imponert når han kunne følge med på videoene. Han mente at dette var et bombesikkert bevis som ikke engang advokaten kunne hevde var manipulert.

Det to mennene som ble tatt ved det andre innbruddet var allerede overført til arresten i Bergen. Det ble bestemt der og da at de ville reise dit i morgen den dag for å konfrontere mennene med video beviset.

Hans Olav minnet de på at de måtte få tak i en tolk som behersket både bulgarsk og russisk. Det overlot han til Johannes å skaffe tilveie. Det var tross alt hjemmekontoret hans.

Grete booket fly fra Førde til Bergen for Johannes og Monica. Han selv ville være igjen som ansvarlig for kontoret mens de var borte. Han ville ta en prat med Erik Johannesen for å bekrefte at det var han som ble vist på videoen. Det samstemte med kameraet på bensinstasjonen og på kroa. Da var det bedre å forstå hvorfor han stoppet på kroa og kjøpte hamburgere. Det var ikke sikkert at han visste at den gamle lensmannen lå nesten død inne på kontoret.

Johannes unnskylte seg fordi han ikke trodde det ville føre frem å søke etter andre skyldig enn sønnen, Erik. Det hadde han helt rett i, men på en annen side var det et kjent trekk av politiet å forfølge sin egen teori og kjøre hardt på det de mente var rett. I grunnen kunne tegn og indiser bli tolket på forskjellig vis, og det var galt å avfeie politiets strategi. Det var gjerne i ettertid der strategien begynt å slå sprekker at det kunne bli tolket som justismord.

Hans Olav savnet allerede Johannes og Monica da de reiste tidlig på morgenen. Han hadde vendt seg til at han kunne ha de å snakke strategier med. Nå merket han savnet av den gamlelensmannen igjen. Det gjorde at han fikk stå for det hele selv. Den

manglende forståelse og støtten fra sin over-
ordnede, politimesteren, synes han gjorde vondt
verre. Måtte han midt oppe i dette forsvare
lensmannskontoret fra nedleggelse? Var det ikke
nok at han selv egenhendig måtte løse denne
kompliserte saken. Han var ikke typen som ga seg,
men så langt mente han at han og de han hadde i
sitt team hadde gjort det rette.

Han hadde full støtte fra Kripos og politimesteren
i Bergen, det styrket han. I Bergen forsto de hva
han sto overfor og ville gjøre sitt til at de to
mennene ble avhørt og stilt til ansvar for det som
var uomtvistelige bevis i saken.

Grete hadde med seg bagetter og kaffe da
hun kom på arbeid, hun hadde lagt merke til at
Hans Olav trengte noe å bite i på morgenen, hun
trodde at han salderte frokosten sin.

Grete var sikker på at det de hadde funnet på
datasystemet var tilstrekkelig for en tiltale mot
Edvin Johannesen. Det var opp til andre å gå
videre med alt innholdet de hadde kommet over.
Hans Olav var enig, Det viktigste var å stoppe den
aktiviteten som hadde foregått oppe i skogen og
stenge ned alt det som Edvin og sønnen hadde av
aktiviteter.

Det var opp til Kripos og Bergen å nøste opp i
listene over medlemmer og brukere av systemet.
Mye var også brukt til å presse de involverte. Det
fikk han til å huske på legen som hadde laget en
fiktiv diagnose av sønnens mentale handicap.
Kanskje det var på tide å koble det sammen med

psykiaterne som hadde Erik Johannesen til observasjon.

Det var tross alt noe som helsevesenet måtte utrede. Dersom diagnosen ble stående, ventet et langt liv på galehus for Erik, det ville bli som en norsk versjon av filmen Gjøkeredet. Det var fullstendig uinteressant for Hans Olav om Erik fikk en lang fengselsstraff eller om han var sperret inne på et galehus. Det viktigste var at han ikke kunne fortsette med å være en dum faen for sin far.

Dersom han virkelig var hjerneskadet og diagnosen ble stående ville faren stå til ansvar for sønnen sine handlinger i og med at han var oppnevnt som verge. Uansett utfall ville det være en vinn, vinn situasjon.

Cecilie og Grete undret på hvor han fikk energien og pågangsmotet fra, de så for seg problemer og oppgaver som nær sagt var umulig å finne ut av.

Nå ville han at den beslaglagte mobilen skulle undersøkes. Var det slik at Erik ble kontaktet av de to mennene for å plukke opp vesken fra boss spannet, ville det være spikeren i kista for de to mennene.

De to damene sammen med Renate og Jon Erik mente at det ville være en easy fix å hacke seg inn. Hans Olav ville ta en prat med Else Hagmo om det hadde kommet ytterligere tips, den ene eller den andre veien. Hun ville ta med det hun hadde og komme til lensmannskontoret med det. Bare sett på kaffen så er jeg der på no time.

Hun ble forskrekket da hun så datasystemet og de to fremmede som så ut til å sitte begravet med rullende skjermer. Da hun forsto at det var lagret på loftet i det gamle huset, forsto hun sammenhengen med Edvin Johannesen sin reaksjon. Det var jo sprengstoff det som var lagret på serveren.

Hun la merke til at de holdt på med en mobil telefon og spurte hva det var godt for. Hans Olav ville ikke si så mye, det var for tidlig å gå ut med innholdet. I hvert fall å få det i avisen. Hun lovte å ikke ta noe av dette i avisen før det var kommet såpass langt at det var en del av en tiltale.

Hun tok frem det hun hadde av tips om saken. Det var faktisk noen som hadde sendt bilder fra bilkameraene sine. Hun hadde kopier, noe av det var allerede publisert i avisen, hun mente at det ville være en fordel for etterforskningen.

Bilen var observert kjørende sydover fra der lensmannskontoret var. Det var et image av to menn i bilen, men det var ikke råd å se hvem det kunne være. Et annet bilkamera hadde fanget opp at bilen kjørte ut fra parkeringen ved kontoret og hadde holdt på å kollidere med en av bilene som kom kjørende forbi.

- Grete, kan du sende det til mobilen og mailadressen til Johannes og Monica, det kan ha betydning for bevisene i avhøret med de to mennene.

– Klart jeg kan, bare et øyeblikk, lap toppen min er opptatt med datasystemet, men jeg skal ta det med en gang.

233

Hans Olav samlet alle på møterommet, Else Hagmo også. Han stolte på at hun ikke ville løpe til avisen med det hun hørte. Han ble avbrutt av at mobilen hans vibrerte. Det var Johannes som ringte tilbake og lurte på hva som hadde skjedd siden han fikk oversendt bilder fra bilkameraene. Else forklarte at hun hadde satt inn en notis i nettavisen og oppfordret leserne til å sjekke kamera installasjoner sine i det aktuelle tidsrommet. Han takket henne for hjelpen, nå som han forsto sammenhengen var det lettere å vurdere verdien av det.

Hans Olav fortsatte med det han hadde startet. Han mente at de hadde kommet så langt de hadde behov for med datasystemet. Det han var interessert i var å ta far og sønn og å stenge ned den aktiviteten de hadde satt i gang. Renate og Jon Erik kunne demobiliseres og reise tilbake til Bergen. Der hadde de det samme systemet som var overført herfra.

Hans Olav kunne ikke påta seg ansvaret med å gå etter alle fasettene med hva systemet inneholdt og navnene på aliaser til brukerne. De uheldige damene var overlatt til helsevesenet, og det var opp til utlendingsdirektoratet hva som ville skje med dem. Det er mulig at den videre saksbehandlingen ville benytte de som vitner. Det var i alle fall ikke noe han hadde verken kapasitet eller ressurser til å gå videre med. Monica sammen med Kripos hadde saken med mordforsøket på den gamle lensmannen og hadde fått hjelp av Johannes Moberg og politiet i Bergen. Det filippinske paret var det foreløpig ingen som

234

hadde tatt tak i, men det de drev med var stengt ned.

Han så for seg at de ville være en del av etterforskningen helt fram til tiltalene var akseptert av politiadvokaten. Det ville mest sannsynlig skje i regi av Bergenspolitiet.

Før Renate og Jon Erik ga seg, ville han at det de hadde som var relevant for etterforskningen for far og sønn ble lastet ned på eksterne hard disker. Det ville han at Grete ville bistå med sammen med Cecilie.

Else mente at hun og avisen ville følge opp med artikler helt til det kom domsavsigelser. Det hele hadde skjedd i nærområdet og det var av allmenn interesse for leserne. Det var ikke så ofte at det hadde skjedd noe slikt her i provinsen. Nesten som en kriminalserie på Netflix.

Han Olav ville samle det han hadde av indisier og bevis for far og sønn, han ville spørre Inger Johanne med å hjelpe til. Dataarkivet overlot han damene å sette opp å registrere. De lovte å ta det etter at datasystemet var kopiert på de eksterne diskene.

Det var ambivalente følelser han satt igjen med etter det han hadde foreslått. Han erkjente at uansett hvor mye han ønsket å fortsette til alt var ferdig etterforsket, så var det store begrensninger i hva han kunne få til. Det var av vital betydning at saken ble fordelt på de som hadde betydelige ressurser, kompetanse og vilje til å fortsette.

235

Renate og Jon Erik mente at de måtte ta dagen til hjelp for å overføre det Hans Olav hadde behov for. Datasystemet ville bli værende der det var. Nå var faren for innbrudd og ødeleggelser eliminert i og med at kumpanene var arrestert. Systemet var overført til serveren til IT avdelingen i Bergen og videre etterforsking kunne bli gjort derfra. Noe var sikkert allerede hos Kripos uten at Hans Olav hadde oversikt over detaljene.

Else mente at hun ville lage en reportasje om den gamle eiendommen oppe i skogen og koble den opp mot hvordan den var benyttet av Edvin Johannesen. Hun ville gjøre research på når i tid den var bebodd av den eller de som etablerte gårdsdriften der. Det forsto hun ville være i almen interesse. Det var antagelig flere eiendommer som ikke lenger var i bruk, det ville bli en historie med minner fra en svunnen tid.

Hans Olav syntes det var prisverdig, han hadde jo selv gjort noen spede forsøk på å finne ut av eierforholdet til eiendommen. Edvin hadde uttrykt at han hadde fått tillatelse til å benytte stedet av en arving, noe som ikke på noen måte hadde latt seg verifisere. Plantingen av sitkagranene kunne være et element i historien, det var i grunnen enklere å tidfeste.

Han lot henne få tilgang til det han hadde funnet med sine søk, Alt som hadde med etterforskningen å gjøre ville han ikke at skulle publiseres før saken var løst. I grunnen trodde han at hun kunne tenke seg å leie eller kjøpe stedet for å ha et sted hun kunne være med hundene sin.

De nærmet seg tiden til å gi seg for dagen, han følte seg lettet og hadde energi nok til å handle noe til middagen på hjemveien. Han hadde så å si ikke brukt kjøkkenet siden Monica lånte det for å lage en middag. Else sa hun kunne tenke seg å lage middag selv og foreslo at de kunne dele på det. Hun brukte ikke å lage middag så ofte når hun var alene. Det var ikke det samme som når hun hadde samboeren sin hos seg. Etter hans død hadde hun konsentrert seg om hundene sine.

Damene sammen med Renate og Jon Erik ville sitte utover kvelden for å gjøre seg ferdige med sitt. Hans Olav ba de kontakte han dersom det var noe uforutsett som dukket opp. Han var på mobil og mail 24/7.

SKRIKET

Kapittel 11

Mens han holdt på med kokkeleringen summet det i mobile hans. Det var gamlensmannen, Jonas Engen, som slo på tråden. Han hadde blitt reoperert. Det ville nok bli en stund før han ville komme tilbake. Han var forespeilet en rekonvalesens på et sykehjem når han ble skrevet ut. Slik han så det ville nok Hans Olav bli lensmann på permanent basis. Hans Olav sa at det ble nok ikke så lange stunden, politimesteren hadde ymtet om at kontoret ville bli nedlagt og erstattet av en patrulje som hadde base på politistasjonen. Det ble hevdet at det var budsjettkutt og politireformen som gjorde at politistasjonen også sto i fare for å bli desimert.

Det ville nok ikke skje før denne intrikate saken var løst og tiltalene ble godtatt av politiadvokaten i Bergen. Det ville nok ta et par måneder sa han.

Else Hagmo hørte hva som ble sagt og ønsket Jonas god bedring og nevnte at hun skulle lodde stemningen om nedleggelse av lensmannskontoret og reduksjon av politistasjonen med leserne og kanskje danne en opinion. Det var tross alt befolkningen som ville ta støyten av reduksjonen.

Jonas takket for støtten og var glad for at noen våget å stå imot politikerne som ville sentralisere det hele.

Else mente fortsatte at Hans Olav fikk samle de få han hadde og informere de om hva som kunne skje med sentraliseringen og nedleggingen av dette kontoret og om tilstanden til gamlelensmannen i morgen den dag.

Etter middagen tok de kaffe og et stykke kake i sofaen. Det var lenge siden de hadde kost seg på denne måten. Else kunne se at Hans Olav senket skuldrene sine. Dette gjorde godt for han. Hun forsto at han savnet sin mentor, den gamle lensmannen. Hun savnet også en mann i huset, hun hadde vært alene de siste tre årene.

Han hadde en dråpe konjakk i skapet, den hadde stått der lenge, nå synes han at det var på tide med noe i glasset. Etter at han hadde holdt internmøtt og nærmest delegert ut oppgavene følte han at presset på han var redusert.

De satte på radioen og tente noen te-lys, og dempet belysningen. Det var utrolig hva koselig det ble når det var en dame tilstede. Han hadde sin egen bolig, men det var en dame som skapte et hjem. De skålte og satt tettere sammen. Else fikk følelser for han til tross for at han var noen år yngre. De skålte og da hun kysset han på kinnet takket hun for at de hadde en slik koselig kveld sammen. Hun merket nå hvor mye hun savnet det.

Da han la armen om henne og ga henne et kyss, følte hun at kun kunne høre hjerte sitt banke utenpå blusen. Else besvarte kysset hans og kom med et lite stønn og ble overrumplet over sin egen reaksjon. Hun nærmest krøp inn i armkroken hans og ga han et langt og fuktig kyss. Det virket som om hun hadde vekket noe i han, han ble merkbart affektert. Det var et år siden hans samboer hadde sagt takk for seg. Hånden hans tok hennes og hun førte han inn på den store sengen. Hun trang ikke å forsvare sine følelser for noen, hun bodde alene uten bånd til noen og hadde undertrykket sine egne følelser de siste tre årene. Nå følte hun blodet bruse i årene sine.

Begge higet etter nærhet, og de hadde sovnet tett omslynget. Han våknet først og det skulle ikke mye til før Else glippet med øynene. De ble liggende tett sammenfiltret en halvtimes tid til før begge gikk sammen i dusjen.

Else kjørte direkte til avisen, mens Hans Olav gikk innom kroa etter en bagett og et krus kaffe. På kontoret var de andre opptatt med de siste filene i systemet. Cecilie og Grete ville kjøre de til flyplassen i Førde med den nye bilen. Det ville ta nesten hele dagen før de var tilbake.

Hans Olav og Inger Johanne ville organisere arkivet, de ble ikke helt ferdige sist. Da ville han

240

også benytte tiden til å kladde ned spørsmålene han ville stille Edvin i det neste avhøret. Han ville holde seg til det han hadde av bevis. Da regnet han med at advokaten hadde mindre grunn til å kverulere.

Da Johannes Moberg ringte skulle han også hilse fra Monica. Han takket for bildene han fikk, de kunne benyttes i avhøret. Det var satt til klokka to i ettermiddag. Årsaken var at de måtte få en tolk som ikke hadde bånd til nettverket eller til advokaten. Advokaten kunne de ikke forkaste, han var oppnevnt av mennene. Hvordan de hadde kommet i kontakt med han var et stort spørsmåltegn.

Hans Olav mente at om han hadde tid så ville han sette pris på om han besøkte den gamle lensmannen, Jonas Engen, han var pasient på Haukeland Sykehus et par dager til. Johannes ville gjerne dersom tiden strakk til. Det var jo han som var offeret i etterforskningen av mordforsøket. Kanskje han rakk å ta en tur nå, det var fire timer til avhøret. Han måtte skynde seg og ville slå på tråden senere i kveld. Om alt gikk etter planen ville han komme tilbake i løpet av dagen i morgen.

Hans Olav ville ikke foreta et nytt avhør av Edvin Johannesen før Johannes Moberg var tilbake. Han mente det var viktig i første rekke å identifisere de som sto for innbruddet og mordforsøket, og som et godt nummer to, hvilke forbindelser som kunne knyttes til Edvin og Erik.

Det var i grunnen det samme med paret i femtiårene fra Filippinene, det var forbindelsen til Edvin og Erik han var opptatt av. Det var gode bevis i datasystemet, noe de ikke hadde etterforsket ferdig enda.

Det var en utfordring at Edvins tiltale var så mangesidig med så mange fasetter. Som regel ble en tiltale basert på et eller to av tiltalepunktene da man i Norge ikke hadde konsekutive straffe-rammer.

Hans Olav mente at han hadde behov for assistanse fra politiadvokat embetet med å ferdig-stille en tiltale som kunne bli fellende. Det kunne ta tid, og han håpet at ikke domstolene ville la han bli fristilt fra varetekt før etterforskningen og tiltalen var endelig.

Ved hjelp av politimesteren i Bergen og politidirektoratet håpet han at alt snakket om nedleggelse av lensmannskontoret ville stilne, i ihvertfall til denne saken var ferdig etterforsket og de mistenkte tiltalt.

Cecilie kunne merke på han at han var litt fraværende i blant, hun forsto at denne saken var komplisert og at det var så mye av andre ting som hadde med saken å gjøre som innvirket på han. Hun hadde så lyst til å bidra med å gjøre hverdagen hans noe lettere, men hun visste ikke riktig hva og hvordan hun skulle gjøre det. Det ville lett bli oppfattet som om hun la seg etter han, noe som ville stresse han enda mer.

Han Olav fikk en melding fra Else som en takk for en hyggelig stund med middagen. Hun ville besøke eiendommen igjen, også denne gangen med Bonzo og ta med redaksjonens kamera for å få den rette bakgrunnen for reportasjen. Det hun ville fotografere var hovedsakelig utvendig og kanskje enkelte detaljer innvendig. Han var velkommen til å være med dersom han hadde tid.

Det var ikke noe som umiddelbart sto på programmet, men det var kanskje godt å komme bort fra kontoret en stund for å reflektere i fred og ro om strategien videre. Johannes og Monica ville ikke være tilbake på kontoret før i morgen, og tenkte hvorfor ikke og bestemte seg for å bli med.

De tok den nye bilen, beemeren, da han var usikker på om de siste dagers nedbør hadde gjort stien sølete og ufarbar. Det hadde tross alt vært noe trafikk der oppe, særlig av politiet.

De stoppet ved huset, det var ikke måte på hvor mange bilder hun tok, hun mente det var mange fine detaljer som man ikke så på moderne boliger. Utvendig var det overgrodde åkerlapper som kunne trenge stell av sauer og geiter for å komme tilbake til fordums tid. Ikke så langt unna var det grense mot et vann, noe han ikke hadde lagt merke til tidligere. Hun lurte på om det var fisk i vannet, det så ut til å være stort.

Han satt seg ned på en falleferdig benk mens hun gikk inn. Det føltes avslappende bare å være med, tankene hans begynte å falle på plass. Nå begynte han å se på mulighetene og utfordringene, ikke

243

bare på problemene han sto overfor. Han ble smittet av kommentarene som Else så for seg i det gamle huset, hun så muligheter, ikke noe gammelt røkkel som sto til nedfalls.

Hans Olav hadde godt av denne turen, han fikk et nytt og endret syn på utfordringene han sto overfor. Han merket at han hadde vært veldig anspent i den senere tiden. Denne saken han hadde fått i fanget hadde utviklet seg til noe han følte at han ikke maktet.

Hun spurte om de hadde tid til å se på en av tømmerkoiene, hun var ute etter om det var noen spor etter de som hadde bodd der i gamle dager og av noen av tingene de brukte. Hvordan trodde han at de hadde fått ut tømmeret, og hva det ble brukt til. Hun mente det burde være spor etter sleder og muligens et sagbruk. Han var virkelig imponert av hennes entusiasme for noe som holdt på å rase sammen.

De fant fram til en av de originale koiene, hun sa at besøket hos Hans Olav hadde gjort henne utrolig godt og nå var hun full av energi.

De var der en times tid, og det var utrolig hva hun oppdaget og fotograferte. Bonzo ruslet rundt og snuste i de fremmede luktene. Det var tydelig at den kunne trives et slikt sted.

Det var mørkt før de kom tilbake, hun lovte at han skulle få se reportasjen og gi sine kommentarer før den gikk i trykken. Han var mer opptatt av eierforholdet og av hvem og hvordan Edvin

Johannesen hadde fått den tillatelsen han hevdet han hadde fått av en arving.

Cecilie synes han så bedre ut etter turen, hun hadde sine mistanker til hva de hadde gjort, hun var usikker på om de i det hele tatt hadde vært oppe i skogen. Uff, tenkte hun, typiske kvinnfolk tanker.

Hun hentet en kopp kaffe til han og ville fortelle litt om turen til Førde med IT folkene. Han fortalte på sin side at turen hadde gjort han godt, han hadde slappet av og blitt inspirert av Elses entusiasme og måten hun beskrev mulighetene for den gamle nesten falleferdige eiendommen.

Cecilie ble beroliget, hun følte at det var litt sjalusi i tankene hennes. Det hadde bare vært en hyggelig og avslappende tur de hadde vært på. Hun ga han en god klem og kysset han på kinnet før hun hentet en ny kopp kaffe til han og gikk til sitt.

Hans Olav var usikker på den oppmerksomheten han var gjenstand for i det siste. Hadde de lagt merke til at han var mentalt sliten og at de ville oppmuntre han for det han gjorde med kontoret og etterforskningen.

Etter å ha gått igjennom meldingene sine ville han ta kvelden, den friske luften oppe i skogen hadde gjort han godt. Han mente seg godt forberedt til et nytt avhør med Edvin. Kanskje de var på sin plass og kontakte sykehuset der sønnen Erik var. Han kunne jo ikke legges inn der midt i den pågående etterforskningen.

Han fant fram nummeret og fikk svar fra resepsjonen. Hun kunne ikke si så mye annet enn at han var innlagt som pasient og hun hadde taushetsplikt dersom han ikke var familie eller verge.

Cecilie hørte banningen hans og lurte på om han hadde skadet seg.

- Nei, langt derifra, men dette helvetes helsevesenet påberopte seg taushetsplikt og kunne ikke gi han en status på tilstanden til Erik Johannesen.

Hun forsto at det ikke skulle mye til for å uroe Hans Olav, han var virkelig stresset til tross for at han virket så rolig utenpå. Cecilie spurte om han hadde det godt og at han spiste sunn mat? Det ble mest hurtigmat fra kroa, to ganger hadde han hatt hjemmelaget, det var da Monica og Else hadde forbarmet seg over han. Egentlig hadde han ikke noe matlyst om dagen, en bolle med corn flakes var som regelen standarden.

Det mente hun var forståelig men langt fra den energien han burde få i seg. Dersom han ville, kunne hun gjerne hjelpe han med en middag.

Han takket men mente at det var ikke nødvendig i dag, men kanskje en annen dag?

Han var igjen tidlig på jobb, Grete hadde tatt bilen til Førde for å plukke opp Monica og Johannes, de ville ikke være tilbake før utpå ettermiddagen.

246

Han hadde gått hjem før de kom, det hadde vært en trafikkulykke som forsinket de i nesten to timer.

Johannes ringte ved ti tiden for å nevne at turen hadde gitt noen resultater, han ville ta det i morgen, det var ikke noe hensikt å gjøre det nå så sent.

Det var antagelig et skritt i riktig retning, det var å håpe at de hadde mer av det Edvin Johannesen kunne konfronteres med.

Det var kommet noe på mailen til Hans Olav da han åpnet lap toppen på kontoret. Det var et svar på DNA analysen fra kniven som etter alt å dømme ble brukt i angrepet på gamle lensmannen. Analysen hadde blitt sammenlignet med DNA til Erik Johannesen, og det ble fastslått at den ikke stemte overens. Det kunne i grunnen stemme overens med de observasjonene som de hadde fra overvåknings kameraene og til vitnene med kamera i bilen.

Han visste ikke om det var godt eller ikke, det var betryggede å vite at Erik Johannesen ikke var den skyldige. Politiet hadde ikke tålt en dom der han feilaktig hadde blitt dømt for drapsforsøk.

Ikke lenge etter kom Monica og Johannes, de fortalte at det hadde blitt sent før de var tilbake. Vestlandsveiene bød alltid på overraskelser. Det hadde vært en ulykke der en buss og en trailer hadde kollidert på et smalt sted og bussen, ekspressbussen hadde mange passasjerer som be evakuert av flere ambulanser og lege helikopter.

Veien var blokkert av biler på begge sider og det var et puslespill for ambulansene å komme frem til skadestedet. Traileren hang delvis over kanten og det måtte kraftige bergingsbiler til. De hadde også store utfordringer med alle bilene som hopet seg opp. Grete var en flink og tålmodig sjåfør, hun tok det veldig pent.

Det hadde blitt så som så med søvnen, han tror faktisk de dubbet av i bilen mens de ventet på at veien skulle åpnes igjen.

Etter litt kaffe og en bagett fra kroa, var de såpass at de kunne settes seg inn på møterommet for å utveksle nytt.

Først ville de hilse så mye fra gamlelensmannen. Det var uvurderlig for etterforskningen at de fikk kontakt med han før avhøret. Han hadde brukt tiden til å tenke i gjennom alle detaljene han hadde observert fra overfallet.

Han hadde forstått at det var eller hadde vært folk der inne, døra var brutt opp og det lå fliser fra dørkarmen på trappa. Bilen hadde han ikke bitt seg merke i, det var mange som brukte å parker der. Han synes han hørte lyder innefra da han åpne døra. Før han visste ordet av det lå han på bakken med et knivstikk i brystet. Det var muligens to menn der inne, han synes å erindre at de sa noen ord til hverandre før han svimet av. Han blødde veldig etter flere knivstikk. Han ble skjøvet vekk fra døra så de kunne komme seg ut, etter det var han borte til han våknet her på Haukeland Sykehus.

I avhøret ble mennene konfrontert med begge innbruddene. Det siste innbruddet var uomtvistelig de to da de ble tatt inne på lensmanns-kontoret mens de søkte etter noe. De innrømmet at det var en datainstallasjon de hadde fått ordre om å finne. Om ikke de fant det, skulle de tenne på å brenne ned hele bygget.

Det kom ikke så langt før de ble brutalt overfalt og holdt nede med et brutalt nakkegrep før de ble påsatt håndjern. Advokaten skrek opp om brutale politimetoder, det hadde vært tilstrekkelig å be de sette seg ned og avgitt en forklaring. De var jo der etter ordre og visste ikke riktig hva de skulle ta med seg.

Det første innbruddet husket de ikke noen detaljer fra, det var også utført etter ordre. Det var stjålet en veske som tilhørte noen som bodde oppe i et gammelt hus. Så ble de brutalt overfalt av en person som virket rabiat og hoppet på dem med en stor kniv. De måtte forsvare seg selv, de var redd for å bli skadet eller drept. Det skjedde i selvforsvar, og i bataljene ble hånden med kniven rettet mot overgriperen selv og dessverre ble han skadet.

De visste ikke hvordan de skulle varsle, de kjente ikke til hvordan det skulle gjøres her. De var turister som hadde planlagt å være her noen dager, det kan bekreftes at de fikk rimelig overnatting på eiendommen oppe i skogen imot å utføre noen tjenester.

Monica ville gjøre ferdig notatene, renskrive de og legge det inn i en rapport. Det samme ville Johannes gjøre men han ville ta det overordnede sammen med samtalen med gamlelensmannen. De ville nok holde på utover dagen.

Hun mente at hun på vegne av Kripos ville holde på med denne saken helt til en tiltale var ferdig og godkjent av politiadvokaten.

Hans Olav måtte revidere spørsmålene han hadde forberedt for Edvin Johannesen. Johannes ville være med som bisitter i et nytt avhør. Han følte at om han stakk kniven i han, ville Johannes være den som vred kniven rundt i såret. Det var selvfølgelig en metafor. Hans Olav mente at de ikke kunne bli noen avhør før tidligst i morgen.

Else hadde sendt sitt forslag til en artikkel om eiendommen oppe i skogen. Den var stilet nærmest som en historie om en svunnen tid og kunne sikker favne om mange slike nedlagte bruk over hele landet. Det var i tiden da mange, særlig ynge og entusiastiske par ønske seg et nedlagt småbruk som fritidshus eller som en bolig, helst etter at bygningene var renovert.

Det han var mest interessert i var om hun hadde funnet ut av eierforholdet. Det var et langt avsnitt om den gang bruket først ble etablert og fulgte sporene så å si helt til våre dager. Hvordan hun hadde funnet ut av det var for han uforståelig, tydelig var det at politiet hadde behov for media i perioder for å ettergå spesifikke saker.

Hun hadde kontaktet museet, gamle arkiv, og hatt intervju med gamle mennesker som hadde kjent til deler av historien. Tømmerdriften og plantingen av sitkagran var også nevnt. Hun hadde endog fått kontakt med en slektsforsker som også hadde en del informasjon. Han synes det var prisverdig av Else å lage en slik reportasje. Slike ting var nødvendig å ta vare på. Det er en del av vår kulturarv.

Han hadde behov for å få verifisert det nåværende eierforholdet, det håpet han å få til før det neste avhøret. Da ville han konfrontere Edvin Johannesen og få bekreftet om det var et innbrudd og husokkupasjon, eller et reelt leieforhold.

Else ville stikke innom med det bakgrunns-materialet hun hadde funnet ut av. Om det passet i ettermiddag, hun måtte se til at avisen gikk i trykken først. Det passet bra, da var sikkert Monica og Johannes godt i gang med sine rapporter også.

Hans Olav tok en telefon til gamle lensmannen. Nå sto han på farten til å flytte til et sykehjem for rekonvalesens nærmere hjemstedet. Fremdeles var han svak, og han hadde blitt fortalt at det nok ville ta tid før han var tilbake på arbeid. Hans Olav mente at det kunne hende at politimesteren hadde fått viljen sin og lagt ned lensmannskontoret før han var tilbake. Det synes han ville være leit, men som de sa i Amerika, 'you cannot fight city hall'.

Plutselig sto Else der, hun tok de med inn på møterommet og begynte å legge frem hva hun hadde kommet med om eierforholdet til eiendommen. Hun sa det var viktig også for hennes egen del, hun kunne godt tenkte seg å benytte stedet som en fritidsbolig for seg og hundene.

Hans Olav verket, kunne hun ikke komme til saken, han ga vel blanke i hele historien bare han fikk verifisert hvem den nåværende eieren var.

- Nåværende eier overtok eiendommen i 1963, over femti år siden ifølge eiendomsregistret. Det var en direkte arving etter familien som grunnla bruket i 1860 årene. Damen, Olaug Aronsen var enebarn, ugift og hadde ingen livsarvinger. Jeg sier var, siden hun døde i 1989. En advokat som sto for avslutningen av hennes eiendeler opprettet et fond i hennes navn. Fondet ble disponert av den lokale banken, dessverre er filialen nedlagt og flyttet etter at banken ble med i en av sparebankgruppene. Der fant jeg statusen som ble benyttet i reportasjen.

Else hadde kontaktet banken og kommet med et tilbud om å overta eiendommen til en symbolsk sum. Banken var i grunnen glad for tilbudet og ville legge det fram for styret som hadde med ansvaret for fondet å gjøre. De hadde i alle årene etter at Olaug døde betalt alle utgiftene for eiendommen, og nå var tilgangene så godt som uttømt. De mente hun kom i grevens tid.

De stilte seg uforstående til at eiendommen var bebodd og benyttet til kriminell virksomhet. Ingen som hadde med fondet å gjøre hadde mottatt noen

252

henvendelse om å leie eiendommen. Ikke visste de hvordan denne Edvin Johansen hadde fått nyss om at det var en gammel eiendom der husene sto nærmest til nedfalls.

Hans Olav ga Else en god klem som takk for at hun hadde forsket i eiendomsforholdet selv om det var i hennes egeninteresse. Han synes det var prisverdig sammen med Monica og Johannes at det var noen som så verdien i en slik eiendom. Det var sikkert mange tusen slike steder over hele landet som inneholdt mye lokal kulturhistorie som virket glemt for dagens slekter.

Det var i grunnen verdifull informasjon å bringe til torgs i avhøret med Edvin Johannesen. De satte seg ned for å se igjennom hva de hadde i rapportene og hva Hans Olav hadde foreslått av spørsmål.

Da de kom til stedet der Edvin satt fengslet, var advokaten allerede der. Det virket som om han var fyrt opp av noe, hva kunne verken Hans Olav eller Johannes forstå. Kanskje han bare hadde en dårlig dag, det var jo langt fra beste vestkant i Oslo og hit til det han omtalte som et gudsforlatt sted.

Det affiserte dem ikke det minste. Han skulle nok få noe å tenke på dersom han ville at klienten hans skulle frikjennes slik at han kunne komme hjem til det han omtalte som sivilisasjonen. Her forsto de seg ikke på komplisert juss.

- Nå håper jeg at du erkjenner de faktiske forhold. Det er åpenbart at du fikk tips om denne eiendommen da du satt fengslet i en bedragerisak sammen med en som kjente til et slikt gudsforlatt sted.

- Det er ikke riktig, dessuten har jeg aldri vært fengslet, og slett ikke i en bedragerisak. Derimot har jeg blitt svindlet av flere som har anmeldt meg for bedrageri.

- Se her, min gode mann, dette er strafferegisteret til Edvin Johannesen. Det et to fulle A4 sider. Du er en notorisk svindler med mange alias. Oskar Andreasen er et av disse.

- Det er falske beskyldninger du kommer med.

- Kan du si hvem du har fått tillatelse av til å benytte eiendommen oppe i skogen?

- De raker deg ikke, jeg har ikke gjort noe galt og har ikke noen grunn til å fortelle deg noen ting.

- Jeg vet hvem som står som eier og det er ikke meg bekjent gitt noen tillatelse til å bruke eiendommen. Jeg føyer til innbrudd og hus-okkupant i tiltalen din.

Johannes fortsatte med sine spørsmål.

- Det virker som om du har fått en av de dyreste advokatene som forsvarer, hvordan har du fått midler til det. Er det en av de du har truet med å offentliggjøre kompromitterende materialer om?

Advokaten reiste seg og sa i fistel at dette ville han ikke finne seg i. Det var ikke han som sto tiltalt på noen måte.

- Se her, dette fant vi på serveren til din klient, du er i en het omfavnelse med en tenåringsgutt. Du har blod på bokseren og gutten blør fra der du har penetrert han. Du er riktignok ikke tiltalt for dette, men din klient viser tydelig hva type menneske han er.

Advokaten falt sammen, ble hvit i ansiktet og var nær å besvime. Vakten kalte inn medisinsk personell for å se til han. Avhøret ble selvfølgelig utsatt i minst en time i håp om at advokaten kunne fortsette. Hans Olav fikk en annen lokal advokat til å overta for å fortsette avhøret. Han var på huset og måtte ha tid til å konferere med sin nye klient.

Tiltalen ble utvidet til å gjelde trusler og utpressing av advokaten. Edvin bare satt der som om ingenting hadde skjedd. Han virket fullstendig upåvirket av det hele, som om det ikke affekterte han det minste.

Johannes og Hans Olav kikket på hverandre og tok seg en pause for å vente til den nye advokaten var klar.

De rakk en kopp kaffe mens de ventet, det virket ikke om den førte advokaten var i stand til å fortsette. Han var fullstendig knust. Han ble sendt til en lege da pleieren mente han var på grensen til en fullstendig kollaps og var redd han var suicidal. Legen undret på hva Hans Olav drev med, dette var den tredje personen han måtte sende til Psyk i Førde.

Johannes ristet på hodet, og sa det var typen forbrytelser som denne arrestanten drev med som var årsaken til dette.

- Nå er pausen over. Hva faen er det for lags terror du driver med. Det virker som om du er en helvetes psykopat uten følelser for andres lidelser. Nå tar vi for oss knivstikkingen av den gamle lensmannen. Det var noe som du satt i gang for å stjele bevis fra lensmannskontoret. Vi har fellende bevis. Om du erkjenner eller ikke, er det en vesentlig del av tiltalen mot deg.

- Bare tull, jeg har ikke noe å gjøre med dette i det hele tatt,

- De to karene har erkjent fakta, selv om de for tiden mener det er selvforsvar er det stikk i strid med skadene til den gamle lensmannen. Du sitter i klisteret. Det er ikke mer å snakke om. Så er det den filippinske forbindelsen der du var i ferd å organisere fiktiv adopsjon av barn for å tilfredsstille dine kunder. Det er bevist, damen du har som koordinator er også innlagt på Psyk, også suicidal. Hele registeret av dine kunder er i vår besittelse.

Edvin begynte å innse at imperiet hans hadde begynt å slå sprekker. Det virket som om han forsøkte febrilsk å finne en måte å komme unna med å skylde på andre, også sin egen sønn. Han hadde forberedt seg på en slik mulighet, det var derfor han hadde fått erklært sin sønn hjerneskadet med seg selv som verge. Nå hadde en guttunge av en lensmann ødelagt hele opplegget hans og ved hjelp av en erfaren etterforsker plukket det hele fra hverandre.

- Jeg nekter videre avhør, dere har sørget for at min sønn er til observasjon og min advokat er på det samme stedet. Hva faens brutale regimer er det dere utøver. Dere ødelegger folkene mine fullstendig med fiktive påstander. Det er trofaste medarbeidere i min legitime forretning. Det er dere som har ødelagt det hele for meg. Jeg er fullstendig uskyldig.

- God tale, du får trene på dette fram til tiltalen er godkjent. Vi sender deg til Bergen for å kjøre saken videre. Du får oppnevnt en ny advokat der, den du har truet til å representere deg blir på galehuset en stund. Det er din skyld.

- Jeg nekter, dere har ingen grunn til å sende meg til Bergen.

Johannes ristet på hodet, han regnet med at nettverket fra mafiaen i Transnistria ville finne han og forlange pengene sine.

Edvin ble påsatt håndjern og tatt med tilbake til cellen sin. Johannes ville spørre om en kopi av videoen fra avhøret. Han håpet for guds skyld at de hadde tatt video av avhøret.

Det var en ambivalent stemning i bilen under hjemturen. Hadde de lykkes, eller var den like fastlåst. Johannes mente at de hadde fått til et gjennombrudd med sine bevis. De var uimotståelig mente han. Det de manglet var en bombesikker forbindelse mellom Edvin og de to innbruddstyvene. Kunne det på en eller annen måte bli bekreftet at det var Edvin eller også Erik som hadde bestilt innbruddet ville det være den berømte spikeren i kista for Edvin.

Hans Olav savnet funnet av en mobiltelefon som tilhørte mennene, han undret hvor i helvete den var og om han hadde oversett den fullstendig. Den ville inneholde det han var ute etter dersom ikke ordren var fremsatt muntlig. Det var fåfengt å kalle inn mennene som vitne i en rettsak mot Edvin. De hadde i grunnen ingenting å tape på det men alt å vinne om de vitnet under ed. Det kunne i tillegg ta fokuset bort fra mafiaen dersom de kunne bevise at det var Edvin som hadde satt det hele i gang. Om han i tillegg hadde nektet å betale for deres tjenester var det en kjent måte å sette han ut av drift på. Da slapp de å ta livet av han. Det kunne noen i fengslet gjøre for dem.

Nå fikk de ta kvelden, begge var trøtte, Johannes hadde nesten ikke sovet i natt, og Hans Olav hadde ligget og tenkt på dette avhøret de hadde vært igjennom. Det ble smått med mat i kveld igjen. Kanskje han skulle gjøre som Cecilie hadde foreslått for han, spise en hjemmelaget middag sammen.

Det var ikke nei i hennes munn, hun ble med for å handle noe til middagen og satte i gang. Maten var kjempegod, han var ikke klar over hvor mye han savnet hjemmelaget middag og en å spise middag sammen med. Cecile var glad han likte maten, hun hadde nesten ikke laget noe middag til seg selv etter at hun ble overført til lensmannskontoret.

258

Han satt på vannkokeren for å lage en kopp te, og fant frem en pakke kjeks. Det så litt spartansk ut, men han brukte verken å lage middag eller kose seg med noe etterpå. Det ble gjerne noen biter sjokolade.

Hun storkoste seg, egentlig synes hun han var kjekk og veldig fin å arbeide sammen med. Begge visste at det ikke var greit å omgås både på arbeid og utenom arbeid. Det kunne lett bli gnisninger i et lite miljø på kontoret.

Hun la hodet på skulderen hans, det var mest for at han skulle falle til ro, og ikke minst for å skjule at hennes hormoner begynte å reagere.

Hun forsvant på badet for en rask dusj og hadde funnet en bokser og te-skjorte som lå der. Han smilte og gjorde likedan før de forsvant inn på soverommet. Hun ble overrumplet av sine egne følelser og ikke minst av hormonene som bruste. Det var langt fra dette hun hadde i hodet med middagen, kanskje noen klemmer og et kyss og en avtale til.

Grete kikket på henne da de kom sammen på kontoret. Hun tenkte sitt, hun var kvinne og kunne se de små tegnene. Hun tenkte at det var henne som skulle ha laget den middagen.

Hans Olav sa at første prioritet nå var å finne mobiltelefoner, fra Edvin, Erik og de to innbruddstyvene. Saken kunne briste eller bære med innholdet i disse. Han mente de godt kunne reise opp igjen dersom det var noen steder de kunne finne mobiler. Cecilie fikk se til å gjennomsøke bilene en gang til, gjerne med Grete før begge dro opp til eiendommen igjen. Husk å ta med kommunikasjonsutstyr og ekstra håndjern. Han forventet ikke at det var noen der, men det var godt å være forberedt. De fikk ta V70'en.

Johannes og Monica synes det var en god ide å ta en ekstra kikk, mobilene var meget viktige. Særlig for å få en forbindelse mellom mennene og Edvin eller også Erik. Hans Olav ville gå igjennom alt de hadde beslaglagt en gang til, en mobil var lett å stikke unna.

Nattbordet og skuffeseksjonen sto for tur. Alle skuffene ble indersøkt igjen og tatt ut. Det var nesten uvirkelig. På undersiden av den øverste skuffen var det tapet fast to mobiltelefoner. Det var ikke godt å vite hvem de tilhørte etter hva nummer de hadde. Han fisket ut sim kortene for å undersøke hvem teleoperatør de var tilsluttet.

Helvete, begge damene var borte. Han fikk Inger Johanne over, hun kunne finne ut av det. Han fortsatte med alle skuffene. Nattbordet sto for tur, der var han heldigere, på undersiden hang det en liten pose av tøy. Han bannet fordi han hadde oversett dette. Posen inneholdt to minnebrikker og et sim kort. Johannes synes at den første undersøkelsen var lemfeldig og mangelfull, han unnskyldte det med mangel på erfaring. Han innrømmet at det var ikke mange som hadde oppdaget dette på første undersøkelse. Da var adrenalinet på topp og tilfredsstillelsen av å finne viktige bevis gjorde sitt til at han var fornøy med det.

260

Men hvordan i helvete kunne de gå videre med det de fant? Hans Olav mente at de kunne starte med å lade mobilene. Det måtte gjøres okke som. Så fikk de heller vente til damene var tilbake, engang sent i kveld. Johannes hadde ikke noe Orakel svar så han bare nikket et samtykke til det Hans Olav mente.

Monica hadde slengt seg med damene, hun ville se en gang til om hun kunne finne spor som kunne lede til mordforsøket på gamlelensmannen.

Det ble gjort et forsøk på å tyde minnebrikkene i Hans Olav sin lap top. Det var selvfølgelig passord beskyttet. Han ville ikke engang gjøre et forsøk. Det var mulig at passordet var å finne blant en av filene på serveren. Det fikk han vente med til Grete var tilbake. Johannes hadde ingen ide om hvordan det gikk å hacke seg inn heller. De var nesten like blanke begge to. Det de var enige om, var at det måtte sikkert ha en betydning, Ellers hadde det ikke vært nødvendig å skjule det.

Det ville holde de i vigør ut dagen. Sim kortet ble forsøkt i Hans Olav sin private mobil, han turte ikke å benytte politiet sin til en slik undersøkelse. Han visste at utenlandske teleoperatører ikke brukte å passord beskytte sim kortene, det var en typisk norsk greie.

Nå var de spente, det var ikke godt å si hvem av dem som var mest spent. Før han rakk å prøve ringte det i hans politi mobil. Else ville ta en tur om det passet, hun hadde ikke hørt tilbake om hennes forslag til en reportasje og redaktøren hadde ledig plass i avisen i den neste utgaven.

- Joda, det passer bra, bare kom en tur. Jeg er her med Johannes Moberg og vi gjør et forsøk på å gå igjennom beslagene.

- Ok, jeg tar med noen krus med kaffe og noe å bite i. Er der om tyve minutter.

Det passet bra å ta en pause, han viste Elses forslag til Johannes. Han synes faktisk at hun hadde fått med ganske mye om eiendommen i reportasjen sin. Det var virkelig imponerende. Det han så var noe gammelt røkkel uten sjarm og var egnet til å brennes ned.

Hans Olav synes reportasjen var fin, den ville ikke sette kjepper i hjul for etterforskningen, den var ikke nevnt med et ord. Det var prisverdig å lage en historie som kunne passe til ethvert nedlagt bruk, det kunne bli mange etter hvert dersom leserne fattet interesse for det. Johannes var også imponert.

Hun ble fortalt at bildene fra bilkameraene hadde en voldsom effekt i avhøret med de to mennene. Nå holdt de på med å finne noen koblinger mot Edvin Johannesen, men kunne ikke åpne det de hadde. Else mente hun kunne gjøre et forsøk, hennes avdøde samboer hadde lært henne noen triks. Han hadde lært det i forsvaret. De måtte kunne det i Irak og Afghanistan.

Johannes var skeptisk, skulle de gi en reporter adgang til slik sensitiv informasjon? Han mente at det kunne lekke ut i media og ødelegge for etterforskningen. Han lot henne til nød prøve seg på en minnebrikke dersom hun lovet å ikke benytte det i avisen. Else minnet han på at det hun hadde gjort tidligere hadde hjulpet etterforskningen, og han måtte huske at det var hun og hundene som hadde oppdaget det som endte opp med denne forferdelige saken.

Else bedyret at det kom ikke på tale å underminere etterforskningen. Det hun hadde skrevet var etter avtale med Hans Olav, og det var til hjelp i etterforskingen.

Hun holdt på et kvarters tid før hun smilte opp og mente hun hadde greid å åpne brikken. Det viste seg at det var mange filer, ikke alle var på norsk. Johannes fikk æren for å bestemme hvilken fil som skulle åpnes.

Filens innehold var en mengde navn og adresser, det var ikke godt å si hva og hvem som var listet der. Hun scrollet listen for om mulig å kjenne igjen noen navn. Hun visste at de hadde taket på advokaten og ventet å finne hans navn på listen. Det gjorde de, navn telefonnummer og mailadresse.

Hans Olav fikk peke på en annen fil, den ble åpnet og inneholdt en mengde bilder. Det var nesten avskyelig, bisarre bilder av menn med unge barn. De kjente igjen bildet av advokaten, det samme som hadde blitt kopiert fra serveren.

I det samme kom damene tilbake fra besøket fra eiendommen i skogen. De hadde også funnet noe som var oversett i ransakingen. Det hele var grotesk, at slikt hadde forekommet under radaren til politiet var helt utrolig.

Både Hans Olav og Johannes mente at dette var nærmest sprengstoff og hadde ingen ide om hvordan de skulle ta det videre.

Johannes mente de fikk ta det med til Bergen og diskutere det med politimesteren og påtale-ansvarlig advokat. Else bedyret at hun ikke ville skrive et ord i avisen om dette funnet.

Hans Olav visste ikke hvordan de skulle beskytte dette, lensmannskontoret var ubemannet utenom kontor tiden og det hadde vært to innbrudd allerede.

Monica forslo å kopiere det til Kripos og Johannes ville sende det til IT i Bergen før de ga seg for kveden. Cecilie og Grete fikk ta det til Bergen og Monica tok det til Kripos. Det var ikke ferdig før klokka to på natten.

SKRIKET

Kapittel 12

Hans Olav mente at han fikk overnatte på kontoret i natt og Cecilie meldte seg frivillig å tilbringe natten her sammen med han. Monica, Grete, og Johannes fikk hver sin kopi av brikken. Det andre som de enda ikke hadde fått åpnet låste Hans Olav ned i det brannsikre arkivskapet.

Cecilie bestilte pizza til alle sammen som en avslutning på dagen. Ingen av de trodde at de ville få sove i natt. Dette var mer enn hva en politiaspirant ville oppleve, selv Monica og Johannes hadde ikke vært i nærheten av noe slikt tidligere.

Det de enda ikke hadde funnet var en forbindelse fra innbruddstyven til Edvin Johannesen. Det var en stor oppgave å gå igjennom alle elektroniske spor de hadde funnet. Det ville nok ta tid, et alternativ var å flytte det hele til Bergen og få hjelp av IT avdelingen til politiet, eller å få tilbake de to som var overført til lensmannskontoret tidligere. Det fikk de vurdere i morgen. Nå var det sent og det var hentet to luftmadrasser og noe sengetøy for i natt.

Johannes mente de måtte kontakte han dersom de oppdaget noen mistenkelige aktiviteter utenfor i løpet av natten. Cecilie synes det virket som en episode av en krim serie på Netflix, hun levde seg inn og følte seg som en av skuespillerne. Hans Olav mente at dette var virkelighet, her gikk ikke an å slå av TV'n og legge seg.

Det hadde en skrivebords lampe på, slik at det ga inntrykk av at det var noen på arbeid i natt. Det tok lang tid før de sovnet. Cecilie dro sin madrass helt inntil Hans Olav sin og klenget seg til han. Hun var forbauset over sine følelser, var det spenningen eller var det hormonene hennes som gjorde utslaget?

Han likte oppmerksomheten hennes og ville for all del ikke skyve henne unna, han ville ikke gi inntrykk av at han ikke tok frykten hennes på alvor. De sovnet i hverandres armer. Det var heldigvis ingen som hadde gjort forsøk på å bryte seg inn mens de holdt vakt inne på lensmannskontoret. Det var muligens nok å ha litt lys på inne, og kanskje en radio med litt musikk for å gi inntrykk av at det nå var bemannet 24/7 i en periode.

Johannes hadde tenkt mye i natt og hadde ikke fått noen god søvn. Han mente de fikk først undersøke hva damene hadde med seg fra skogen, om det var noe som kunne spores tilbake til Edvin Johannesen.

De var litt senere på arbeid i dag, egentlig hadde de vært i aktivitet langt utover arbeidstiden hele uken og nå hadde de nærmest forsover seg i nesten en time.

De trodde selv at det de hadde tatt med ville ha innvirkning på saken. Det var et nettbrett de fant under en madrass. Det var en IPad, men de hadde ikke passord og kunne ikke åpne den. For sikkerhets skyld tok de den med seg. De trodde at den tilhørte en av de unge damene, det var i den sengen de oppdaget den unge damen som var tapet fast. De kunne hacke den eller ta den med til der de unge damene var innkvartert for at den rette eieren kunne fortelle hva den inneholdt. Den eller de som hadde gjemt den hadde sikkert vært livredde for at den skulle bli oppdaget.

Johannes synet at denne saken hadde utviklet seg til de grader bare etter at han ble satt på saken. Nå ville han diskutere hvordan de best kunne nøste opp de forskjellige aktivitetene. Det var i grunnen merkelig at det kun var en person, Edvin Johannesen, som hadde holdt styr på alle aktivitetene alene. Det måtte være flere involverte, mente han. Når de skulle nøste opp disse aktivitetene var det behov for flere grupper i politiet.

Den neste var å gå igjennom filene på minnebrikken, det fikk Grete lede. Den andre brikken var ikke åpnet, antagelig var også den passord beskyttet, mobilene de fant likeså. Sim kortet hadde de heller ikke kunnet åpne.

- Hvordan i helvete skal vi greie å ta oss av dette, det er jo massiv informasjon og vi er bare fem. I tillegg har vi serveren og dataen fra den tredje tømmerkoia. Varetektstiden er snar historie og Edvin må settes fri. De fire karene likeså, vi vet jo ikke om de har begått noen forbrytelser, to ble tatt da de for utfor veien, det to neste befant seg i huset. Så har vi paret i femtiårene, hva faen skal vi gjøre med alt dette?

Hans Olav begynte å miste roen, han hadde greid seg bra, men nå mente han at de sto overfor en formidabel oppgave.

Monica tok utfordringen, hun mente at overfallet på lensmannen snart var ferdig etterforsket. Hun ville begynne med en tiltale, det ville sikkert ta bortimot en uke. Skrivehjelp kunne hun få av Inger Johanne Kristiansen fra kommunen. Koordineringen med påtaleansvarlig i Bergen ville hun ta seg av selv.

Cecilie ville gå igjennom serveren for å identifisere mer som kunne tilskrives Edvin Johannesen eller sønnen. Johannes mente at de hadde nok på han til en tiltale, hva mer de fant, ville ikke gi han større strafferamme. Det viktige nå var å forme en tiltale før han slapp ut av varetekt. Det kunne Hans Olav og Cecilie begynne med.

Hackingen av det siste de hadde av beslag kunne han få de samme IT folkene fra Bergen til å

268

komme tilbake for å gjøre. Det viktige der var hva som kunne føres tilbake til Edvin Johannesen og til sønnen, Erik.

Hvem var det som hadde bedt Erik å komme til lensmannskontoret for å hente vesken i søppel kontaineren. Var det faren eller var de de to som gjorde innbruddet?

- Sett i gang, det er en ordre, kom det fra Johannes. Han var kjent med å lede kompliserte etterforskninger fra sin tid som etterforsker ved Bergen politistasjon.

Hans Olav var glad for at trykket på han minsket, selv visste han ikke verken ut eller inn nå som saken hadde åpnet med så mange fasetter.

Det åpnet for en hektisk aktivitet, det ble kø med datasystemet inntil det ble kopiert ned på flere lap topper.

Hans Olav gikk for å hente bagetter og kaffekrus, frokost var det så som så med og det var ikke lenge til lunsj.

Else ringte på mobilen hans og sa at avisen hadde fått gode tilbakemeldinger om reportasjen hennes. Hun hadde også fått en positiv tilbakemelding om kjøpet av eiendommen. Om hun var villig til å ta over og utvikle stedet skulle hun få det for en symbolsk sum av en krone. Da måtte hun ta over alle avgiftene, eller retter sagt alle utgiftene, på eiendommen. Nå svevde hun oppe i skyene.

Hans Olav mente at eiendommen var avstengt av politiet til etterforskningen var ferdig, men hun var fri til å reise opp og planlegge overtagelsen. Det som sto igjen av de to Honda strøm-aggregatene og satellittantennene ville tilfalle eieren av eiendommen. De var anskaffet av penger fra kriminell virksomhet og ville bli konfiskert.

Hun ble veldig glad, og følte at hun var i gang allerede. Da kunne hun innrede et hjemmekontor i det gamle huset og sitte der med manuskriptet sitt. Neste gang han skulle opp ville hun spørre om å få være med.

Hans Olav håpet at han var like heldig med denne etterforskingen, det var motbakke hele veien med det han holdt på med.

Teamet var glade for bagetter og kaffe, de tok seg tid for en 'time out' og satt seg ned på møterommet.

Johannes mente at de snart sto foran et gjennombrudd, det viktigste var saken med mordforsøket på gamle lensmannen. De kunne ikke forlate saken før det var løst.

Han mente at disse slibrige sakene som kom fram med trusler og utpressing var andre prioritet. Gale var det også at faren hadde fått diagnostisert sønnen sin som hjerneskadet for å redde sitt eget skinn. De var temmelig alvorlig. Da var legen sentral i den aktiviteten. Det var i grunnen et konsentrat av det hele utenom mordforsøket. Han foreslo at det var den saken som skulle representere alt av andre prioriteten.

Tredje prioritet var alt om det filippinske paret og skjendig av barn på landsbygda på Filippinene og hva de hadde truet advokaten med. Den omtalte adopsjonen av barna hadde ikke kommet i gang og var ikke prioritet.

Saken med de unge damene synes løst, de var tatt vare på av helsevesenet og utlendingsdirektoratet. De to mennene som endte opp i granleggen kunne kobles til damene og tiltales for menneske-smugling. Damene kunne vitne dersom de ikke utsatte seg og familien for represalier av mafianettverket i Transnistria.

Dersom de i det hele tatt skulle greie å lage tiltaler med håndfaste bevis slik at de kunne få til å få dømt de impliserte, fikk de konsentrere seg om denne fremgangsmåten, mente Johannes. Det kunne ikke pådømmes lenger straff dersom de tok med alt i tiltalene. Det vil bare gjøre tiltalen altfor komplisert og forsinke saken med opptil et år.

IT folkene ville komme til Førde i ettermiddag og de trang en frivillig til å hente dem. Inger Johanne meldte seg til å hente de, men det måtte være en politi for å kjøre den uniformerte bilen. Valget falt på Cecilie. Hans Olav synes det ikke kunne være borte to stykker hele dagen, dersom hun ikke kunne reise alene, fikk IT folkene ta ekspress-bussen. Det var i grunne like raskt og den gikk fra flyplassen og helt til politistasjonen. Da var det en enkel sak å hente de der.

De ble enige om å gjøre det på den måten, de hadde mer enn nok å henge fingrene i her på kontoret dersom de hadde et håp å komme med tiltaler i løpet av de neste to til tre ukene. Cecilie ble bedt om å finne en bussavgang som passet og informere gjestene hvor de kunne ta bussen fra. Dersom hun fikk ankomst detaljene kunne hun booke buss billettene herfra.

Klokka var nesten seks på kveden før Jon Erik og Renate kom, det fikk så vidt se hva de skulle hacke seg inn på før de forsvant bort til hotellet.

Hans Olav og Cecilie ville fortsette til sene kvelden, de skulle overnatte på kontoret i natt igjen og det var lite annet å gjøre. Madrassene ble lagt frem og lyset på den ene skrivepulten ble stående på. Cecilie hadde funnet fram en serie på Netflix som hun delte med Hans Olav på padden sin. De sovnet før episoden var ferdig.

Det hørtes noen utenfor, Hans Olav gikk bort til vinduet, og oppdaget Else Hagmo som luftet Bonzo. Det var betryggende at det ikke var noen andre, kanskje han skulle spørre om Bonzo kunne fungere som en vakthund på natten. Da slapp de å sove der.

Han åpnet døren og ropte henne inn. Bonzo kjente han igjen og slikket hånden hans. Else ble forskrekket da hun forsto at det var på grunn av faren for innbrudd at de hadde vakt inne på natten.

Det var greit for henne at hun lot Bonzo være der med dem. Else hadde gåtte en lang tur med den og lot hunden være der mens hun gikk hjem.

Cecilie våknet av praten og kjente godt Bonzo etter turene til eiendommen. Hun mente at de kunne være der i natt, men at hunden holdt vakt alene fra i morgen.

Bonzo fant seg til rette og la seg på et teppe som Cecilie fant fram. Det var det hun hadde tenkt å ha over seg dersom det ble kaldt. Nå ville hun varme seg tett ved Hans Olav dersom det ble kaldt.

De hørte ikke et knyst fra hunden, den lå helt rolig på teppet. Det ville ikke ta lange tiden fra lukten hennes overskygget Cecilie sin duft.

De sovnet tett sammen, hennes hormoner var ikke så aktive i kveld. Til det var hun for trett.

De lå lenge og morra seg etter at de våknet. Hans Olav trodde han døset av igjen og våknet ikke før Bonzo slikket han i ansiktet. Den la seg på siden av han oppå luftmadrassen. Det ble lite plass igjen til han selv så han la seg nesten bort på Cecilie sin madrass, noe hun slett ikke hadde noe imot, hormonene hennes var i full aktivitet.

De kunne ikke gå hjem for morgentoalettet før de andre kom. De hadde nok fått sjokk av å bli møtt av en knurrende vakthund. De visste ikke om arrangementet som Hans Olav og Else hadde gjort i løpet av natten.

De nyankomne tok godt vare på Bonzo, mens Cecilie og hans Olav var borte en times tid. Else ville komme for å hente den og sette den i hundegården sin. Hun var glad for at den kunne bidra som vakthund.

Johannes benyttet tiden med noen instrukser. Hver dag klokka to skulle de samles og komme med sine funn, det samme klokka fem, før de gikk for dagen. Han ville vurdere hva de kom med og hva en tiltale burde inneholde av bevis. Han mente oppriktig at de hadde tilstrekkelig bevis, nå måtte de konsentrere seg om tiltalen. Han hadde bedt om en advokat fra Bergen politistasjon til å bistå med tiltalene. Det var en omfattende sak og de måtte være sikre på at tiltalen ville føre til en dom.

Klokka nærmet seg to og de kunne begynne med dagens første samling.

IT hadde hacket mobilene. De holdt på å gå igjennom meldingene nå. Det var listet nummer fra mange samtaler uten at det var identifiserte noen av eiere til nummerne. Grete var usikker på hvilke av telefonene som Edvin Johannesen var registrert med. To mobiler hadde betalingskort og de var ikke registrert på navn. Renate holdt på å sjekke med nettverket hvor og av hvem kortet var kjøpt.

Ipad'en som ble funnet under madrassen var også hacket, innholdet var på et språk med kyrillisk skrifttegn. De måtte de ha en tolk til å oversette. Alternativet var å kontakte den av damene som var eier av padden. Grete ville ta seg av det.

Tiltalen mot Edvin Johannesen hadde Cecilie begynt med samen med Hans Olav. Det var laget en fil med bevisene de mente var sikre. Det ville fortsette å vurdere om ny informasjon ville være av en slik art at det kunne inkluderes.

Det trodde de hadde en liste med brukere til strømmingen av de filippinske barna. Det kunne være avgjørende bevis for å koble det filippinske paret mot Edvin Johannesen og eventuelle bank innbetalinger fra brukerne. Det ville også kompromittere brukerne, noe Johannes mente at det fikk sannelig noen andre ta seg av.

Johannes var ganske sikkert på at innholdet i serveren og datamaskinen de fant i tømmerkoia ville gjøre sitt til at videre etterforsking ville bli gjort. Han mente at de ikke kunne gape over alt herfra. De hadde verken bemanning eller ressurser til det. Han mistenkte at han ville bli involvert på en eller annen måte når han kom tilbake til Bergen.

Cecilie og Grete kunne ikke fatte at de var med på dette, det var ti reiser bedre og mye mer lærerikt enn den introduksjonen som ble avbrutt. Tenk om de kunne bli overført til Bergen og delta på videre etterforskning nå som de kjente til saken? De andre kullingene deres var misunnelige, de regnet med at det ville gå år og dag før de fikk være med på noe slikt.

Det banket på døren rett før de skulle møtes til dagens siste oppdatering. Det var advokaten som kom. En yngre kvinnelig advokat, Bente Isaksen, som hadde vært ansatt mellom tre og fire år. Hun kjente til Johannes Moberg fra bergenkontoret, der de begge hadde vært involvert i noen større saker tidligere.

Johannes regnet med at hun ville få en innføring som observatør i møtet. Inger Johanne laget opp et sett med kopier til henne.

Bente var overrasket hvor effektive det vesle teamet var og hvilken fremdrift de hadde på denne saken som i utgangspunktet virket komplisert og uoversiktlig. Det var arbeidet veldig systematisk, noe hun tilskrev Hans Olav og ikke minst til Johannes.

Etter møtet begynte hun å sette opp et register for de forskjellige delprosjektene og la grunnlaget for tiltalene. De fleste ble sittende til sene kvelden til Else kom med Bonzo.

Cecilie gjorde klar luftmadrassen og teppet før hun gikk. Hun ville savne nærheten til Hans Olav, men hun forsto selv at hun oppførte seg som en tenåring når hun var alene med han.

Else spurte om hun skulle lage middag hos Hans Olav, hun hadde ikke laget middag siden hun var der sist. Det kunne hun godt, det var hyggeligere å spise sammen med noen, især når denne noen var Else. Det var så lett å snakke med henne. Hun var noen år eldre enn han, men han trivdes godt i hennes selskap.

Bente ble med de andre til hotellet hvor de hadde seg en felles middag. Det hadde vært en dag full av spenning og hardt arbeid. Cecilie hadde ikke sovet så mye de siste to nettene og tok tidlig kvelden. Johannes og Bente ble sittende oppe en stund for å koordinere de forskjellige tiltalene.

Det hadde vært et forøk på å bryte seg inn i løpet av natten. Antagelig hadde kontoret vært under oppsikt og det var lagt merke til at alle hadde gått ut og låst døra etter seg. De hadde blitt stoppet av et beist av en hund som hadde bitt seg fast i benet på den ene av dem. Den andre hadde løpt ut og satt seg i en bil uten å vente på kompisen.

Bonzo slapp ikke taket og holdt han fast. Hunden tok imot flere slag og slapp foten etter hvert. Det ble stående med potene på brystet hans og flekket tenner mot ansiktet hans. Det var slik de fant han om morgenen. Else ga hunden noe hundegodt og klemte den som om det var et lite barn.

Hans Olav satt håndjern på karen og satt han i baksetet på den nye politibilen. Der kom han seg ikke ut. Den andre karen hadde kjørt ut i en sving og havnet på taket. Det blinket i blålys fra politiet, ambulanse og en brannbil. Veien ble sperret til bilen var fraktet vekk.

- Det var litt av en start på dagen, humret Johannes. Nå har politi aspirantene opplevd mer på dette oppholdet enn de ville oppleve det første året på politistasjonen.

Johannes mente de fikk skrive det på kontoen til Edvin Johannesen. Det var vel ingen andre enn han det kunne føres tilbake på. Det som antagelig hadde skjedd var at advokaten og alle som hadde mottatt trusler og bilder av de i obskøne posisjoner hadde funnet ut at de lå mektig tynt an dersom dette ble en del av en straffesak mot hoved-mannen, Edvin Johannesen.

Johannes ville ta med det de hadde og reise ned til Bergen og legge det frem for politisjefen. Sakens omfang hadde nok en gang blitt utvidet. Han var for at hele saken burde overføres, og at alle sammen skulle også fortsette i Bergen. Lensmannskontoret kunne stenges så lenge, det var i grunnen det den lokale politimesteren hadde i sine planer.

Han fikk kontakte politimesteren på telefon først og varsle at det var det beste og ikke minst sikreste at det hele ble overført.

I mellomtiden var det fullt kjør på lensmannskontoret. I møtet klokka ti, fortalte Johannes at han allerede hadde avtalt med politimesteren i Bergen at det var det beste å overføre hele staben dit sammen med alt de hadde. Det samme ville skje med de arresterte. Saken hadde vokst ut av proporsjoner med det siste innbruddsforsøket. Det var to nordmenn fra et kriminelt miljø som sto bak innbruddet.

Hans Olav synes det var leit, han hadde slått seg til ro her på stedet. Damene ville gjerne bli overført, tenk å komme til Bergen kom det i kor fra Cecilie og Grete. Monica var egentlig fra Bergen men hadde arbeid for Kripos og hadde ikke noe fast tilhold annet enn i Oslo. Bente og de to fra IT var ansatt i Bergen og hadde ikke noe imot å komme tilbake.

Hans Olav ville ta det med sin overordnede, politisjefen. Det ble en form for ute stasjonering for han. Hva som ville skje når saken var ferdig var det vel ingen som hadde oversikt over på nåværende tidspunkt. Han regnet med at han ville virke som en assistent til Johannes så lenge de var på saken.

- Nå må vi få opp farten med grunnlagene for tiltalene før vi drar herifra. Vi må lage filer med hver sak og indekser hver fil med enkelthetene i tiltale forslagene. Vi kan ikke komme til Bergen med en masse løsblader. Det må være ferdig til fredag kveld så pakker vi ned på lørdagen og reiser slik at vi er i Bergen på mandagen. Alt skal merkes utenpå alle mappene og på transport boksene Vi har ingen tid å miste. Jeg skal få med Inger Johanne fra kommunen til å hjelpe oss med rekvisita og for arkivene våre.

Hans Olav var i sitt ess, han visste sine gode lederegenskaper og visste hvordan han kunne motivere teamet sitt.

- En ting til, det elektroniske arkivet må gjøres på samme måten. Hver tiltalt skal være indeksert, så hvert filnavn for seg i rett prioritet under. Det bør være så enkelt at enhver kan finne fram i jungelen av filer.

- Det er førsteklasses, sier Johannes, jeg ordner transporten av arkivet, politiet har avtale med et sikkerhetsfirma som kommer hit fredag etter- middag. Så sett i gang!

Det virket som en vitamininnsprøytning, det var tirsdag i dag og de så ikke noe hinder til at de ikke skulle være ferdig.

Hans Olav ville ta en siste sjekk av eiendommen og ha med tape for å stenge av for etterforskningen. Det var ikke sikkert det var nødvendig, men det kunne være nysgjerrige mennesker som ville oppsøke stedet der denne kriminaliteten hadde sitt utspring. Han likte ikke å se selfier på sosiale medier av personer innefra i huset.

Til møtet klokka fem var det stor fremgang i organiseringen av filene og arkivet. Selv bevisene ble katalogisert og merket med det samme indeksene som dokument arkivet.

Det ble kjøpt inn pizza fra kroa. Hans Olav betalte med sitt private kredittkort med betingelse av at de fikk med kvitteringen tilbake. De var til klokka var nærmere ti på kvelden, helt til Else kom med Bonzo for natten. Hunden snuste opp det som var igjen av pizzaen og det forsvant som dugg for solen. Else satt fram vannskålen, pizzaen var i salteste laget for Bonzo.

Døren var midlertidig reparert, og ble låst av med en hengelås. Ny kraftigere dør ville komme i morgen en gang.

Politimesteren ville ta en tur opp til lensmanns kontoret i løpet av dagen. Dersom det skulle stenges ned, ville han ha et ord med i laget. Han hadde vært i kontakt med gamle lensmannen, Jonas Engen, og han hadde ikke noe imot å holde vakt på kontoret noen timer på dagen. Det var altfor stille å være hjemme, ham følte seg frisk nok til å yte litt.

Hans Olav mente han var tilbake ved to tiden, han ville ta en siste sjekk på eiendommen før de pakket sammen og reiste til Bergen.

Else tok med Bonzo og ble med, om de reiste nå snart ville de være tilbake til klokka to. Han overlot avhøret av de to som gjorde innbrudd i natt til Johannes. Det var på den lokale politistasjonen, ikke så langt unna. De fikk ta beemeren mens han tok V70'en.

Det var fastere på den gamle kjerreveien nå som de hadde vært litt kulde. Det virket ikke som det hadde vært noen der siden han var der siste gangen, også da sammen med Else.

Bonzo snuste rundt huset, nå som det var litt kaldere var det mye lukter som var av interesse. Verken han eller Else ventet å finne noe mer. Hun ville ta en titt i skuret som lå i skogkanten. Alt var jo overgrodd og hun hadde ambisjoner å få litt orden på buskaser når hun overtok det hele.

Der inne var det som Hans Olav hadde fortalt, et Honda aggregat, noen bensin eller diesel kanner og andre småting. Aggregatet hadde en snor til å starte med. Hun tok sjansen på å trekke i snoren for om mulig finne ut om de var mulig å starte det. Etter to, tre drag i snoren startet Hondaen. Den var nesten lydløs. Hun slo på en bryter og det kom lys i en lampe som hang i en spiker.

- Se, den virker, nå har jeg muligheter å lade en lap top og ha lys i huset så lenge den går.

Hun fulgte ledningen ut av skuret og så satellittantennen som var satt opp i et tre. Det var uvisst hvilket nettselskap den var tilsluttet, men det skulle la seg gjøre å finne ut.

Hun var inne for å se hva hun trang av sengetøy. Hun ville skifte ut madrassen, den visste hun ikke hvem som hadde brukt. Den var direkte uappetittlig.

Hans Olav hadde tatt en titt på loftet for å se om de hadde oversett noe. Det var mye gammelt, men det regnet han med at hadde ligget der i årevis.

Han mente han hadde sett nok, kanskje de skulle ta en tur til den tømmerkoia hvor de fant data-utstyret. Om de skyndte seg ville de rekke det før de måtte reise tilbake.

Det var en humpete sti som en gang hadde vært en kjerrevei. Nå var den helt overgrodd. Bonzo for rund og sniffet. Den ville nok trives her oppe i skogen.

Else undersøkte Hondaen og gjentok et forsøk på å starte den. Etter fire drag i snoren startet den. Det var det samme type utstyr i skuret. Hun fulgte ledningen ut til satellittantennen. Det var i hennes øyne en komplett installasjon.

Den samme typen inspeksjon ble gjort innvendig, Hans Olav så etter om det var gjemt et nettbrett eller en mobiltelefon. Det eneste han fant var en minnebrikke som var tapet fast under skrivepulten. Den ble tatt med tilbake, nå måtte han huske å lage en fullstendig liste av hva de hadde funnet i alle koiene og huset.

De var tilbake på lensmannskontoret idet politimesteren og en assistent parkerte foran det nye kontoret.

Han var overrasket av hvordan de hadde innredet kontoret og ikke minst hvor effektive de virket med det de holdt på med. Han ble vist rundt av Johannes som fortalte om alle detaljer de holdt på med, og om alle som var tatt inn til avhør.

Han forsto godt at det var behov for et større engasjement fra politiets side, hans kontor var langt fra utrustet til å overta et slikt mangfold som denne saken hadde utviklet seg til. Han bekreftet at gamle lensmannen ville være her fire timer om dagen, tre dager i uken. Han mente de kunne ikke bare stenge ned, innbyggerne ville reagere negativt til en slik beslutning. Det kunne være en begynnelse på å redusere driften ved lensmanns kontoret. Da ville hans overordnede forstå at politimesteren justerte styrken i henhold til de budsjettene de ble tildelt. Det passet han utmerket. Bilen kunne de levere tilbake på politistasjonen dersom de ikke hadde behov for den i Bergen.

Hans Olav mente de hadde V70'en som han hadde overtatt, det skulle holde. Han hadde ambisjoner å kjøre bilen til Bergen, de andre fikk ta en buss til flyplassen.

Politimesteren ville gjerne overvære dagens siste oppdatering klokka fem. Det var virkelig skummelt at det hadde vært tre innbrudd. Han mente det måtte stå mektige krefter bak denne kriminaliteten. Dette hadde gått han hus forbi, mye grunnet at ofrene for trusselen og utpressingen var livredde for at det skulle komme ut og det virket som de hadde nok av midler til å betale for at det ble holdt skjult. Det sier mye om hvor kynisk denne Edvin Johannesen, med alias Oskar Andreasen, Ex universitets professor, var.

Han fikk et helt annet syn på Hans Olav Eriksen nå, hvordan han hadde krummet nakken og tatt på seg etterforskningen av dette brutale nettverket på egenhånd. Det var skikkelig materiale i den gutten.

Etter møter nærmest applauderte han teamet og forsto at om de skulle komme videre var det beste alternativet å flytte den videre etterforskningen til Bergen.

Dagene fram til flyttingen gikk fort, selv om de var på jobb til klokka ti på kvelden var det mye igjen. Både Hans Olav og Johannes mente at det som var gjort med tiltalene var i to tilfeller så langt kunne komme. Bente Isaksen mente at det var godt nok til å ta med til påtalemakten for å forberede rettsaker. Det to arkivmappene ble merket spesielt for transporten.

De fleste reiset til Bergen på lørdagen, de håpet å gå på byen og gjøre seg kjent. Johannes fungerte som en reiseleder. Han hadde med seg de mest sensitive dokumentene som håndbagasje, han var redd for at bilen til sikkerhetsfirmaet kunne bli stoppet og overfalt av det kriminelle nettverket.

Sikkerhetsvaktene var bevæpnet med seg pepper-spray og elektriske sjokkpistoler. Det var alltid to personer for en slik transport.

Hans Olav debatterte med seg selv når han skulle reise. Beemeren var allerede tilbake på politistasjonen og han ville benytte den gamle V70'en til reisen.

Else ville at de skulle spise sammen, hun mente det ville bli ensomt når han reiste og tok med seg hele staben. Hun ble værende der helt til han reiste mandag morgen. Hun fikk nøkkelen og lovte å se til leiligheten og å ta in posten hans mens han var i Bergen.

De par første dagene gikk med til å organisere stedet de hadde fått tildelt som base. Damene hadde sett seg om etter små leiligheter, noe som ikke var helt enkelt, studentene hadde okkuper det meste.

Cecilie og Grete fant et sted litt utenfor sentrum, de var i overkant av hva de hadde økonomi til. Til tross for at de fikk et ekstra botillegg for å oppholde seg utenfor stedet der de var stasjonert.

Så fort Hans Olav kom, ble det fart i sakene, møtene på morgen og ettermiddag ble gjeninnført. Bente tok med seg de to første tiltaleforslagene sammen med bevisene slik at hennes overordnede kunne vurdere det som var gjort.

De arresterte hadde kommet i to puljer, saken med overfallet av den gamle lensmannen var av høyeste prioritet. Det var den ene av sakene som tiltalen var ferdig for. Johannes koordinerte saksbehandlingen. Arbeidsfordelingen var slik at han tok seg av de tiltalene som var sendt til politiadvokaten og ville følge med til de var gode nok for en tiltale.

Hans Olav fortsatte med forberedelsene av bevisene og den etterforskningen og avhørene som gjensto for de resterende tiltalene.

De unge damene var overført til et krisesenter i Bergens omegn. De måtte beskyttes for mafiaen fra Transnistria og deres norske kriminelle nettverk. Mafiaen hadde tapt store beløp, mest fordi damene ikke hadde tjent inn det de var skyldige. Noe slikt gikk ikke upåaktet hen i deres miljø.

Aktoratet vurderte det som lite sannsynlig at de kunne vitne, det nærmeste alternative var å ta opp deres forklaringer på video og spille av i løpet av rettsaken. Dersom damene sto fram og det resulterte i dommer for overgriperne var det større sannsynlighet for at de kunne få oppholdstillatelse i Norge. Dersom det ikke førte til en dom, ville utlendingsdirektoratet sende de ut av landet.

Det var en balansegang som Hans Olav og Johannes ble stilt overfor. Det han hadde fått til, var at de ble behandlet på samme måte som asylsøkere. Tilstrømmingen av asylsøkere hadde i perioder vært voldsom. Det resulterte i at hjelpearbeidet var intensivert med hovedsakelig å sørge for at de fikk tilstrekkelig undervisning i norsk. Dette hadde også de unge damene fått tilbud om. De hadde da en mulighet av å bryte ut av ensomheten på krisesenteret.

Det er krefter i samfunnet som mener at alle som har kommet til landet for å slippe unna undertrykkelse og tortur i hjemlandet øyeblikkelig skal nektes adgang til dette landet. Dette selv om arbeidsinnvandring er på topp og at de individene som kommer, arbeider under slavelignende forhold.

Hans Olav etterlyste moralen, han mente at det ikke var såre enkelt å operere i dette landet, særlig med arresterte fra mafiavirksomheter i deres hjemland og her. Forsvarsadvokatene bedyret deres uskyld i motsetning til utlendingsmyndighetenes som ønsket deres ofre utvist.

Møtet klokka fem summerte opp statusen. Tiltalen mot de to som var anklager for innbruddet og knivstikkingen av den gamle lensmannen var levert til påtalemyndigheten. Damene hadde avgitt sine forklaringer og var dermed ferdige.

Neste prioritet var det filippinske paret, der gjensto deres kontakt og forbindelse med Edvin Johannesen. Det de hadde var muntlig men det manglet konkrete bevis. Det beviset de hadde var pengeoverføring fra en konto Edvin Johannesen disponerte til en konto i Manila som paret disponerte. Dette var hos politiadvokaten for evaluering om det var tilstrekkelig bevis for at paret kunne bli tiltalt. Sideordnet var all informasjon på nettsidene og de bisarre videoene som var bestilt av norske familiefedre med en link til web sidene til Edvin Johannesen.

Johannes mente det var tilstrekkelig og ville ikke etterfølge det. Han mente at de fikk konsentrere seg om Edvin og sønnen Erik. De hadde så mye bevis allerede, og om de kom over mer, ville ikke straffen øke.

Det ble besluttet at saken mot far og sønn nå var prioritet. All kontakt som kunne lede tilbake til dem var av samme prioritet.

Saken med listene over brukere av datasystemet med det bisarre seksuelle misbruket av barn på nettet, var overført til den avdelingen i politiet som var nedsatt for å bekjempe slikt.

Hans Olav hadde helt glemt den minnebrikken han fant tapet under bordet i den koia der de fant datasystemet. Nå ga han den til IT folkene for å prøve å hacke seg inn.

Johannes var overrasket over lederegenskapene til Hans Olav. Han hadde i grunnen nok med å ta over stafettpinnen fra Hans Olav og bringe den videre til politiadvokaten.

Innholdet i serveren og datasystemet var overlevert til avdelingen for etterforskning av data kriminalitet. Johannes mente at hans oppgave var begrenset til hva de allerede var i gang med. Etter hvert var det store ressurser i sving for å komme til bunns i dette forbryterske miljøet.

Saken mot de to som gjorde innbrudd da Hans Olav sin videoinstallasjon ble aktivert var beskyldt for et innbrudd, som klassifiserte til en straff som var begrenset til tre år.

De to som kjørte ut med bilen virket som hovedmenn for trafficking av mindreårige jenter, det var en meget alvorlig forseelse som kvalifiserte til en lang straff. Den manglet foreløpig en link til Edvin Johannesen og for den saks skyld til konkrete bevis for at de unge damene ble utsatt for trafficking. Det ble hevdet at de var på jobbreise for å besøke turist og underholdlingsbedrifter som arbeidsinnvandrere.

Sønnen Erik Johannsen var ikke prioritert, han ville følge med i dragsuget til sin far. Dersom han ikke fikk omgjort sin diagnose ville han bli innesperret på et galehus resten av livet. Det ville han mest sannsynligvis gjøre hva han var i stand til for å unngå på bekostning av sin far. Det de måtte skaffe tilveie var bevis på de aktivitetene han hadde utført og som kunne overføres til vergen, Edvin Johannesen.

SKRIKET

Kapittel 13

Det hele startet med at hundene til Else Hagmo hadde reagert på de forferdelige skrikene fra den tette skogen av sitkagraner. For Hans Olav virket det som om det var en evighet siden.

Hans Olav ble lovet å få tilført ressurser fra andre avdelinger som kunne arbeide selvstendig med nedstrøms aktivitetene. Hun forsto godt at det lille teamet til Hans Olav og Johannes ikke kunne ta på seg mer enn hva de allerede hold på med, nemlig etterforskningen av far og sønn og overfallet på gamlelensmannen.

Johannes mente at det var på tide med et nytt avhør av faren, Edvin Johannesen. De trang å konfrontere han med hva de hadde av bevis og indisier. Johannes tok ledelsen med å kalle inn advokaten og skaffe et egnet rom for avhøret.

Cecilie ble bedt om å gå igjennom mappen til Edvin og sjekke at den var oppdatert med det siste de hadde av bevis. Det ble vurdert om de skulle presentere en kopi til advokaten. Det ble kansellert, det var krav i en rettsak, og ikke nødvendigvis i et avhør. Der var overraskelses momentet av avgjørende betydning.

Politivakten tok av håndjernet når arrestanten ble vist inn på avhørsrommet. Inne satt advokaten, Hans Olav og Johannes. Bak glassveggen var Cecilie for å ta notater. Videokameraet rullet med lyden på.

- God morgen, hvordan har du funnet deg til rette i dine nye omgivelser?

- Kutt ut slikt prat. Hvorfor er jeg her, har du ikke forstått at jeg er uskyldig. Dere har ikke noe på meg. Hva dere hevder er bevis er ulovlig konfiskert av nødvendig utstyr for å drive en legitim forretningsvirksomhet.

- Det var da voldsomt, har du øvet på dette sammen med advokaten din. Angrep er det beste forsvar, er det ikke det din advokat har rådet deg til?

- Jeg forlanger avhøret stoppet og at jeg blir sluppet fri.

- Vel, vel, om du venter i ti, femten år så er du nok fri. Først vil jeg høre din versjon. Hva gjorde det filippinske paret i det huset du hevder at du disponerer.

291

- Det vet jeg ingenting om, dere må ha funnet disse og bruker de mot meg.

- Du har overført 125 tusen kroner fra en konto du disponerer til en konto i Manila som paret disponerer. Hvorfor har du gjort det, hva skal pengene dekke?

- Har dere gått inn på min forretnings konto uten min tillatelse?

- Ta deg sammen mann, jeg har en skriftlig signert forklaring fra fruen. Hun brøt sammen i avhøret da hun oppdaget at hele opplegget var avslørt. Hele nettverket med lister og innbetalinger av det skitne spillet. Hun er innlagt på Psyk, forøvrig på samme stedet som din sønn. Heldigvis ble ditt forslag å adoptere småbarn til det pedofile nettverket ditt stoppet av oss før det var kommet i gang. Jeg har lydlogger fra din mobil, og det samme fra parets mobil som bekrefter opplegget. Politiet etterforsker kundemassen din, det såkalte pedofile nettverket som du til og med har presset for penger. Blant annet legen som laget en falsk diagnose på din sønn, og din advokat, han er for øvrig også innlagt på Psyk.

Det var en voldsom reaksjon fra Edvin Johannesen, han gispet etter luft og svettet kraftig. Advokaten forlangte avhøret stoppet og ville ha medisinsk personell til sin klient.

- Nå, tåler du ikke å høre sannheten, du får ta det som en mann. Det er på den måten du har drevet terrorvirksomheten din. Det er på tide at du får smake din egen medisin. Om ikke du tar deg

292

sammen vil du bli overført til et galehus, der vet de å behandle slike som deg.

Advokaten ville ha det stoppet og forlangte igjen medisinsk personell. Johan mente at de var på vei, de var bestilt allerede og på vei opp til avhørsrommet.

- Vi tar en pause når de kommer, la oss si en halvtime, undersøkelsen og en eventuell behandling skal skje her. Dere får ikke forlate dette rommet. Vi ordner noe på drikke til dere. Videoen blir slått av når vi tar pause.

De kom ikke i gang igjen før det var gått en times tid. Edvin hadde fått noe beroligende og legen mente at han ikke var i stand til noe avhør så lenge medisinen virket. Han mente at Edvin måtte roe seg og bli tatt tilbake til cella si.

Johanne bannet og samtykket, han ville ikke bli beskyldt for å trosse legens ordre. De avsluttet for dagen og ville vurdere hva de hadde fra avhøret. Kollapsen hans var ensbetydende med at han forsto alvorligheten av sine handlinger. Advokaten og legen var tydelige bevis sammen med videoklippene mens de hadde seg med små barn.

Dette måtte de ta med politiadvokaten om det var tilstrekkelige bevis for en tiltale på dette punktet.

Tilbake på kontoret hentet de politiadvokaten for å gå igjennom grunnlaget for tiltale. Han var i grunnen forbauset over at de hadde så mye konkrete bevis. Det ble anmodet til å ta med det

293

de hadde på han, alt måtte bli med i en tiltale selv om ikke strafferammen øket. Den ble satt etter det alvorligste punktet i tiltalen.

Fokuset ble satt på å få grunnlaget på tiltalen ferdig, Bente Isaksen var den som ledet mye av arbeidet. Grete samlet det de hadde i mappen og ville konferere med Jan Erik og Renate fra IT om det var mer kompromitterende materialer i serveren. De hadde hacket den brikken som Hans Olav fant tapet fast under bordet i koia.

Den var ganske full og de måtte ha hjelp av Monica og Cecilie til å finne ut om det var noe som kunne inkluderes i tiltalen. De ble sittende i mange timer, mye var kopiert ut fra serveren og noe var nytt stoff. Det var hovedsakelig fra kontakten mellom sønnen, Erik, og mafia nettverket i Transnistria med cc til faren, Edvin Johannesen.

Johannes mente at det var den forbindelsen de hadde savnet, her var det svart på hvitt en slik forbindelse. Det var også kontakten mellom faren og de som gjorde innbrudd på lensmannskontoret. Det beviste at det var Edvin Johannesen som dikterte hendelsesforløpet. Det var det samme med de såkalte bestillingene på de unge damene. Bingo, kom det fra Johannes, nå har vi taket på han. Dette er strake veien til en fellende dom. Johannes undres seg på hvorfor slik sensitiv informasjon var kopiert på en minnebrikke. Til det mente han at det var for å legge skylden på den hjerneskadde sønnen.

Selvfølgelig måtte det med som dokumentasjon i tiltalen. Det kunne tippe hele saken. Det betød at tiltalen måtte revideres for å få med denne informasjonen. Det tok resten av dagen. Bente ville se igjennom den reviderte tiltalen i morgen, det same ville Hans Olav. Johannes stolte på at de ville gjøre en god jobb, og konsentrerte seg om mappen med dokumentasjonen og bevisene. Han regnet med at han måtte kunne det hele nesten som i søvne. Tiltalen ville bli vurdert av advokatene til politiet og påtalemakten. Det var i grunnen samme sak.

Hans Olav mente at de nå måtte kalle inn sønnen, Erik Johannesen, for å konfrontere han med de som ble funnet på minnebrikken. Først måtte de få han overført til en Psyk i bergensområdet, det var upraktisk å reise til Førde for å gjøre et avhør. Samtidig ville han søke om de to andre, den filippinske konen og advokaten til å bli overført. Kanskje de var ferdigbehandlet for sin depresjon? Da måtte han konferere med Johannes om hva de skulle gjøre med dem, han kunne ikke arrestere advokaten, det hadde de ingen grunn til. Derimot kunne han være et nøkkelvitne i saken mot Edvin Johannesen..

Men hva faen skulle de gjøre med legen som hadde satt diagnosen på Erik? Han fortjent å vitne på hvilke trusler han var utsatt for. Det kom til å knuse han og gjøre sitt til at han ville få en reprimande og miste godkjenningen sin. Derimot, dersom han kunne vitne om at det hele var humbug og falske anklager som utgjorde trusselen kunne han gå fri. Johannes mente at det kunne

295

være guleroten. Dersom det var på samme måten med advokaten, ville de ha to sikre kort på hånden som vitner mot Edvin.

Dett måtte gjøres skikkelig, det ville utsette ferdigstillelsen av tiltale vesentlig. Dersom de også skulle ta med de tre på psyk etter de var flyttet hit til Bergen ville det utsette tiltalen med en ukes tid. Johannes mente at det var tvingende nødvendig med en godt gjennomarbeidet tiltale. Det ville vekke mange følelser i legen, advokaten og ikke minst for Erik. Han måtte kjempe for å få omgjort sin diagnose. Som det var nå kunne ikke en hjerneskadet person bli kalt til vitneboksen. Det var også usikkert om de kunne tiltale faren for det sønnen hadde gjort. Ingen av de visste om en verge kunne tiltales for hva den hjerneskadde sønnen hadde gjort, selv om det var etter instruks fra faren.

Det var i grunnen i alles interesse at hans diagnosen ble opphevet. Den eneste som ikke ville bevege seg en millimeter var faren, han hadde alt å tape.

Hans Olav ville kontakte Ingrid Hansen fra den institusjonen der de tre var sendt til. Hun burde kjenne til hvordan en slik overføring kunne foregå. Det ville han vente med til i morgen, nå var det langt over arbeidstiden og han kunne ikke gi inntrykk av at han presset teamet til ubetalt overtid.

Det nye som kom fram ville sette arbeidet med tiltalene tilbake. Johannes mente at det fikk de ta seg tid til. Det var ikke lengre fare for at varetektstiden skulle sette fri de anklagede. En dommer hadde forlenget varetekten med fire nye uker basert på de foreløpige anklagene.

Hans Olav slapp å kontakte Ingrid Hansen, hun hadde sendt han en melding og ba han ringe henne når han kom på arbeid. De hadde vært fremgang i behandlingene. En psykiatriker hadde observert Erik Johannesen hele tiden siden han ble tatt hånd om. Han mente at hans kognitive evner tilsa at det ikke fantes noe grunnlag for diagnosen som hjerneskadet eller evneveik. Han hadde sendt sin beslutning til den myndigheten som kan reversere diagnosen.

Hans Olav fortalte at han var i gang med å lokalisere legen som satte diagnosen for om mulig få reversert diagnosen. Den hadde kommet fram etter trusler fra Eriks far, Edvin Johannesen. Årsaken var at han trang sønnen erklært umyndiggjort slik at faren kunne skylde på sønnen for den kriminaliteten han selv drev med. Det var en forferdelig suppe det hele.

Nå arbeidet han med å få all tre som ble tatt hånd om av institusjonen overført til en tilsvarende institusjon Bergen eller omegnen. De var alle tre anklaget for grov kriminalitet og måtte stå for sine handlinger i rettsakene som ville gå her i Bergen.

Ingrid Hansen forsto, og ville kontakte en tilsvarende institusjon i bergensområdet og arrangere en overflytting. Hun ville selv være ansvarlig og ville være på institusjonen til alle formalitetene med overføringen var ferdig, hun regnet med at det ville ta en kort uke. Det var stor fremgang for advokaten og den filippinske damen. De hadde fått et sjokk og hadde behov for ro og hvile og behandling for de traumene de hadde med seg.

Ingrid regnet med at de ville bli overført i løpet av neste uke, de var avhengig av at de var ledige plasser på den eller de institusjonene som aksepterte overføringen. Hun minnet om at myndighetene hadde i de senere årene bygget ned kapasiteten på behandlingsplasser og det var de akutte innleggelsene som var prioritert. Det var nok ikke sikkert at de ville komme på den samme institusjonen alle tre. Dessuten mente hun at det ville være vanskelig å holde de der inntil rettsakene var over. Til det var de for friske. Hans Olav mente at den utfordringen fikk de ta først når det ble aktuelt.

Dette var noe han ville ta med Johannes, de kunne ikke kommandere helsevesenet om hva de skulle gjøre eller ikke gjøre. Varetekt var et alternativ for Erik og damen, men for advokaten var det mer tvilsomt. Dersom han hadde begått noe i nærheten av de sakene som kom fram på bildene var det i aller høyeste grad straffbart. Da var det rett inn til varetekt.

Johannes takket for informasjonen, han mente de fikk gjøre hva de kunne før de tre ble overført. Det var nok av arbeid for alle mann med det de hadde, eller rettere sagt, det de hadde oversikt over. Data serveren var nærmest spekket med informasjon, mobilene var heller ikke ferdig analysert.

Det var tid for dagens første oppdateringsmøte, det var viktigere nå enn noen gang å samordne arbeidet. Fokuset hadde skiftet de siste 24 timene og det var viktig å fortsette med det de holdt på med samtidig som det gjaldt å koordinere den nye informasjonen. Hans Olav ville ikke at de skulle arbeidet med noe som allerede var forandret. Det ville gjøre noe med motivasjonen.

Teamet mente at det var på tide å spise lunsj i byen i dag. Nå mente de at de hadde behov for en oppmuntring. Det var en velsignelse for alle sammen, det hadde vært nesten tre uker med intenst arbeid, og med det som kom fram i morgenmøte av nye sider av saken, var det behov for å se andre fjes for en gangs skyld.

Ettermiddagen ble brukt for å få unna sakene som nærmest var ferdig etterforsket. Det var de seks mennene som i varierende grad av anklager var å betrakte som klare for tiltale. Det samme med det filippinske paret. Det var funnet en link til den antatte hovedmannen, Edvin Johannesen, for alle disse personene. Både Hans Olav og Johannes regnet det som sikkert at disse ville bli utvist til sine respektive hjemland for å sone sine straffer der.

Det var kanskje ikke det Johannes hadde sett for seg da han forklarte bakgrunnen for sin nye prioritet i morges, men han så det også som en nødvendighet å få unna en mengde arbeid. Da ville også belastningen til påtalemyndighetene flate vesentlig ut. De hadde jo allerede delegert alt som var på serveren og datamaskinen til andre avdelinger i politiet.

Det var en vesentlig lettelse for teamet som var overført fra lensmannskontoret. Deres ressurser var langt fra tilstrekkelig til å etterforske og lage tiltaler for de anholdte i den tiden de hadde til rådighet før tiden i varetekt gikk ut. I utgangspunktet var det fire uker, og hadde blitt utvidet nye syv dager og igjen med nye fire uker.

Hans Olav merket at det gjorde sitt til at han fikk en roligere hverdag. Han merket at han var veldig anspent da saken utviklet deg i sin fulle bredde. Johannes minnet han stadig på at det ikke var nødvendig med alle detaljene i tiltalen mot faren. Kun det som kunne bestemme alvorligheten og lengden på straffen, og ikke minst, hva som kunne bevises uten rimelig tvil.

Politisjefen ville være med på oppdateringsmøtet klokka fem. Det ville hun også informere om status om sakene som sedelighetsgruppa og data krim etterforskerne hadde overtatt. Hun forsto veldig godt at gitt de stramme tidsrammene ville ikke gruppa til Hans Olav hatt nubbesjanse til å få gjort seg ferdige i tide.

Hun ble overrasket over strategien som ble fulgt og at alle sakene som i utgangspunktet var underordnet anklagene mot hovedmannen, Edvin Johannesen, syntes å ha blitt ferdig etterforsket og brakt videre i systemet.

300

Else Hagmo ringte på mobilen til Hans Olav. Hun var på vei til Bergen for å diskutere med en avis som ville lage en reportasje om henne og hundene og historien om eiendommen oppe i skogen. De synes den var interessant og hadde ventet at hun skulle fortsette med å undersøke andre nedlagte småbruk. Dessverre var det mange slike nedlagte bruk som nærmest var til nedfalls. På den andre siden var det mange av leserne som så for seg et slikt sted for en billig penge for å bruke til kombinert bolig og landsted. Internettet hadde åpnet opp uante muligheter for å drive business nær sagt hvor som helst.

Det var viktig at dagens lesere fikk en forståelse av hvordan livet artet seg for 100 til 150 år siden. De ymtet frampå at det burde bli en bok av det.

Hun var på flyplassen og ville ta bybanen inn til byen og spurte om han hadde lyst og anledning til å treffes til en middag etter arbeidstid. Han følte seg overrumplet, selvfølgelig hadde han både lyst og anledning. I grunnen hadde han noe på hjertet om denne saken som han mente at hun kunne bidra med.

Det var akkurat tid å skifte fra politiuniformen og gå Else i møte i sentrum. Hun ville sette fra seg vesken sin på hotellet før hun var klar.

Det Hans Olav mente hun kunne bidra med var besøkende til eiendommen, hadde det vært noe trafikk til og fra stedet etter at Edvin bosatte seg der. Det var tegn på at Edvin hadde fått nyss om eiendommen mens han sonet en straff for

301

bedrageri. Hvem var denne kontakten? Det var et stykke oppsøkende journalistikk, egentlig uvesentlig, men kunne gi et inntrykk av omfanget av saken. Han tenkte mest på om stedet var benyttet til prostitusjon og om barn var utsatt for seksuelle krenkelser på eiendommen. Stedet var øde og temmelig isolert, det er slikt perverse pedofile liker det. Med tre koier som kunne være utleid på timebasis var det et sted med full sekretesse.

Det var noe hun måtte tenke over, hun ville egentlig ikke vite om det hadde foregått slik aktivitet der, hun var jo i ferd med å overta stedet.

Hun hadde faktisk fått et tilbud om å overta stedet for en krone. Fondet ville gjerne bli kvitt det hele og mente at hennes ønske om et sted for hundene og å skrive ville være noe som fondet kunne bruke i sin markedsføring. Tilbudet var inkludert alt innvendig røkkel og mest viktig, generatorene og satellitt utstyret. Fondet holdt til i Bergen og hun hadde avtalt et møte med dem i morgen etter lunsj.

Det viste seg at Else hadde booket rom på det samme sentrumshotellet som han. Det var veldig tilfeldig da det var mange hoteller i sentrum. Hun takket for middagen og ville invitere han på en kopp kaffe når de kom tilbake til hotellet. Han dro litt på det, kaffe så sent var ikke det beste sovemiddelet. De kunne sitte og prate litt om eiendommen hun skulle overta. Hun hadde ikke vært der oppe siden hun og Hans Olav hadde tatt en siste sjekk. Han mente at dersom hun kom over

302

noe som var stuet vekk eller gjemt, måtte hun ta vare på det og gi det til den gamle lensmannen.

Det hun var mest engstelig for var om det kom noen skumle karer som var ute etter Edvin Johannesen eller sønnen. Hun hadde ihvertfall Bonzo som vakthund i tilfelle det kom uønskede besøkende.

Hun lovte å holde kontakten om overtakelsen av eiendommen, kanskje de kunne treffes i morgen også? Han lot spørsmålet henge i luften når han gikk inn til seg selv.

Det var nesten midnatt da det banket forsiktig på døra hans. Han hadde ikke lagt seg, telefonen fra Bente Isaksen var akkurat ferdig. Da han kikket i hullet i døra så han ingen, han åpnet og så at det var Cecilie. Det så ut som om hun hadde grått, og hun trang en å snakke med.

Hun fortalte at hennes mor og far hadde gått fra hverandre. Hennes far hadde vært i Thailand og truffet en annen. Moren hennes var fortvilet og Cecilie visste ikke hva hun skulle gjøre. Hun hadde ikke sin egen bolig, og som politi hadde hun allerede vært bosatt tre steder. Hun kunne ikke invitere moren sin til en trang hybel. Nå visste hun ikke om hun fikk fortsette på lensmannskontoret eller om det skulle legges ned. Hun visste ikke hvordan hun skulle hjelpe moren sin. De var sterkt knyttet til hverandre.

Hans Olav hadde ingen løsning men han lot Cecile få snakke ut. Selv sa han at han ikke visste hva som ventet han etter at denne etterforskningen var ferdig. Han var lånt ut til Bergen så lenge dette varte, lensmannskontoret mente han ikke var liv laga. Det var bare et tidsspørsmål når det ble lagt ned. De var i grunnen i samme båt.

Trodde han at hun kunne søke seg til Bergen og bli ansatt her? Det ville være en tryggere situasjon for henne. Hun trivdes sammen med Hans Olav, han hadde latt henne få veldig mye ansvar og hun mente selv at hun hadde greid utfordringene. Her kunne hun leie en leilighet som hun selv og moren kunne bo i sammen.

Hans Olav la armen rundt henne og ga henne en god klem, han hadde tenkt på det samme selv, men i og med at han var relativt ung i gamet, ville han ende opp som en assistent. Han var veldig usikker på hvordan det ville bli.

Hun tørket en liten tåre og ga han et kyss for å takke for at han var villig til å lytte. Hun kysset igjen og stønnet lett, og nikket mot sengen som om hun ville sove der i natt. Hun hadde behov for nærhet, hun hadde vært ute av seg siden moren ringte for å fortelle henne om avgjørelsen.

De var ikke på kontoret før klokka var ni. Grete lurte på hvorfor de kom sammen på kontoret så sent. Cecilie bare smilte til henne. Hun ville fortelle det senere.

I møtet klokka ti informerte Hans Olav at de tre som var innlagt på en institusjon ville bli overført i løpet av dagen. Berit Isaksen skulle være med og bli der en stund fremover, hun var ansvarlig for behandlingen og det var ikke det beste for

304

pasientene at det kom en ny behandler. Han lot Cecilie ta seg av kontakten med Bente. Det han var opptatt av var når og om han kunne kalle de inn til et avhør. Han regnet med at det var det utestående punktet på agendaen. Grete ble bedt om å skaffe fram mappene til de tre og forberede seg til avhørene. Hun ville være bisitteren til Johannes når de avhørte advokaten og damen. Han ville selv være med når Erik skulle avhøres.

Men hvordan i helvete skulle de angripe diagnosen til Erik, han var ikke sikker på hvor langt den hadde kommet i systemet. Han kunne ikke godt avhøre en person med diagnose som hjerneskadet og evneveik.

Johannes forsto dilemmaet, han mente de ikke bare kunne kalle inn legen og forlange at han endret diagnosen. Det måtte helsevesenet gjøre og der kom politiet til kort.

Johannes mente han fikk be Bente Isaksen om å komme hit til politistasjonen. Han trodde at hun burde vite hvordan systemet fungerte.

Dersom de ikke fikk ansvaret over på Edvin, ville mesteparten av tiltalen reduseres. Det ville være for jævlig. Johannes mente at Edvin ikke måtte slippe unna med å skylde på sønnen, men hva faen skulle de gjøre?

Nå følte Hans Olav seg maktesløs. Han spurte seg selv om de hadde nok fellende bevis for en tiltale. Den måtte muligens reduseres, og en aggressiv advokat ville forsøke å plukke den fra hverandre. Det ville være en gedigen nedtur. Nå trodd han at han engang ikke ville bli en assistent, men heller en løpegutt for assistenten.

Cecilie la merket til at han så nedtrykt ut, hva hadde gjort at han var så fjern og tankefull. Hun følte for han og ønsket av hele sitt hjerte at hun kunne muntre han opp. Nå var det han som hadde behov for omsorg, hun hadde vært så selvisk i går kveld og lesset over sine bekymringer til han. Hun nesten skammet seg over at hun ikke så at han selv trang medlidenhet.

Else Hagmo ringte og ba han på en middag i byen. Hun ville reise tilbake i morgen og ville at de skulle spise på et koselig sted i kveld. Hans Olav takket ja, han følte han hadde behov for litt selskap i kveld.

Han merket på seg selv at han hadde godt av å komme vekk fra hotellmidagen en stund. Han følte seg sliten og for øyeblikket slet han med motivasjonen. Det var en befrielse å ha en middagsavtale med Else.

Han takket for invitasjonen for å besøke eiendommen etter at hun var eier. Det rådet stor usikkerhet om lensmannskontoret var bemannet når han skulle tilbake etter oppholdet i Bergen. Dersom politiet satset på en vaktmester tre dager i uken med en åpningstid på fire timer, var det ikke plass for han.

De ruslet sammen tilbake til hotellet, hun takket ja til en kopp kaffe da han forslo det. Else mente han hadde behov for litt omsorg for å komme over de dystre tankene sine. Det var den siste dagen

306

hennes her, og hadde et meget godt forhold til Hans Olav. Han var alltid så positiv og initiativrik og fikk henne til å føle seg vel i hans nærvær. Else hadde et sterkt behov for nærhet og hun følte at kontakten med Hans Olav var en velsignelse for henne. Hun ble værende hos Hans Olav hennes siste natt i Bergen, og de gikk sammen ned til frokostsalen.

Han synes det var vemodig at hun ikke skulle være der lenger, han forsto at det var mye hun hadde å henge fingrene i med artiklene, bokprosjektet, og å gjøre seg kjent med eiendommen.

Bente Isaksen skulle prøve å slippe fra til lunsj og ville komme bort til de på politihuset. Hun var glad han tok kontakt, de tre pasientene synes ikke å ha noen dype depresjoner, de måtte bare få orden på livene sine, hva gjaldt Erik Johannesen var hun usikker. Det ville hun forklare når hun kom bort.

Legen som hadde blitt presset til å sette diagnosen på Erik ble engstelig og betenkt på at han skulle bli innkalt til politiet. Han følte at hele hans verden og tilværelse ville rakne. Han stilte spørsmål om nødvendigheten. Da han ble fortalt at det gjaldt diagnosen han hadde satt på Erik Johannesen falt han sammen og kunne ikke prate mer i telefonen. Etter en stund sendte han en melding at han ville ha med seg en advokat i samtalen med politiet. Johannes ville at han skulle være der klokka to.

I møtet klokka ti ble teamet bedt om å finne hva de hadde på legen, korrespondanse, bildet, konto bevis for betaling av de obskøne tjenestene og hva

307

det måtte være. Johannes lurte på om han hadde drevet med flere diagnoser eller hadde blitt truet til å skrive ut reseptbelagte medisiner, såkalte opioider.

Johannes var usikker hvor sterk de skulle gå på legen. I grunnen fikk helsevesenet ta seg av andre saker, det var opphavet til diagnosen til Erik de ville prøve å komme til bunns i. Dersom det gikk å endre diagnosen, kunne de puste ut alle sammen.

Samtidig ville han at de skulle finne det samme for advokaten og damen som hadde et opphold på institusjonen. De ville snart bli innkalt til avhør, begge to. Erik Johannesen ville de vente litt med, de måtte vente til han ble kvitt diagnosen som hjerneskadet.

De ringte fra resepsjonen, det var besøk til Hans Olav Eriksen, det var Bente Isaksen ble det opplyst. Han måtte komme ned og signer henne inn.

Cecilie hadde laget kaffe og satt inn på møterommet, de ville være tilstede alle fire. Bente presenterte seg som psykiater og hadde ansvar for sine pasienter. Det var to til som henne og de hadde sine faste pasienter.

Hun fortalte at advokaten hadde blitt innlagt med en akutt psykose. Hun hadde medisinert han og hatt samtaleterapi og mente han hadde kommet seg betraktelig. Hun var redd at tilstanden kunne bli forverret ved spørsmål som gikk på de samme tingene som hadde forårsaket psykosen. Dersom hun var tilstede mente hun at det ville gå bra.

Damen fra Filippinene hadde blitt innlagt med en akutt depresjon. Det var ikke like enkelt med samtaleterapi da hennes kultur og språk var vesentlig forskjellig fra den norske. Til tross for det virket det som om hun hadde kommet seg over sin dype depresjon. Dersom det er en tolk tilstede mente hun at det ville gå bra med en samtale. Det var ikke mer Bente kunne tilføre henne. Damen måtte selv løse de tingene som var årsaken til depresjonen.

Johannes mente at de kanskje ville dra nytte av det. Dersom hun fikk fortalte om samarbeidet med Edvin Johannesen og forklart at hun var fattig og en nyttig idiot som hadde sett en mulighet å tjene noe ekstra med å utføre det Edvin forlangte.

Bente mente at det kunne hjelpe damen i hennes situasjon. Det var verd et forsøk. Det var en iboende frykt i kontakten med representanter fra myndighetene og særskilt politi grunnet makt-misbruk og korrupsjon i landet. Det måtte tas hensyn til i en samtale. Det ville være fordelaktig å komme med en gulrot og ikke en pisk. Da mente Bente at det ville bli konstruktivt for damen i hennes situasjon. Politiet var ikke tjent med at damen kollapset igjen under avhør.

Når de kom til sønnen, Erik Johannesen, var hun veldig usikker. Han virket helt normal, men hun mente at han var naiv og påvirket av sin far. Det virket som om han ikke hadde noen egen fri vilje. Hun mente at han måtte komme bort fra sin far slik at han kunne bearbeide sin selvtillit og troen på at han duger. Tilstanden hadde feilaktig blitt diagnostisert som hjerneskadd. Denne diagnosen var satt av en allmennlege uten spesialkompetanse i psykiatri. Det var ikke enkelt å endre diagnose, det var en byråkratisk prosess som hun allerede hadde startet. Hennes vurdering veide veldig tungt og ville sette allmennlegens diagnose til siden.

Han måtte undersøkes av medlemmer av denne komiteen eller en eller flere psykiatere som ble oppnevnt av komiteen. En av de som var oppnevnt ville komme i ettermiddag, han var overlege på en psykiatrisk klinikk her i Bergen. Han i tillegg til hennes egen vurdering ville være tilstrekkelig for komiteen til å vurdere endring av diagnosen. Hun anbefalte å vente med avhør til denne vurderingen var ferdigbehandlet.

Det var en tankefull Johannes Moberg som hadde hørt på hva som ble sagt. Nå trodde han at et avhør av sønnen Erik kunne dra ut i tid, og at faren måtte settes fri fra varetekten. Det kunne selvsagt forandres dersom advokaten og damen kunne komme med overbevisende forklaringer som kompromitterte Edvin Johannesen nok til å forlenge varetekten.

Hans Olav mente de fikk forberede seg til neste gjest, legen som hadde kommet med diagnosen. Bente Isaksen ble bedt om å overvære det hele bak glassveggen med engangsspeil. Hun ville være der sammen med Cecilie og Grete.

Hans Olav mente at han skulle lede samtalen. De ville ta det opp på video, det måtte dokumenteres slik at de kunne benyttes som bevis i retten. Da slapp legen å stille opp selv. Det ville være en altfor stor belastning for han. All den tid han stilte med en advokat var det nærmest som et avhør å regne.

Legen og advokaten var en halvtime forsinket, de hadde hatt et møte på advokatens kontor og på grunn av snøfallet var det stopp i trafikken og vanskelig å få tak i en taxi.

Advokaten åpnet med at legen hadde taushetsplikt og det var begrenset hva han kunne fortelle.

- Ja vel, da kan vi kanskje informere om hva vi har og så er det opp til legen hva han vil gjøre. Helsedirektoratet vil naturligvis få oversendt det vi har og det er opp til dem hva som vil skje. Politiet vil lage en tiltale dersom det har foregått straffbare forhold.

Hans Olav la fram bildebeviset som ble funnet på serveren til Edvin Johannesen. Deretter ble kommunikasjonen om legens bestilling av tjenester fra Edvin presentert. Han poengterte at pedofili var en straffbar handling.

- Dersom du har noe som kan inkriminere Edvin Johannesen vil det bli vurdert i tiltalen.

Legen ble blek og ble flakkende i blikket og så mot advokaten som om han mente at dette må du få eliminert.

- Så er det diagnosen på Erik Johannesen. Vi er ikke i helsevesenet noen av oss, men vi stiller et stort spørsmål til den diagnosen du har satt. Du er

311

egentlig ikke kvalifisert til å stille en slik diagnose. Helsedirektoratet arbeider med å revidere diagnosen. Hva det gjør med din lisens er ikke noe vi bryr oss om. Det beste du kan gjøre er å legge deg flat og si at dette er på grunn av trusler fra Edvin Johannesen. Du hadde ikke noe valg, det ble truet med å distribuere bildene til din liste på Facebook. Det vi vil ha fra deg er en uforbeholden tilståelse. Egentlig er vi ikke interessert i deg, det er Edvin Johannesen vi er ute etter.

Legen ville ha et møte med sin advokat for å diskutere det som hadde kommet frem. Johannes ga de en halv time og forlot rommet.

Det var tid til en kopp kaffe på kafferommet. Bente Isaksen ville ha et ord med i laget. Hun var temmelig sikker på at legen kunne miste sin autorisasjon både på grunn av pedofili og setting av en diagnose han ikke var kvalifisert til. Det som Hans Olav hadde fremsatt i avhøret stred ikke med noe taushetsbelagt informasjon. Referansen til helsevesenet og Helsedirektoratet var korrekt. Nå ville hun gjerne høre hva legen og advokaten hadde å si til det som hadde kommet frem.

Pausen var over og avhøret kunne fortsette. Kaffe og vann var satt frem.

- Ja, nå vil jeg gjerne ha dine kommentarer til det vi har av bevis i saken.

Advokaten gikk høyt ut og mente at det de hadde kvalifiserte ikke til noen tiltale, det kunne til nød bli klasset som indiser og ville ikke stå seg i en rettsak.

312

- Du må ikke undervurdere graden av alvorlighet. Din klient har krav på seg til å komme med en troverdig forklaring. Dette er ikke noen lek.

Legen ville si noe men ble holdt tilbake av advokaten. Han ville ikke at legen skulle komme med noen innrømmelser selv om hensikten var å inkriminere Edvin Johannesen.

- Ja ha, dere er advart. Legen her blir påsatt håndjern og ført ned på en glattcelle. Som advokat kan du være med og forberede din klient på at en tiltale blir fremmet.

Legen falt fullstendig sammen og begynte å skjelle ut advokaten og hans ubrukelige råd. Det hadde gjort mer skade enn gavn.

- Du har bedyret meg at dette her skulle du ta deg av og gjøre politiet til latter med dine argumenter. Nå har du forårsaket at jeg blir kastet på glattcelle med en tiltale hengende over meg. Kom deg til helvete ut herifra, jeg vil ikke se deg for mine øyne mer.

Advokaten var i villrede. I egne øyne hadde han gjort forsøk på å latterliggjøre politiet, men det var han selv som endte opp med å bli latterliggjort.

Vakten kom inn og tok legen med ned til glattcellen i kjelleren og forberedte han til oppholdet. Bente ble forskrekket, han var mentalt ustabil og et opphold på en glattcelle med alle hans tanker ville gi grobunn for en kraftig depresjon. Hun tilbød seg å se til han og vurdere om han var mentalt kapabel til et opphold på

313

glattcelle. I verste fall ville hun ta han med til den institusjonen der hun hadde de tre andre pasientene.

Hans Olav tenkte ikke så mye over det. Som man reder, ligger mann, som hans bestefar brukte å si. Du er din egen lykkes smed, er et ordtak som bestemoren brukte å si, men her var det helle du er din egen ulykkes smed.

Han var i grunnen glad det var over, hva som skjedde med legen interesserte han midt bak. Cecilie og Grete var forundret over attityden hans, men unnlot å si noe. De var ikke der som sosial-assistenter.

Johannes gikk tilbake, klokka var blitt fem allerede og det var tid for et strategimøte. Agendaen var en oppsummering av dagen i dag, og hva det var mulig å fortsette med i morgen.

Johannes var ganske sikker på at legen ville be om et nytt møte uten advokaten. Hans Olav var usikker på om det da kunne klasses som et avhør. Han mente de måtte skaffe han en advokat som politiet benytte seg av. Det var til stadighet advokater innom for å forsvare sine klienter. De fikk avvente til legen ba om et møte. Det var ikke trivelig på en glattcelle. Trolig ville Bente snakke han til fornuft om at det beste for hans helbred var å få det ut av tankene sine.

SKRIKET

Kapittel 14

I morgen ville de ha et møte med advokaten og senere på dagen med den filippinske damen. De var avhengig av tolk og det var ikke bare å knipse i fingrene. Det måtte bestilles, helst en godkjent tolk. Mappene var allerede ferdige og det var tid i morgen til å skumme igjennom dem. Målet var å få noe som kunne inkriminere Edvin Johannesen.

Hans Olav ville ta det med Bente å organisere pasientene til møtene på politihuset. Nå ville han gi seg for dagen, han trang en kveld for seg selv med en film på TV. Det hadde gått i ett den siste tiden, han følte seg sliten.

Første mann var advokaten, han var ikke anklaget for noe straffbart annet enn å bli avbildet i en kompromitterende situasjon.

- Jeg håper at oppholdet og samtaleterapien har gjort deg godt. Jeg forstår at de har vært en meget anstrengende tid for deg. Nå ønsker vi deg alt godt. Det som vi nå trenger før du er en fri mann er å informere om ditt forhold til Edvin Johannesen og sønnen. Vi er i en kinkig situasjon da faren legger all skyld på sønnen som har en uriktig diagnose som hjerneskadet. Den er i ferd med å bli omgjort, men det er noe helsevesenet får ta seg av.

- Jeg har i grunnen et perifert forhold til denne Edvin. I mitt yrke har jeg kontakte med mange slags mennesker, blant annet slike som følte seg truet og trakassert av denne mannen. Han prøvde å få meg rekruttert med å love fri tilgang til unge damer som kunne bli klasset som assistenter. En gang må jeg ha fått i meg noe MDG. Jeg vet ikke hvordan, men ble fullstendig slått ut og da jeg våknet var det to nakne unge damer i sengen min på et hotell. I følge denne Edvin Johannesen var det tatt video av det hele, noe han truet med å publisere. Jeg vet faktisk ikke hva jeg hadde gjort med disse unge damene. Han bedyret at de var mindreårige. Dersom dette kom ut ville jeg antagelig mistet tillatelsen til å drive som advokat. Dersom jeg frigjorde han for alle beskyldninger og unngå rettsaker, ville han ikke publisere det han mente han hadde av videobevis mot meg. Jeg var helt fra meg og gjorde hva jeg kunne for å avvise alle de sakene han ville at jeg skulle bistå med. Jeg innrømmer at jeg liker unge damer, jeg er ensom, mitt ekteskap røk etter tre år og jeg har bare sporadiske affærer med damer siden. Jeg

316

skammer meg for det livet jeg har ført. Advokatyrket er ikke noe dans på roser, det er et forferdelig jag etter å fakturere timer. Tolv timers arbeid syv dager i uken, halve tiden med å rekruttere klienter, resten med å skrive dokumentasjon.

Jeg vil unngå å vitne, det vil ruinere det siste strået av muligheter til å bli tilsluttet andre advokatbyråer. De jeg kan gjøre er å skrive en redegjørelse som burde være tilstrekkelig for å sette Edvin Johannesen i fengsel for lang tid. Da lover jeg å ta med det arbeidet jeg var pålagt med å avvise tidligere beskyldninger. Jeg har navnelister for disse. Jeg vet at dette kompromitterer meg, men jeg vil gjøre alt for å komme ut av denne forferdelige situasjonen. Det viser hvordan han kynisk bruker trusler og utpressing for sin egen vinnings skyld.

Etter denne monologen valgte Hans Olav å ta en pause. De gikk til kafferommer alle sammen for å absorbere det som kom fram. Dit kom også Bente Isaksen inn. Hun synes advokaten så mye bedre ut, hun forsto at denne samtalen hadde gjort godt for å gi slipp på hans traumer.

De hadde kort tid til nestemann, det hadde bydd på problemer å få en godkjent tolk. Det var mange i Bergen som sakket Tagalog, men de var langt fra så gode i norsk. De hadde fått en fra universitetet som sa seg villig til å tolke.

- Ja, da er vi her igjen. Jeg håper at oppholdet har gjort deg godt. Du ser i hvert fall godt ut. Som nevnt er vi ikke så opptatt av deg og det du har gjort. Vi er ute etter gode bevis for at denne Edvin Johannesen, er hovedmannen. Med andre ord, har du noe som kan hjelpe oss til å få tatt knekken på den forretningen han driver og satt han fast til han blir en gammel mann. Vi vil utlevere deg til ditt hjemland så får de bestemme seg for hva de vil gjøre med deg og din mann. Det kan hende at du får en straff her, men den skal bli sonet i ditt hjemland. Det bestemmer ikke politiet, det er det domstolene som avgjør.

- Jeg forlanger en advokat, jeg svarer ikke på et eneste spørsmål før jeg har en advokat.

Johannes bannet, dette hadde han ikke sett for seg. Han nærmest skrek i telefonen, se til helvete å få tak i en advokat og det på momangen. Nå var han lei, det var kjepper i hjul hele tiden. Han hadde fulgt prosedyren til punkt og prikke, men det må ha vært noe hadde gått galt i forberedelsene.

Hans Olav var bekymret, det var tett før han ba Johannes forlate rommet, han ville ikke at hans ego skulle være til hinder for å fullføre dette avhøret.

De var alle på tuppa med denne saken, den var veldig mangesidig og krevende. De måtte for guds skyld ikke miste fokuset nå, da kunne hele saken gå i dass.

Det var tid for en pause, det var ingen muligheter å fortsette denne samtalen før de hadde en advokat. De hadde loven på sin side og dersom dette avhøret skulle benyttes som bevis, måtte de

318

de skaffe en advokat så fort som faen. Alle var litt på tuppa nå, det var altfor mye som sto på spill og de kunne ikke tape dette på grunn av at de var blitt skjødesløse nå i innspurten.

Advokaten kom etter to timer han måte avbryte det han holdt på med for å komme. Han forlangte et møte med sin klient før det var snakk om et avhør.

Johannes måtte gå ut, nå var han skikkelig forbannet. Hans Olav mente at han ikke kunne sitte inne under avhøret. Til det var han skikkelig trekt. Han innså det selv og unnskyldte seg med at han var så til de grader engasjert og hadde mistet gangsynet. Det var bedre han sto bak glassveggen.

Møtet startet opp igjen. Det skinte igjennom at damen ikke stolte på politiet. I hjemlandet var politistyrken gjennomsyret av korrupsjon, det kom av at de selv var sterkt underbetalte og behandlingen de fikk av myndighetene.

Hans Olav var redd at det han sa kunne bli misforstått all den tid kulturene deres var så forskjellige. Hun var livredd for å angi noen, mafiaen i hjemlandet var kjent med at angivere ofte forsvant på uforklarlig vis, og politiet ble betalt for å se en annen vei.

- Mr. Edvin kom til min by og ville at jeg skulle starte med å sende direkte overføringer fra barn som ble misbrukt. Det var mafiaen som hadde bestemt at de skulle være meg og min mann. Da ville ikke mafiaen eller Mr. Edvin bli involvert. Vi reiste til Norge fordi han ikke ville betale oss, han

319

sa at det skulle mafiaen gjøre. De ville heller ikke betale, men skulle ifølge avtalen ha mesteparten av det vi fikk for datastrømmingen.

Det var sønnen hans som satte opp datasystemet og bestemte hva og hvordan vi skulle få tatt de beste videoene. Det hele stoppet opp, familiene til barna fikk ikke betalt, men ble truet av mafiaen til å fortsette. Jeg tror at Mr. Edvin betalte til mafiaen og ikke til meg.

- Vi har bankoverøring fra en konto som denne Mr. Edvin har tilgang til og til en konto på Filippinene som dere disponerer.

- Det er noe forbannet tull, den kontoen står i mitt navn men jeg har ikke tilgang til den. Mafiaen har gjort det ved å bestikke ansatte i banken. Da legger de all skyld på meg.

- Du kommer til å bli returnert når turistvisumet ditt går ut. Det er lite trolig at du og din mann blir tiltalt for noe straffbart her i landet.

- En ting til. Er de noe i ryktene at Mr. Edvin ville fjernadoptere små barn til noen av kundene sine. Barna ville reise på et tremåneders visa og returnert for å bli byttet ut med andre barn når de tre månedene var omme.

- Det var i planene til Mr. Edvin. Barn skulle komme fra et barnehjem. Det gikk ikke, en avis fikk nyss om det og det ble en lokal skandale.

- Har du noe skriftlig eller datafiler som kan bekrefte de du har fortalt meg?

- Dersom jeg får låne en lap top, så skal jeg finne noe som dere kan ta kopier av.

Nå visste ikke Hans Olav verken ut eller inn, Han følte at han ble manipulert og snakker rundt. Alle han hadde til avhør sa de var uskyldige og hadde varierende historier. Det var alltid noen andre som hadde skylden, de var bare nyttige idioter som ble brukt for å skjule deres egne forbrytelser. Hvordan i helvete skulle han trenge igjennom denne muren av løgner og usannheter. Eller var det ikke slik som han følte det.

Han måtte ta seg en lang prat med Johannes. Var det derfor Johannes hadde blitt så forbannet, at han så det samme?

Johannes hadde ikke roet seg ned enda. Han var så opprørt av å høre på den jævla kjerringa som spilte uskyldig og mente hun var et offer. Han beundret Hans Olav for å holde roen og sakligheten slik at avhøret kunne gjennomføres.

Når Hans Olav sa hva han tenkte, var det i de samme baner som det Johannes var så opprørt over. Alle skyldte på hverandre og fremsto som uskyldige og nærmest tok avstand fra alle beskyldningene.

Det virket som om de hadde trent på hva de skulle si og hvordan de skulle opptre i et avhør. De skulle faen meg ikke slippe så lett.

- Vi må bruke alt vi har av bevis mot hver og en av dem og forme tiltalen deretter. Da er det opp til retten å vurdere hva som er rett og galt. Det er opp

321

til forsvarsadvokatene å overtale retten til at det som de er tiltalt for er uriktig. Det er ikke noe vi trenger å hefte oss ved.

- Jeg samstemmer med deg, Hans Olav, de skal faen ikke få ta rotta på oss, det overlater vi elegant til påtalemyndighetene. Vi har haugevis av bevis mot alle sammen. De har ingenting, bare en masse svada som ikke lar seg dokumentere.

- Så kan vi legge frem de bevisene vi har mot Edvin Johannesen. Det springende punktet er legen og den falske diagnosen. Om legen blir buret inn og mister sin godkjenning bryr jeg meg lite om. Da kan sønnen, Erik Johannesen, få den straffen han fortjener. Lås inn det helvetes pakket. Vi er faen ikke noen frelsesarme.

De var begge opprørte og trang tid å komme seg ned igjen. Cecilie ble kalt inn for å se hva notater hun hadde. Videoene ville bli vist som de var. Retten skulle få både se og høre hvordan de fritok seg selv for alle anklagepunktene.

Cecilie forsto at de var opprørte og hadde tatt en ledelsesbeslutning om tiltalene. For henne var dette midt i blinken for hva politiarbeid var. Det var langt fra det hennes kullinger opplevde med å være kopiassistenter og lage kaffe. Det hun var engstelig for hva dette skulle lede til av hennes videre karriere.

Johannes foreslo at de skulle ta seg en middag i byen, han hadde behov for å treffe andre mennesker i kveld. Han ville ta med sin kone, hun hadde nesten ikke sett han siden han reiste opp til lensmannskontoret.

Etter at de hadde skiftet av seg politiuniformen og funnet sine sivile klær møttes de på et veldig hyggelig sted. Mennene bestilte seg en drink før maten, Johannes mente de måtte ha noe for å skyve tankene vekk fra det som hadde skjedd i løpet av dagen.

De ble sittende til klokka var elleve, da mente servitøren at matserveringen stengte. Johannes tok med sin kone og gikk hjem til seg mens Hans Olav og damene gikk tilbake til hotellet sitt.

Han var nesten ferdig med aftentoalettet da det banket på døren. Han lurte på hvem det kunne være som kom så sent på kvelden. I slåbroken og bokseren åpnet han forsiktig. Han var engstelig om noen av nettverket til Edvin Johannesen var ute etter han. Han hadde en vag følelse at noen ønsket at saken skulle henlegges.

Overraskelsen var stor da han så Cecilie og Grete stå der med hver sin flaske vin. De fikk ikke sove og hadde sett på Hans Olav at det var noe som plaget han. Selvfølgelig kunne de komme inn. De hadde rukket å dusje og hadde på seg pysj under slåbrokene sine.

De hadde forstått at saken nærmet seg slutten, alle avhørene hadde blitt unnagjort, og det var tid for en liten feiring. Ingen av de visste hva som ville skje med dem etter at tiltalene var ferdige og godkjent av politiadvokaten.

De ble sittende og prate til de små timene og så at han begynte å gjespe. I morgen var det søndag og det var ikke noe program. Det var fremdeles litt vin igjen, det var nok til et glass til hver. Hans Olav hadde tødd opp med praten og det virket som om de dystre tankene hans hadde blitt fortrengt av damenes prat.

De satt tre stykker i en stor toseter, det ble ganske intimt, begge kysset han på kinnet og lente hodet mot skulderen hans. Grete var lettere påvirket og ga han et kyss, noe han besvarte. Cecilie gjorde det samme og førte han bort til dobbeltsengen. Det skulle ikke så mye til før hennes hormoner tok over, det samme med Grete.

Hans Olav synes det var herlig og han hadde ikke opplevd å sove med en flott dame på hver sin side og det tok ikke lange stunden før alle tre var langt inne i drømmeland.

Grete våknet først, hun ville ikke forstyrre og sovnet igjen etter en stund. Frokosten var over når de endelig sto opp. Etter å ha dusjet sammen la de seg nedpå igjen og ble liggende til nærmere lunsj. Før de forsvant ga de hverandre en stor bamseklem og et kyss på kinnet med en avtalte om å spise lunsj sammen.

Nå hadde han en annen ro hele dagen, det hadde han behov for. Han var glad han hadde tatt den praten med Johannes og at de var helt på linje med sin strategi. Det at damene hadde sett at han var stresset og kom inn i natt gjorde han at alle hadde fått inspirasjon til å fortsette arbeidet med tiltalene. Det var ikke noe annet som fikk plass i tankene hans for tiden.

Nå ville han ta en prat med Bente Isaksen angående diagnosen til Erik Johannesen. Det var den siste usikkerheten før det var mulig å gjøre ferdig tiltalen til far og sønn. Det var ganske sikker at det var avhengig av nye avhør av begge to. Der ville han konfrontere Erik med det som hadde kommet fram om oppsettet av datasystemet i Filippinene og at han hadde bestemt hva og hvordan opptakene skulle være.

Deretter var det farens tur, han ble jo nesten satt ut da han ble fortalt at som verge for sin sønn, ble det også vurdert at han var ansvarlig for hans handlinger. Dette kunne nå bli den nye virkeligheten.

Hans Olav måtte ha Johannes ved sin side under disse avhørene. Det kom til å bli veldig emosjonelt. Hele deres verden ville falle i grus. Det var enda godt at Bente var i nærheten, han måtte undersøke hvordan hun kunne bli oppnevnt som sakkyndig.

Det var ikke endelig vurdert hvordan de unge damenes rolle i en rettsak skulle være. Via de arresterte mafiamedlemmene hadde de en link, til Transnistria og til Edvin Johannesen. De fikk vurdere om dette var tilstrekkelig når de fikk gjort den endelige utgaven av tiltalene. Mye var gjort allerede, men etter hvert som saken hadde utviklet seg måtte den stadig revideres.

Han regnet med at de ville gå bortimot tre uker før dette arbeidet var i en såpas stand at det kunne sendes videre i systemet. Der ville det ta minimum et par uker med kommentarer før de kunne si seg ferdige.

Det var i grunnen nok filosofering på fridagen. Han merket på seg selv at han hadde en ny giv, energien var tilbake.

I morgen mandag ville han med damenes hjelp raffinere strategien for neste uke. Han var redd for å miste Johannes til andre oppgaver, da ville det hele ta mye lengre tid før de kunne si seg ferdige med alt.

Han ruslet tilbake til sitt andre hjem, hotellet, for å sette på en film på TV. Da var han sikker på å sovne.

Johannes la merke til at Hans Olav hadde ny energi, den første fridagen på lenge hadde gjort godt på alle sammen. I møtet klokka ti fikk Hans Olav tilslutning til den strategien han hadde tenkt ut i går. Alle tiltalene uten den til far og sønn kunne bli gjorte ferdige med hva de hadde. Det måtte refereres til sikre bevis, og bevisene måte presenteres i en mappe for hver tiltale i tillegg til den elektroniske utgaven.

Bente ville på oppfordring fra Hans Olav komme ned til politiet for å gi en status på reverseringen av diagnosen til Erik Johannesen. Hans Olav håpet at det psykiaterne hadde av observasjoner gjorde til at nemda ville vurdere diagnosen.

Han merket at spenningen og stressnivået var på vei oppover. Han satte seg med meg en kopp kaffe på kafferommet for å vente på Bente.

Hun kom rett før lunsj, han ble igjen kontaktet av resepsjonen og fikk henne signert inn. Johannes ble med inn på møterommet, han synes det var viktig å ta del i informasjonen, rettsaken mot faren kunne til en stor grad stå eller falle med diagnosen og opphevelse av denne.

Hun visste ikke riktig hva de skulle gjøre med advokaten og damen. Det var ikke syke nok til å okkupere to senger på institusjonen. Overlegen ville at de skulle ut av institusjonen, det var nærmest en venteliste av nye pasienter.

Hans Olav mente at det var opp til helsevesenet å vurdere, damen kunne bli internert på et asylmottak sammen med sin mann. Dersom de ble satt fri ville de forsvinne for godt, noe han var imot, i hvert fall til de hadde vitnet i saken. Dersom de ble dømt for sine egne forbrytelser ville de mest sannsynlig bli utvist fra landet for å sone straffen i hjemlandet.

Legen ville bli satt fri mot meldeplikt, det mente Johannes var greit nok.

Når de gjaldt diagnosen til sønnen Erik Johannesen, ville den mest sannsynlig bli reversert. En grunn var at den legen som satt diagnosen ikke hadde de rette kvalifikasjoner til i det hele tatt å sette en psykiatrisk diagnose. Det andre var at den hadde blitt satt etter trusler fra faren.

Psykiatrikerne på institusjonen hadde gjort mange kognitive tester og Erik hadde blitt undersøkt med MR på Haukeland. Det var ikke funnet noe som tilsa at han var hjerneskadet. Det er ingen forbrytelse å være naiv, men det var langt fra å være evneveik.

Nemda hadde vurdert han som normal, om det kunne sies at noen var normal i dagens samfunn, han var i hvert fall ikke hjerneskadet. Prosessen for å reversere diagnosen var satt i gang. Legen som hadde satt diagnosen ville miste sin autorisasjon. Prosessen ville nok ta tre til fire uker. Da ville saken mot faren som hadde oppnevnt seg selv som verge for sønnen bli opphevet.

Sønnen hadde fått underhold av NAV siden diagnosen ble satt, det ville han miste. Det var høyst sannsynlig at NAV ville forlange at alt de hadde betalt ut ikke var berettiget, og ville bli forlangt tilbakebetalt. I grove tilfelle ble det utferdiget en fengselsstraff. Det var det opp til NAV å vurdere.

Johannes mente at de fikk lage en tiltale basert på at faren var straffeansvarlig på de punktene som kunne tilbakeføres til han selv, inklusive trusselen mot legen for å komme med den fatale diagnosen.

Det samme med sønnen Erik, alt straffbart som kunne føres tilbake på han ville bli inkludert i tiltalen.

Det var en formidabel jobb å finne alle anklagene og bevise at de uten enhver tvil kunne være

328

fellende. De hadde heldigvis litt tid på seg for tiltalene til far og sønn.

Monica var på fulltid som en del av teamet. Hun og hennes avdeling var resurspersoner for det arbeidet som hovedsakelig Cecilie og Grete gjorde. Johannes og Hans Olav var resurs personene med strategien og som mentorer. Tiden hadde forandret seg, nå var de kopiassistenter og sørget for at det var nytrukket kaffe til enhver tid.

Monica presenterte avsnitt etter avsnitt til mennene, det de var opptatt av var om bevisene var tolket riktig og til rett person. En dreven forsvarsadvokat var hele tiden ute etter å gjøre påtalen og påtalemakten til latter. Det var en formidabel oppgave de sto overfor. Kommentarene ble skrevet med to forskjellige farger, de hadde hver sin.

Det ble en del frem og tilbake til de mente at det var godt nok. Deretter var det politiadvokaten som ville gjøre samme sak, før påtalemakten gjorde den endelige gjennomgangen.

De tidligere tiltalene ble trukket tilbake og revidert med informasjoner som var tilført i de senere avhørene.

Da den første tiltalen hadde blitt sendt til påtalemakten for den siste finishen ble både Hans Olav og Johannes innkalt til et møte. Innkallingen var bare en melding om at de måte komme for å forklare seg. De kikket på hverandre, dette hadde de ikke forventet. Hva var det nå om å gjøre. Det var meget uvanlig at noen ble innkalt til et oppklaringsmøte etter at det hadde vært igjennom flere trinn med verifikasjon.

De møtte opp i henhold til innkallingen og var veldig usikre på hva dette dreide seg om. På andre siden av bordet satt advokaten, det var han som skulle prosedere saken for retten. Han så alvorlige ut.

- Det dere har presentert holder ikke i en rettsak, jeg sender det tilbake for at det skal gjøre om det hele.

- Hva er det du påstår? Det er førsteklasses arbeid og bevisene er bombesikre. Hva er det du mener med denne sjikanen din. Er det synsing fra din side, ellet er det virkelige kommentarer.

- Se selv, det stemmer ikke med noen av avhørene. Det er dere som synser. Det går ikke an å presentere noe som spriker. Anklagene og tiltalene er for noe helt annet enn hva som fremkommer i avhørene. Det hjelper ikke at du har sikre bevis. Det nytter ikke å få dømt noen på et slikt grunnlag. Retten vil avvise hele saken.

- Johannes ble sint, hva faen er det du sier? Er det den første saken du har som du er påtaleansvarlig for. Dersom du forventer en tiltale som en hvilken som helst sekretær kan prosedere foreslår jeg at du finner en annen mer rutinert advokat som kan vise deg hvordan dette skal gjøres.

- Nå, ikke bli verbal, her er det jeg som bestemmer og det er meg som sier at dette ikke holder. Jeg kan ikke prosedere noe slikt. Saken kommer til å bli henlagt på min anvisning. Kom ikke her og lær meg hvordan dette skal gjøres.

- Dette finner jeg meg ikke i. Hent din overordnede, han kan snakke deg til rette.

- Nå må vi besinne oss, dette håndterer jeg, bare jeg. Det er ikke behov for å hente min overordnede.

Både Johannes og Hans Olav reiste seg for å gå. Advokaten nærmest skrek i fistel at dette var uhørt, ingen, absolutt ingen opponerte seg mot han, en advokat med de beste karakterene fra universitetet. Dette brød de seg overhodet ikke om. Det ville ikke skje før han kunne oppføre seg som den flotte advokaten han sa han var. De var langt fra imponert.

Det viste seg at advokaten hadde vært forsvarsadvokat for tiltalte Edvin Johannesen og var fanget i hans nettverk. Besøksprotokollen hadde notert at han hadde hatt møte med tiltalte i cellen på politihuset hele fire ganger. Hans Olav husket navnet i kunde listen til au pair jentene og strømmingen av videoer der barn ble seksuelt misbrukt.

Det var vanskelig å roe ned Johannes, han hadde ikke forventet at tiltalte skulle ha så stor makt. Ei heller at embedsmenn var slaver av sine bisarre lyster. Det påtaleansvarlig gjorde var her var uvirkelig, han gikk nærmest i tjeneste for tiltale og gjorde hva han kunne for å henlegge saken basert på bevisets stilling.

De gikk tilbake for å tenke ut neste trekk. Ikke på noen måte lot de seg i pille på nesen av en slik drittstøvel. Nå fant de tilbake bevisene, kopierte opp kundelistene og fant et meget kompromitterende foto av denne drittstøvelen i aksjon med ei mindreårig jente. Alt fant de på serveren som sto på loftet i det gamle huset.

Politimesteren var informert og invitert til en gjennomgang med advokaten på møterommet til Hans Olav og Johannes. Advokaten nektet å komme, det var under hans verdighet å snakke med underordnede politi. Politimesteren ble forbannet og sendte to konstabler for å hente han til dette møtet. Der satt Cecilie og Grete, de var de som hadde laget tiltalen. På en stor skjerm lyste web portalen til den filen der de hadde funnet navnet og fotoene til advokaten.

Advokaten var rasende over den nedverdigende måten han ble hentet på, og det første han sa var at dette skulle han sørge for å ta helt til topp. Det var da politimesteren kom inn og sa han var fri til å ta det helt til topps her i dette møtet dersom han hadde noe å klage på.

Hans Olav nikket til Cecilie at hun skulle finne fram kundelisten til de prostituerte jentene som hadde blitt utsatt for menneskehandel. Der lyste advokatens navn opp med foto, og full identifikasjon. Hun koblet opp registret av de unge jentene med foto og hvilke kunder de hadde betjent. Det var tre jenter som hadde hatt advokaten som kunde. Bildene bli vist på storskjermen, Så ble den kompromitterende fotoserien av advokaten i fri utfoldelse med jentene vist.

- Vi har mer, men synes av bluferdighets hensyn at dette er tilstrekkelig til at du blir erstattet av en annen påtaleansvarlig.

Advokaten var blek, han stotret fram noe som lignet at dette var bevis som var innhentet ulovlig og ikke var tilstrekkelig til å forlange han fjernet. Politimesteren reiste seg og sa at en slik oppførsel av en påtaleansvarlig var uhørt og hun ville sende en anmodning om å frata han advokatbevillingen på grunn av korrupsjon. Han ble fratatt rollen som påtaleansvarlig her og nå, og ville selv bli tiltalt i den saken som sedelighetspolitiet og data krim gruppen holdt på med. Han hadde å rydde kontoret sitt og melde seg for sikkerhetsvakten for å bli satt på glattcelle.

Advokaten besvimte etter han sa at dette var et uhørt overgrep og at han hadde de beste karakterer og referanser som advokat. Resultatet var at ambulansen tok han til Haukeland sykehus med politieskorte.

Nå var politimesteren skikkelig forbannet, denne helvetes utgaven av en advokat hadde ødelagt hele dagen for henne. Hun takket begge to, Hans Olav og Johannes, for det utmerkede politiarbeidet de sto for. Cecilie og Grete tørket en tåre for de gode ordene fra selveste politimesteren.

Politimesteren ba de fortsette med det de gjorde og den måten tiltalene var presentert på. Det var

333

viktigere enn noen gang å få has på denne Edvin Johannesen og hans folk.

Nå var hele dagen forstyrret, de var fremdeles anterert. At noe slikt skulle forekomme her på politihuset satt respekten for hele bransjens troverdighet på spill.

SKRIKET

Kapittel 15

Hans Olav sa i møtet klokka fem at de måtte fortsette langs de samme baner og fortsette å gjøre en god jobb med tiltalene.

- La oss vente til møtet i morgen klokka ti. Da må vi ta en status og se om det er mulig å gjøre dette i henhold til den oppsatte strategien og prioriteten. Nå skal jeg spandere en øl på puben, det er noe vi har behov for. Monica og Bente blir selvfølgelig med.

Stemningen ble lettet, de hadde ikke ventet en slik avslutningen på dagen. De hadde nærest lagt seg på en arbeidstid til klokka ni på kvelden. Etter så lang tid hadde det tatt på. De pakket sammen og var klare ved sekstiden. Det var liten tid til å pudre nesen før de møtte på puben.

Det ble en helt annen kveld enn hva de så for seg på kontoret. Det ble vist fotballkamper på tre gigantiske skjermer som hang på veggene. Stemningen var å ta og føle på. De forskjellige supporterne hadde på seg klær fra fotball klubbene. Damene synes det var en enorm stemning, de oppdager hva de savnet ved at de arbeidet så intenst på bekostning av å komme i kontakt med de på samme alder.

Det var nok med en øl for Hans Olav, Johannes hadde allerede gått hjem. Nå ruslet han hjemover, han synes det var veldig kjekt at damen for en gangs skyld kunne slå ut håret. Det hadde de fortjent.

Vel hjemme fikk han en samtale på mobilen. Det var Else Hagmo som ringte fra eiendommen hun akkurat hadde overtatt. Hun spurte når han ville besøke henne. Hun var i full gang med å innrede stedet slik hun ønsket.

Han sa at han var fullt opptatt med å forberede tiltalene, det ville nok ta fatt i enda en stund. Han innrømmet at han var usikker på hva han skulle gjøre etter denne saken. Lensmannskontoret gikk for halv maskin og ville bli nedlagt, kanskje før denne saken ble ferdig fra hans side.

Det hun egentlig ville fortelle var at hun hadde komme over en dokumentment folder. Det var skjult inne i veggen og var nesten umulig å få øye på. Dersom han kom opp dit kunne han se om det var relevant for etterforskningen hans.

Hva var det hun ville med dette. Han var ikke interessert i noe forhold, hun var en god venn, men han følte seg ikke i stand til noe forhold, Ihvertfall ikke så lenge han var engasjert med denne saken.

Kanskje han kunne ta seg fri til helgen, reise fredag etter arbeid og tilbake mandag morgen. Interessen han ble trigget av dette med en mappe som inneholdt dokumenter.

Johannes ristet på hodet, de hadde nok bevis. Det ble bare en masse merarbeid ved å innhente ytterligere dokumentasjon. Kanskje han hadde godt av å reise bort i helgen og tenke på noe annet. Han selv var ganske kjørt, noe hans kone minnet han på til stadighet. Egentlig var han temmelig lei, dette hadde tatt på, og han merket at han var irritabel.

Okke som, Hans Olav reiste etter lunsj på fredagen. Hele teamet tok helg, det var første gang de hadde en hel frihelg. Monica, Cecilie og Grete benyttet frihelgen til å hilse på sine foreldre og venner. Johannes valgte å reise på et spa hotell på fjellet med sin kone. Alle ville komme tilbake i løpet av mandagen. Tiltalene uten de til far og sønn var sendt videre i systemet. En frihelg ville på ingen måte gå ut over fremdriften.

Han var ikke framme før sent på ettermiddagen, det hadde kommet snø og trafikken sto stille i perioder. Posten hans hadde Else tatt seg av ellers var alt som før. Det var like kaldt inne som ute så han satt på varmen og fyrte i peisen. Etter å ha kjøpt noe å spise i nærbutikken ble det faktisk hjemmekoselig. Nå merket han at han savnet det å være hjemme hos seg selv. Hotellet i Bergen hadde han langt opp i halsen.

Han melde fra til Else at han hadde kommet og var hjemme i leiligheten sin. Peisen varmet godt og etter middagene sovnet han i godstolen sin. Han hadde ikke merket at Else hadde kommet før han kjente lukten av nytraktet kaffe. Han hadde helt glemt at hun hadde en egen nøkkel.

Hun hadde med seg mappen hun hadde funnet bak noen løse panelbord på soverommet. Alderen var ubestemmelig, det kunne være noe de tidligere eierne hadde gjemt unna, og etter de hadde flyttet derfra eller døde, var det glemt. Hun hadde sett igjennom det og mente at det vara av nyere dato.

Det fikk ligge til i morgen, han hadde ikke våknet skikkelig etter sin høneblund i godstolen ved peisen. Else hadde med vaffelrøre og serverte nystekte vafler med rømme og jordbærsyltetøy. Dette var noe annet enn det sterile hotellrommet der den eneste luksusen var en vannvarmer med poser til kaffe og te.

Hun hadde skiftet på dobbeltsengen hans etter at han reiste til Bergen. Blomster hadde hun ikke brydd seg om, de ville visne etter kort tid allikevel.

Hans Olav glippet med øynene, hun så at han trang hvile og ro og følte hun måtte passe på han. Hun på sin side hadde behov for nærhet og forsvant inn på soverommet sammen med han.

Han sov til klokka var ni, da hadde hun vært oppe lenge og hadde allerede gått hjem. Frokosten sto

338

på bordet og han trang bare å starte kaffetraktere. De lå en lapp der hun skrev at hun ville opp til det gamle huset med Bonzo og han var velkommen til å bli med.

Mappen ble tatt frem og han bladde igjennom den. Det virket som om det var sønnen, Erik, som hadde samlet dokumentene. Det var hovedsakelig de tjenestene som faren hadde instruert han å utføre. Der sto det svart på hvitt. Dersom Erik ville få endret sin diagnose ville han bli tiltalt for dette. Han viste jo ikke om reverseringen av diagnosen hadde tilbakevirkende kraft. Dersom hele diagnosen ble omgjort hadde han ikke vært hjerneskadd som legens diagnose beskrev. Han var med andre ord frisk hele tiden. Dermed kunne han bli dømt for å ha utført de tjenestene som dokumentene beskrev.

Hans Olav fant frem skanneren og sin private lap top og laget en fil som han sendte til Cecilie og Johannes. Det var nærmet alt som de trang for å ta med i tiltalen til sønnen Erik.

Mobilen hans durte, Else lurte på om han ville være med? Klart jeg vil, bare stopp utenfor så kommer jeg.

Stedet var forandret, særlig utenfor. Snøen dekket det meste, men han synes det var åpnere. Det var en stor kvisthaug som hun ikke hadde laget bål av enda. Det håpet hun å gjøre i dag.

Det var direkte unødvendig å kjøpe ved å få den kjørt opp, de var jo midt i en skog. Inntil hun skaffet en gammel traktor eller lignende var det nok med en motorsag og en vedkløyver. Det kunne hun ønske seg av julenissen. Det var masse brukt å få kjøpt, det var ikke mange som kappet sin egen ved lenger og slik redskap bare fylte opp i uthusene.

Inne så han at huset var overtatt av en kvinne, det luktet grønnsåpe, teppe på gulvet, gardiner, duker på bordene. Hun fyrte i ovnen for å varme kaffevann. Generatoren hadde hun ikke startet, det var ikke opplegg for ledninger og hun hadde ikke skjøteledninger. Hun hadde ikke eid stedet i mer enn tre uker.

Han ville se og fotografere stedet der mappen ble funnet. De løse panelbordene var amatørmessig utført. Nå regnet han med at de hadde gjennomsøkt stedet flere ganger og funnet det de hadde behov for av bevis.

Det var altså så deilig å gjøre noe annet enn å lese dokumenter og arrangere avhør. Nå fikk han virkelig tankene over på noe annet. Han hadde ikke tenkt å ta seg fri denne helgen, alle trang å komme bort fra det intense arbeidet en stund.

Mens Else tente bålet tok han sagen og skar ned flere busker. Veien inn var nærmest overgrodd og det gjorde godt å få det bort. Han fant noe å sitte på ved bålet. Det var som om de var på speidertur, steke pølser på pinne og koke kaffe på bålet. Mørket hadde kommet og for en gangs skyld var det stjerneklart. De glemte klokken og de hadde ikke lyst til å forlate bålet før det var nesten nedbrent.

De rakk så vidt butikken på hjemveien, han hadde verken mat til en middag eller frokost i morgen. Else fant det hun mente han trang av mat.

Etter å ha levert Bonzo til kennelen og skiftet kom hun bort til Hans Olav for at de kunne spise middag sammen.

Han ble sittende å gå igjennom detaljene fra mappen de kom over, det var best å være forberedt til mandagen.

Det var mye nytt som Erik hadde blitt instruert til å gjøre. Det var en ganske detaljert forklaring på dataoppsettet og programmeringen på Filippinene. Det verifiserte det som damen hadde innrømmet i avhøret

En annen sak var hans hyppige reiser til Transnistria i møter med den voldelige mafia organisasjonen. Det hadde han laget en bestilling på hva og hvordan det skulle organiseres. Mafiaen skulle få en stykkpris for hver av de unge jentene. De skulle være representative. Selv likte Erik jenter i alderen 14 til 16 år og det var hva han bestilte. De skulle skiftes ut hver annen måned, og mafiaen måtte stå for transporten inn og ut av Norge. Han ville være med for å godkjenne eksempler på unge jenter. Dette foregikk i Moldova. Han fikk anledning til å prøve en av damene også. Alt var dokumentert i mappen.

Det var nesten fullmåne og stjerneklart. Veldig fin kveld. Det var noe hun hadde glemt å fortelle. Hun hadde hørt lyden av en mobiltelefon den første tiden men hadde ikke funnet ut hvor lyden kom fra. Lyden ble svakere til den stoppet helt. Hun ville vise han der hun trodde lyden kom fra.

De reiste opp i hennes Toyota, en hadde firehjulsdrift og forserte den gjengrodde stien til eiendommen.

Der pekte hun på stedet hun mente lyden av mobiltelefonen kom fra.

Han brukte hodelykten til å undersøke. Kjente om det var løse bord i gulvet, banket på veggen. Det var en skjøt i gulvlisten som manglet spiker. Det var bare to hull etter spiker og kunne bøyes ut. Han var forsiktig, det var lett å brekke listen, den var gammel og hadde mistet sin elastisitet.

Han lyset in med Mag lykten, det så ut til å ligge en pose der. Han strakk hånden inn, den var for stor så han fikk Else til å gjøre det, hun hadde mindre hender. Det var en tøypose som inneholdt to mobilteleioner.

Edvin Johannesen hadde sikkert gjemt posen der før han ble tatt hånd om av politiet. Han tok bilde av stedet og posen før de skjøv listen på plass.

De lot gasslampene stå igjen og låste etter seg. Det samme med skuret, etter å ha sjekket at det var låst.

Hun lente seg inntil Hans Olav og ga han et vått kyss før de gikk inn i bilen. Gud hva hun forgudet han.

Klokka var nærmere elleve før de kom tilbake. Han ville gjøre et forsøk på å sette mobilene til lading. Han regnet ikke med at de kunne la seg åpne, til det var de nok passord beskyttet. Det fikk IT avdelingen ta seg av.

Else ba han legge arbeidet til siden, det han hadde behov for var å tenke på noe annet enn arbeid. Det fikk han ta når han var tilbake i Bergen. Hun ryddet mobilene vekk, den ene sto på lading og det ville ta tid. Hans Olav hadde bare en lader så de fikk ta en av gangen.

Hun satt seg i sofaen og la hodet på skulderen hans. Hun merket at han enda ikke hadde falt helt til ro og håpet at det ville bedre seg løpet av morgendagen. Da hun kysset han, merket hun at han slappet av og holdt rundt henne. Hun hadde vekket noe i han, hennes egne hormoner hadde nesten tatt over kommandoen hennes.

På morgenen ble de liggende lenge bare med å holde rundt hverandre. Hun hadde ikke følt noe så sterkt siden hennes samboer levde. Han var spesialsoldat og mistet livet i en bombeeksplosjon i Afghanistan for fire år siden. Det tok mange år å komme over det.

Det var uvant for Hans Olav å våkne og ha hele dagen til rådighet.

Tiden med Else og besøket på eiendommen var gull verd for tankene til Hans Olav. Han hadde fått en ny giv, han hadde faktisk ikke tenkt på etterforskningen. Med det nye som var funnet regnet han med at det var spikeren i kisten for far og sønn. Tiltalen kunne de gjøre nærmest ferdig i påvente av at diagnosen til Erik Johannesen ble reversert.

Så fort de siste tiltalene var sendt videre i systemet ville han ta noen dager fri og komme tilbake til boligen sin. Det var ikke det samme å bo på hotell i sentrum av Bergen.

Som takk for at han ble med opp til stedet hennes, ville hun stelle i stand middag, hun tok med seg noe hjemmefra, for hos Hans Olav var et ikke mye igjen. Det som var tok hun med hjem til seg, det ville bare bli ødelagt og lukte dersom det ble liggende.

Tidlig på mandagen reiste han tilbake. Hun ga han en god klem og et kyss på kinnet når han dro. Hun ville rydde og skifte på sengene før hun gikk hjem til seg selv.

Det ble oppstandelse når Hans Olav var tilbake på kontoret. Alle gratulerte hverandre for en herlig helg. De så friske ut og var klare til å gå i gang.

Mappen som Else hadde funnet ble studert. Hans Olav og Cecilie gikk bort til IT avdelingen og håpet de kunne finne ut hva de to mobilene inneholdt. Dersom det kunne lede tilbake til Edvin Johannesen ville det være avgjørende bevis. IT satt de til lading og ville komme bort med dem så fort de hadde progress med hackingen. De ville kontakte leverandøren av sim kortene også. Hans Olav var glad det var slike ressurser innen politiet.

Monica mente at straffesaken med de som overfalt gamle lensmannen var klar og var den første saken som var berammet. Hun ville delta på påtalemyndighetenes side under rettsaken. Dermed ble hun frigjort fra etterforskningen. Det var også en test om bevisene deres var tilstrekkelig. Det ville ikke ta seg ut dersom forsvarsadvokatene fikk saken til å bli henlagt på grunn av ufullstendige bevis.

Monica ble også med på rettsakene mot de fire andre mennene som var fra mafiaorganisasjonen i Transnistria. Hun hadde blitt godt kjent med anklagene i løpet av etterforskningen. Johannes og Grete var til hånde dersom det var ytterligere informasjon eller bevis som påtalemakten ønsket å elaborere. Hun ville kalle inn de unge damene dersom det var behov for det. Hun var imidlertid redd for at deres familier i hjemlandet ville bli utsatt for represalier.

Hans Olav og Cecilie var sammen om å revidere tiltalene mot far og sønn. Det hadde ingen hast da de ikke ville bli fremmet før diagnosen som hjerneskadet ble reversert. De forlangte at legen forklaring skulle være med som bevis i saken. Det at diagnosen var gitt som et resultat av trusler og utpressing, ville spille med som avgjørende bevis. Hvordan kan det ha seg at farens forbryterske handlinger skulle resultere i å ødelegge livet for sin egen sønn. Det ville komme frem i rettsaken hva slags person denne faren egentlig var.

Legen og advokaten var to tilfeller av farens terror. Deres synd var at de hadde klikket på en fil i det obskøne datasystemet han hadde lagt ut for nettopp å terrorisere de stakkarene som hadde forvillet seg inn på en av nettstedene.

Renate og Jon Erik fra IT ringte og sa at de ville komme bort, de hadde arbeidet med de to mobiltelefonene som ble funnet bak en gulvlist i det gamle huset.

Johannes hadde tatt tilbake sitt gamle kontor og Grete fungere som hans assistent. Det var bare Cecilie og han selv som var igjen av teamet. De var spent på hva mobilene inneholdt og om det var noe de kunne ta med i tiltalen eller om det var noe som data krim eller sedelighets gruppene kunne etterforske.

Det som det viste seg å være, var det nummeret som var listet i dataprogrammet som hadde med bestilling av au pair. Det var nummer på nummer av bestillinger og henvendelser. Noen av de siste var ikke besvart, kanskje det var de som Else hadde hørt. Han synes det var ytterst merkelig at de som ringte hadde listet nummer. Det var veldig avslørende. Cecilie mente at dette ledet direkte til Edvin Johannesen. Han var ikke så sikker, det spørs hvem som eide nummeret.

Jon Erik hadde undersøkt, nummeret var fra et sim kort som var ulistet. Det tydet på at det var et såkalt kontantkort. Hans Olav ville at de skulle ta det ut for å finne hvilke mobilnett det var registrert på.

Mens han holdt på med det åpnet Renate den andre mobilen. Nå var de spent på om det var noe

346

av de samme. Det viste seg at det var det nummeret der kundene kunne bestille strømming fra opptakene av de stakkars barna på Filippinene. Det var fellende bevis fra de som hadde gjort henvendelser eller bestilt strømming. Renate gjorde det samme med sim kortet. Også det var et sim kort for et betalingskort. Hun gjorde det samme som Jon Erik for å finne ut hvem det var listet på.

Det ville ta noe tid, det var mye sekretesse. Hans Olav mente at det var et krav at det skulle dokumenteres hvem som hadde kjøpt slike kort. De hold på resten av dagen. Ingen ville kommentere hvem nummeret var registrert på. Cecilie fikk en lys ide, hvorfor ikke fylle på kortet, da ville det komme fram hvem de skulle betale til. Da kunne man finne ut hvilket kreditt kort som hadde betalt tidligere. Det lot han Renate og Jon Erik å ta seg av.

Det var det som skulle til, det var et mobilnett leverandør som hadde kontor her i byen. Johannes ble kontaktet, han var en senior politi etterforsket og hadde tyngde nok til å finne ut hvordan det gikk å fylle på kortene. Han bannet høyt, det var vanligvis slike sim kort som ble brukt av forbrytere for å skjule sin identitet. Han bekreftet at det skulle han ta seg av sammen med Renate og Jon Erik.

De skulle faen danse meg ikke kunne gjemme seg bak hensynet til personvernet. Han ville ikke gi seg før han fikk vite hvem eierne av sim kortene var.

347

Hans Olav ville ta kvelden, det hadde vært en lang dag. Han ville ta dette videre dersom de fant eierne av sim kortene. Det fikk de fortsette med i morgen. Cecilie gjorde det samme og gikk samtidig.

Helgen hadde gjort godt for begge to. De spiste middag sammen i matsalen på hotellet og gikk hvert til sitt rom etterpå. Det var utrolig hva han savnet sin egen bolig, det var uvisst hvor politiet sendte han etter han var ferdig her. Det dukket stadig opp i tankene hans.

Det viste seg at han var ikke den eneste som tenkte i de baner, Cecilie var i bestuss. Hun var fremdeles rekrutt og var sikret tjenestested inntil perioden var ferdig. Da var det opp til henne å søke ledige stillinger dersom ingen hun hadde arbeidet for kunne foreslå henne.

Senere på kvelden banket hun på hos Hans Olav, han kunne se at hun hadde grått. Han ba henne inn og ville høre hva det var som gjorde henne så nedfor. Hun greide ikke å holde årene tilbake, han lot henne gråte og la armen om henne for å trøste. Hulkingen stoppet. Hun hadde vært hjemme og venninnene spurte henne hvordan det var i politiet og hvordan det gikk med karrieren hennes. Var det mange kjekke politi og hadde hun funnet noen? Akkurat da følte hun seg mislykket og angret på at hun hadde tatt politiskolen.

Han hentet et papirhåndkle og tørket tårene. Hun smilte og takket. Han var så snill. Hun synes han var veldig kjekk og hennes hormoner spilte henne et puss når hun var i nærheten av han. Hun var fullstendigklar over at det var galskap det hun gjorde. Det var ikke mulig å holde sine følelser tilbake, etter denne uken ville hun antagelig ikke se han igjen. Hun la seg sett inntil han og kysset han lenge. Hun trodde at han kunne høre hjerteslagene hennes.

Det var så mange tanker som kjempet med følelsene hennes, hva ville hennes venninner ha gjort, hva skulle hun gjøre etter dette oppdraget, ville hun finne en venn? Hun hadde funnet en, men han hadde andre, det var ikke helt enkelt å konkurrere med noen andre. Hva hadde hun å tilby, en hysterisk jente som oppførte seg som en tenåring. Hun begynte å gråte igjen.

Hans Olav trøstet henne som best han kunne. Han kunne ikke forlate henne før hun fikk sine følelser under kontroll. Hun klenget seg til han og higet etter hans sympati. Kysset han igjen og stønnet, han visste ikke annet enn at de kunne sove sammen i natt. Han bar henne bort til sengen mens han gikk på badet for sitt aftentoalett. Da han kom ut igjen hadde hun sovnet. Hun var mentalt sliten og følte at livet hennes ikke var verdt å leve. Han tok forsiktig av henne klærne og ga henne en te-skjorte å sove i.

Han våknet tidlig av at hun lå nesten oppå han. Han holdt rundt henne og ga henne et kyss. Hun smilte og rev av seg t-skjorten. De sto ikke opp før klokka var nærmere åtte. Hun virket veldig rolig etter sin monolog og hans kjærtegn. Hun ba han

ikke snakke om dette og forklarte at dette var noe
hun hadde behov for.

Rakel og Jon Erik hadde etter hvert slått seg
sammen for å finne ut av eierne til sim kortene. De
hadde faktisk fått napp. Johannes hadde vært i
kontakt med firmaet og hadde uttalt at det de
gjorde her var å skjerme en av de største
nettverkene av menneskehandel og prostitusjon
sammen med samtidig overføring av seksuelt
misbruk av barn i et utviklingsland. Dersom dere
vil at dette skal pryde førstesidene i landets aviser
så vær så god, det er vel ikke en slik markeds-
føring dere vil vedkjenne dere.

Det ble febrilsk aktivitet, med et øyeblikk, og
telefonsamtaler på bakrommet. Daglig leder kom
og ba om unnskyldning, selvfølgelig skal vi
samarbeide med politiet.

Resultatet satt Johannes helt ut. Hvor kynisk går
det an å være. Sim kortene var registrert på legen
og advokaten. Det var det verste overgrepet
Johannes hadde vært borti i sin karriere. Dersom
ikke denne Edvin Johannesen kunne settes bort,
ville dette fortsette inn i evigheten.

Hans Olav kunne se at Johannes var anterert, hva
hadde skjedd? Da han ble fortalt resultatet gikk
luften ut av han. Nå måtte han sette seg ned.

Dette uhyret av en mann lå hele tiden ett til to
skritt foran dem. Nå gjaldt det å være smartere enn
han, det måtte da være noe som kunne putte han i
klisteret. De nektet å kaste inn håndkledet, de
hadde hans meldinger til hva sønnen skulle gjøre,

350

damen fra Filippinene sin forklaring, de som overfalt gamlelensmannen etter ordre fra dette uhyret. Svarene på henvendelsene til mobilene, hans kredittkort som hadde fylt opp kortet. De fikk spinne på dette sammen med alle indisiene.

Cecilie synes synd på Hans Olav, hun visste hva hun kunne gjøre for å muntre han opp, men følte seg avskåret fra å gjøre det.

Det ble å dykke ned i dokumentasjonen for å finne noe som kunne brukes for å sette fast dette uhyret av en person.

Han var mentalt kjørt når han gikk hjem, dette var et slag under beltestedet. Hvordan skulle vi få satt fast dette uhyret, det kunne ikke være slik at denne sleipe ålen slapp unna? Ikke faen om han skulle slippe unna, da ville han skifte yrke. Han kunne ikke være kjent med at saken mot faren ble henlagt, han var edderkoppen i nettverket. Det måtte da for faen være noen som sprakk. Hvor skulle de trykke? Legen og advokaten var de han tenkte på, de samme med sønnen Erik.

Han måtte kontakte Bente Isaksen i morgen, noe fremgang måtte det vel være, om ikke ville de bli anklaget for å hindre en stor politietterforskning.

Legen og advokaten måtte i et nytt avhør i morgen den dag. Han ville ikke gi seg før de gråt og ba om nåde.

Nå ville han se en film for å roe seg ned før han la seg. Han lette for å finne en, og merket at han ikke greide å roe seg ned.

Det banket på døren, hvem faene var det, ikke den hysteriske tenåringen som var der i går? Han åpnet forsiktig og så at det var Monica som sto der. Hun ville bare gi han en oppdatering fra retten.

Hun forsto at han var anterert for noe og ville gå igjen, hun følte på seg at det ikke passet. Bare kom inn, jeg må tenke på noe annet ellers får jeg ikke sove. Jeg føler at jeg er utspilt av denne helvetes faren.

- Så, så, om du vil høre hva jeg har å si, så vil du føle deg bedre. Hun fant frem en flaske vin fra vesken sin og skjenket i to glass. Hun satt seg ved siden av han i toseteren og han følte nærheten hennes. Den første rettsaken var nærmest plankekjøring, bevisene var bombesikre og forsvarsadvokaten hadde ikke noe han skulle ha sagt. De sa begge at det var faren som hadde bedt de komme til Norge for å hjelpe han med å bli kvitt lensmannen og assistenten hans. De viste beskjeden de hadde på sin mobil. Faren følte at lensmannen var en plage og ville ødelegge forretningen hans.

Hun så at han ble lettet, dersom dette hadde kommet frem i retten under ed, var det et bombesikkert bevis. Hun skjenket i glassene igjen. Hun hadde hørt fra Cecilie at han trang noe å roe seg ned på. Hun tok av seg jakken, under hadde hun en liten topp, i hans øyne var hun en flott dame, han trodde at hun var på samme alder som han selv.

Hun lente seg mot han og ga han et kyss på kinnet. Det hadde hun hatt lyste til lenge, med siden de arbeidet så sett sammen ville hun ikke ødelegge atmosfæren på kontoret. Nå, derimot var hun ute av saken. De ble sittende til flasken var tom. Da tok han hånden hennes og førte henne bort til dobbeltsengen. Han tenkte at han kanskje ikke ville se henne igjen. De var bare to mennesker som trang nærhet.

Hun ble helt til de gikk ned til frokost. Han følte at han nå var en helt annen person. Han ville spørre om en utskrift der mennene koblet faren til mordforsøket på den gamle lensmannen.

Cecilie ble instruert å hente inn legen og advokaten til et kort møte. Klokka ett og klokka tre. De hadde de tid til å forberede seg før lunsj.

Advokaten kom først. Han så ikke god ut, han kom uten advokat, det spilte ingen rolle allikevel. Hans Olav sa ikke et ord, bare la mobiltelefonen på bordet. Advokaten så ut som han ville besvime, hvordan hadde de kommet over den. Hans Olav ville vite om han kjente igjen telefonen?

- Nei, den har jeg ikke sett før, hvor har du den fra.

Hans Olav viste han sim kortet og spurte om han kjente det igjen. Det virket som om advokaten fikk pustebesvær, han fikk ikke fram et ord.

- Dette gjør deg skyldig i menneskesmugling og omsetning av småjenter for prostitusjon. Som advokat kjenner du strafferammen. Er det noe du vil si?

353

Han bare ristet på hodet.

- Da blir det en del av tiltalen mot deg. Vakt, ta han ned på en glattcelle.

Advokaten var slukøret da han ble tatt ned på cellen. Han tenkte vel hvordan hele opplegget hadde gått skeis.

Cecilie hadde fått med seg notatene og videoen. Siden det ikke var et formelt avhør, var det lite sannsynlig at det kunne brukes som fellende bevis i retten. De fikk de ta ved neste korsvei.

Legen var nestemann. Hans Olav brukte den samme fremgangsmåten. Uten å si et ord la han den andre mobilen på bordet og bare stirret på legen. Legen ble urolig og prøvde å se vekk. Da plutselig ble det lyd i mobilen, det var en innkommende samtale. Legen bare så på den og ble blek. Svetten piplet fra pannen. Hans Olav tok den og besvarte samtalen. Det var en som ville bestille en visning og ga detaljer om hva han ønsket å seg. Hans Olav sa, et øyeblikk, og ga mobilen til legen for å svare. Han bare stammet og sa at han måtte ringe tilbake senere.

Det ble ikke sagt mer, vakten satt på han håndjern og tok han ned på en glattcelle.

Fremdeles kunne ikke mobilene kobles direkte mot Edvin annet enn hans kredittkort hadde betalt for alt og påfyllingene av kontantkortene. Det han regnet med var at både legen og advokaten ville krype til korset og fortelle hvordan det hang sammen.

Mappene ble ganske fulle etter hvert. Det var ikke lenge før de fikk et gjennombrudd.

Cecilie skrev det ned i tiltalene, selv om dette ikke førte direkte tilbake til faren, var de temmelig nære. Det var nødvendig på å dele det med Monica for å finne ut om det var tilstrekkelig. Han ba henne stikke bort på hotellet for at de kunne diskutere det der. Cecilie ville gjerne være med hun også. Han ba henne ta med noe å skrive på og et par pizzaer, det hadde ikke blitt tid til mat i dag.

Monica måtte tenke grundig over det som Hans Olav hadde av informasjon. Dersom det var riktig at nummerne var registrert på legen og advokaten måtte det finnes en eller annen link til Edvin. Eller var det flere involvert på toppen i denne pyramiden? Hun stilte spørsmål til hvorfor mobilene ble funnet gjemt i huset. Det at hans bankkort var benyttet til å fylle opp kortene var et viktig spor. Hadde han stjålet kortene. Hvem eide mobilene? Hadde noen undersøkt eierskapet? Monica mente at de måtte finnes en eller annen link.

Pizzaene forsvant begge to, de var sultne. Det var ikke mulig å komme videre i kveld. Hans Olav takket begge to og ville fortsette alene en stund til. Det ville være synd om dette sporet måtte oppgis. Det ville under alle omstendigheter brukes mot legen og advokaten. Dersom det ble en del av deres tiltale ville det etterspørres av retten og da var det mulig at en av dem sprakk under presset.

Nå mente han at de hadde nok av bevis som Edvin Johannesen fikk svare for i retten. Om han fikk fem år eller syv år, så ville han bli satt ut av drift. Det var bare å fortsette.

Tiltalene til far og sønn var så godt som klare til å sende videre. Det var i grunnen så langt etterforskningen gikk. Etter at de var sendt og verifisert var det nestemann i systemet som tok over. Da anså han seg ferdig med saken.

Han virket opplagt da han kom på arbeid, Cecilie la merke til det.

- Tror du at vi har nok til tiltalen mot far og sønn?

- Tror det, kan du lese igjennom det jeg har så kan vi sende den videre i løpet av dagen.

Det var førsteklasses, bare det var nok til en fellende dom for det de hadde. Det var å håpe at det gjennom rettsakene ville åpenbare hele spekteret av det spillet faren hadde satt i gang. Dersom det kunne bevises at det hele var satt i gang av faren med utstrakt bruk av trusler og svindel, ville korthuset ramle sammen.

Han var ikke ferdig før sene kvelden. Cecilie var der sammen med han for små oppdateringer og justeringer. Begge regnet med at de kunne ta seg fri en stund etter dette. Det var gulroten som drev de til en ekstra innsats.

Monica spurte om hun kunne besøke han senere i kveld, hun hadde noe som hun visste var av interesse for han. Han skyndte seg ut for en liten handel slik at han hadde noe å by på når hun kom.

Kanskje det var på sin plass og ta en kopi av tiltalene og la Monica se igjennom det? Helt uformelt da det ikke var hennes jobb å behandle det som kom inn til påtalemakten.

Hans Olav ville vente med å sende det til i morgen, han brukte å la det surre i hodet utover kvelden og det hadde vist seg å være produktivt.

De avsluttet, klokka var nesten ti og Cecilie var sliten. De siste dagene med tankene fra hennes venninner og det intense arbeidet hadde tatt på. Det var lett å mistolke eller ikke få fram det hun ønsket i det hun skrev. Noen ganger var det ikke samsvar med det hun hadde i hodet og det som kom frem på papiret.

Monica banket på døra hans ved elleve tiden. Hun hadde sittet lenge med betraktninger og notater etter det som kom frem i retten i løpet av dagen. Saken var kompleks, det hele hang sammen på et overordnet plan og det var mange detaljer.

Det hun ønsket å meddele var at diagnosen til sønnen Erik endelig var reversert. Legen var fratatt sin lisens på grunn av diagnosen.

Hans Olav sa at han nå hadde sluttført tiltalen fra sin side basert på at diagnosen ble reversert. Han viste henne kopien han hadde med seg. Nå følte han seg lettet, det var ikke så rent lite arbeid han hadde lagt ned i denne saken. Ikke så mye prestisje. For å få frem detaljene og tolke det var en unik oppgave. Han følte at han ikke hadde ork til å begynne på nytt igjen. Ikke uten et kort avbrekk.

Han åpnet vinen og skjenket i glassene, på en måte var det en feiring for at han hadde kommet så langt.

Monica hadde bare skumlest det hele, det var systematisk satt opp med referanse til bevisene og til hva de andre tiltalte hadde innrømmet under ed.

Hun mene at dette var hakket bedre enn hva hun hadde sett fra andre politietterforskninger. Hun løftet glasset og skålte og ga han et vått kyss. Atmosfæren i det sterile rommet var langt fra romantisk, men med dempet musikk, dimmet lys og noe i glasset trang hun ikke mer. I hans selskap var det romantisk nok. Hun følte selv at det intense arbeidet som hadde vært så mentalt belastende begynte å slippe. Hun kysset han igjen og stønnet lett. Dette var noe de begge hadde behov for.

De gikk sammen ned til frokosten, hun hadde faktisk ikke vært på sitt rom siden i går morges.

Hans Olav var rede til å sende de to siste tiltalene. Han inviterte Cecilie til en lunsj i byen før de ryddet kontoret og arkiverte det hele. Hun ville ta seg fri til hun ble tilkalt for å inkludere kommentarer som måtte komme.

Han vill gjøre det samme, og dersom han ikke hørte noe, ville han møte opp på lensmanns kontoret etter en uke.

Hun ville gjerne at de delte en pizza i kveld og hun ville komme til hotellrommet senere. Det ville nesten være en avskjed. De hadde begge behov for å komme seg etter den intense sluttspurten.

Hans Olav tok med seg en pappvin til pizzaen, om det ble noe igjen ville han ta det med når han reiste hjem til helgen. I morgen fredag tenkte han å rusle litt rundt i byen og gjøre noe juleshopping. Tenk at han hadde vært her så lenge uten å ha sett noe av byen.

Cecilie hadde stelt seg og tatt på seg en fin bluse og skjørt, hun så at han synes det var flott. Det hadde ikke vært tid til å bruke det, det passet ikke i det konservative miljøet på kontoret.

De våknet ikke før klokka var ni, frokosten var nesten over da de gikk ned.

Begge hadde behov for å komme seg etter de traumatiske hendelsene som tilslutt avsluttet etterforskningene og utarbeidelse av tiltaler.

Cecilie brukte de oppsparte timene til en ferie sammen med sin mor. Hans Olav lengtet etter å komme seg hjem til sin egen leilighet og restituere seg.

Epilog

Else Hagmo forsto at hans Olav trang hennes omsorg for å komme seg etter traumene med det intense arbeide med å komme til bunns i den omfattende saken. Samtidig måtte han takle den lite samarbeidsvillige politimesteren som ønsket å legge ned hans arbeidsplass, lensmannskontoret.

Det var ikke før han kom hjem til seg selv at han forsto det mentale presset han ble utsatt for med etterforskningen.

Made in United States
North Haven, CT
14 August 2024